昔在集

刘晓艺 ◎ 著

广西师范大学出版社
·桂林·

昔在集
XIZAIJI

图书在版编目（CIP）数据

昔在集 = The Past Lingers : The Lyrical Writings and Translations of Liu Xiaoyi : 汉、英 / 刘晓艺著. —桂林：广西师范大学出版社，2019.7
　ISBN 978-7-5598-1579-8

　Ⅰ．①昔… Ⅱ．①刘… Ⅲ．①中国文学－当代文学－作品综合集－汉、英 Ⅳ．①I217.2

中国版本图书馆 CIP 数据核字（2019）第 020104 号

广西师范大学出版社出版发行
（广西桂林市五里店路 9 号　邮政编码：541004
　网址：http://www.bbtpress.com ）
出版人：张艺兵
全国新华书店经销
广西广大印务有限责任公司印刷
（桂林市临桂区秧塘工业园西城大道北侧广西师范大学出版社集团有限公司创意产业园内　邮政编码：541199）
开本：787 mm × 1 092 mm　1/16
印张：19　　　　字数：150 千字
2019 年 7 月第 1 版　2019 年 7 月第 1 次印刷
定价：68.00 元

如发现印装质量问题，影响阅读，请与出版社发行部门联系调换。

昔在序

缦求在昔[1]，邈然而已矣。以崦景之将厌[2]，诘羲和之爰止[3]。忽流光之飒沓，委残芳于逝波。是知从今芸芸，终托冥茫；去彼昭昭，必收廓落[4]。

况复两曜[5]晦明，四时嬗替。暮春景和，阑暑昼清，秋帐含月，冬釭[6]凝霜。摽初笄之早梅[7]，逾轩车之迟轨[8]。是故英雄穷征，悲垂柳之十围[9]；圣贤晚梦，念故殷于两楹[10]。

若夫咸阳伏死，乃怀上蔡[11]，河桥诛败，始念华亭[12]，似亢龙其有

---

[1] 缦，遥远，故缦求犹远求。东晋陶潜《与子俨等疏》："缦求在昔，眇然如何。"
[2] 崦景即崦嵫之景。崦嵫，山名，在甘肃天水市西境，传说中日落的地方。厌，倾斜、偏斜。《后汉书·光武帝纪下》："每旦视朝，日厌乃罢。"
[3] 羲和，古代神话传说中的人物，驾驭日车的神。战国楚屈原《离骚》："吾令羲和弭节兮，望崦嵫而勿迫。"王逸注："羲和，日御也。"爰，代词，犹哪里或何处。《初学记》卷一引《淮南子·天文训》："爰止羲和，爰息六螭，是谓悬车。"
[4] 虚无孤寂。
[5] 日与月。
[6] 冬夜的灯。南朝梁江淹《别赋》："夏簟清兮昼不暮，冬釭凝兮夜何长。"
[7] 女子十五岁，始加笄。《礼记·内则》："女子十有五年而笄。"故"初笄"可以指女子初成年。摽梅，梅子成熟而落下。《诗·召南·摽有梅》："摽有梅，其实七兮；求我庶士，迨其吉兮。"
[8] 《古诗十九首·冉冉孤生竹》："千里远结婚，悠悠隔山陂。思君令人老，轩车来何迟！"
[9] 《世说新语·言语第二》："桓公（桓温）北征，经金城，见前为琅琊时种柳，皆已十围，慨然曰：'木犹如此，人何以堪！'攀枝执条，泫然流泪。"
[10] 《孔子家语》卷九《终记解第四十》记录孔子对子贡言前夜之梦，预示其生命之将终："夫子叹而言曰：'赐，汝来何迟？予畴昔梦坐奠于两楹之间，夏后氏殡于东阶之上，则犹在阼，殷人殡于两楹之间，即与宾主夹之；周人殡于西阶之上，则犹宾之。而丘也即殷人，夫明王不兴，则天下其孰能宗余，余逮将死。'遂寝病，七日而终，时年七十二矣。"
[11] 秦二世二年（公元前208年）七月，秦丞相李斯为赵高所陷，论腰斩咸阳市。伏诛前，顾其子曰："欲牵黄犬、臂苍鹰，出上蔡东门，逐狡兔，岂可得乎？"事见《史记·李斯列传》。
[12] 《世说新语·尤悔第三十三》："陆平原（陆机）河桥败，为卢志所谮，被诛，临刑叹曰：'欲闻华亭鹤唳，可复得乎？'"

悔[1]，实前鱼[2]之寄怨[3]。臂鹰闻鹤，岂使复得人间；验往揆今，徒以重笑天下。

乃有帝子降渚[4]，哲王招魂[5]。骋望白蘋，佳期夕张。延贮玉影，幽梦狎接。谬时乖之永诀，逝迁化而不反。捐袂中流，衔瑶珮之曾赠；失步故庭，惜蕃华之未央。

又若相思绝国[6]，企予望宋[7]。晓骖[8]行前，柳月既白；南枝[9]寄后，玉簟[10]初凉。怨汉广之无徂[11]，叹式微而不归[12]。思妇机杼，起永夜之彷徨；客子清笳，吹别鹤[13]之悱恻。

至如菁莪雅化，锡我百朋[14]。凤儒博渊，敷说上典[15]；原子安贞，弦歌

---

[1]《易·乾》："上九，亢龙有悔。"孔颖达疏："上九，亢阳之至，大而极盛，故曰亢龙，此自然之象。以人事言之，似圣人有龙德，上居天位，久而亢极，物极则反，故有悔也。"谓居高位而不知谦退，则盛极而衰，不免败亡之悔。

[2] 喻失宠而被遗弃的人。《战国策·魏策四》："魏王与龙阳君共船而钓。龙阳君得十余鱼而涕下。王曰：'有所不安乎？如是何不相告也？'……对曰：'臣之始得鱼也，臣甚喜。后得又益大。今臣直欲弃臣前之所得矣。今以臣之凶恶，而得为王拂枕席。今臣爵至人君，走人于庭，辟人于涂，四海之内，美人亦甚多矣，闻臣之得幸于王也，必褰裳而趋王，臣亦犹曩臣之前所得鱼也，臣亦将弃矣，臣安能无涕出乎？'"南朝齐陆厥《中山王孺子妾歌》："子瑕矫后驾，安陵泣前鱼。"

[3] 寄遣罪咎和过失。

[4] 战国楚屈原《九歌·湘夫人》："帝子降兮北渚，目眇眇兮愁予。嫋嫋兮秋风，洞庭波兮木叶下。登白蘋兮骋望，与佳期兮夕张……捐余袂兮江中，遗余褋兮澧浦。"本段后数句亦取此。

[5] 汉武帝为悼念心爱的李夫人，写下了《李夫人赋》，中有"饰新宫以延贮兮""惜蕃华之未央""欢接狎以离别兮""忽迁化而不反兮""既下新宫，不复故庭兮"等句。本段后数句亦取此。

[6] 极其辽远之邦国。南朝梁江淹《别赋》："况秦吴兮绝国，复燕宋兮千里。"

[7]《诗·卫风·河广》："谁谓宋远？跂予望之。"跂，同"企"，踮脚之意。予，犹"而"。"企予"意为伫立。

[8] 骖，同驾一车的三匹马。晓骖指一早出行的马车。唐张文恭《七夕》："欢馀夕漏尽，怨结晓骖归。"

[9] 既可喻指故国、故土，也可指寄托相思的梅花。《古诗十九首·行行重行行》："胡马依北风，越鸟巢南枝。"清宋琬《送别李素臣归荒隐草堂》："相思试折南枝寄，东阁官梅尚有无。"

[10] 竹席的美称。北宋李清照《一剪梅》："红藕香残玉簟秋，轻解罗裳，独上兰舟。"

[11]《诗·周南·汉广》："汉之广矣，不可泳思。江之永矣，不可方思。"徂，有去、往、至之意。

[12]《诗·邶风·式微》："式微式微，胡不归。"朱熹集传："式，发语辞。微，犹衰也。"

[13] 古乐府琴曲有《别鹤操》，"别鹤"常以喻夫妇离散。南朝齐谢朓《琴》："是时操别鹤，淫淫客泪垂。"

[14]《诗·小雅·菁菁者莪》："菁菁者莪，在彼中陵。既见君子，锡我百朋。"锡，同"赐"。

[15] 敷说，陈说、论述；上典，上世的典籍。

蓬户[1]。传洙泗[2]之道脉，共膏晷[3]之经年。坚高[4]恩府[5]，嗣郢上之绝响[6]；切劘[7]通门[8]，恣稷下之横议[9]。

若此寿短景驰，穷达难期。陈王骋翰，流藻垂芬[10]；谢客徇禄，栖川潜渊[11]。告密好[12]以出宿，别亲爱[13]以远游。服食神仙[14]，枉还年[15]之久期；仰贤君子，疾没世而无称[16]。

乃者豳都追远[17]，兰亭兴怀[18]。曷弗告朕[19]，怀绪言而不发[20]；焉能忍

---

[1] 原子指孔子弟子原宪。《庄子·杂篇·让王》："原宪居鲁，环堵之室，茨以生草，蓬户不完，桑以为枢而瓮牖二室内，褐以为塞，上漏下湿，匡坐而弦。"原宪与孔子的阔学生子贡遭逢，丝毫不以贫为耻，子贡抱愧而去。此节内容亦见西汉韩婴《韩诗外传》、西汉刘向《新序》和西晋皇甫谧《高士传》，可见原宪的安贫精神是儒老两家所共同推崇的。

[2] 洙水和泗水。古时二水自今山东省泗水县北合流而下，至曲阜北，又分为二水，洙水在北，泗水在南。孔子在洙泗之间聚徒讲学。《礼记·檀弓上》："吾与女事夫子于洙泗之间。"后因以"洙泗"代称孔子及儒家。

[3] 膏，油脂之属，指灯烛。晷，日光。唐韩愈《进学解》："焚膏油以继晷，恒兀兀以穷年。"

[4] "坚高"取自颜回赞叹孔子学问人品的话。《论语·子罕第九》："颜渊喟然叹曰：'仰之弥高，钻之弥坚。'"

[5] 犹恩地、师门。

[6] 战国楚宋玉《对楚王问》："客有歌于郢中者，其始曰《下里》、《巴人》，国中属而和者数千人。其为《阳阿》、《薤露》，国中属而和者百人，其为《阳春》、《白雪》，国中属而和者不过数十人而已。"

[7] 切磋相正。北宋王安石《与王深父书》之一："自与足下别，日思规箴切劘之补，甚于饥渴。"

[8] 犹同门。

[9] 稷下是战国时齐国的一个著名学宫，在齐都城临淄西门稷门附近。齐威王、宣王广招文学游说之士在此讲学议论，使之成为各学派活动的中心。学士恣意议论的情况曾为孟子所批评。《孟子·滕文公下》："圣王不作，诸侯放恣，处士横议。"

[10] 三国魏曹植《薤露行》："骋我径寸翰，流藻垂华芬。"魏太和六年(232年)，曹植由东阿王改封陈王，同年去世，后谥为"思"，故曹植又称陈思王。

[11] 南朝宋谢灵运，幼名客儿，故称谢客。其《登池上楼》诗有"薄霄愧云浮，栖川怍渊沉"、"徇禄反穷海，卧疴对空林"句。徇禄，营求俸禄，指出仕。

[12] 密切者友好者。

[13] 亲者爱者。

[14] 指服用道家求长生的丹药。《古诗十九首·驱车上东门》："服食求神仙，多为药所误。"

[15] 恢复年轻，返老还童。东晋葛洪《抱朴子·微旨》："还年之士，把其清流，子能修之，乔松可俦。"

[16] 《论语·卫灵公第十五》："子曰：'君子疾没世而名不称焉。'"

[17] 豳，古国名，周的祖先公刘所立，其地在今陕西省彬县以东旬邑县境。《诗经·国风》中有"豳风"七篇二十七章，记载西周人的生活情境。

[18] 东晋永和九年(353年)三月三日，王羲之与友人谢安、孙绰等名流及亲朋共四十二人聚会于会稽郡城的兰亭，行修禊之礼，曲水流觞，饮酒赋诗。王羲之汇诸人诗文为集，并为之作《兰亭集序》，是篇成为中国文学史和书法史上的双料明珠。

[19] 《书·盘庚上》："汝曷弗告朕。"孔传："曷，何也。""朕"在先秦典籍中用作第一人称，犹"我"。秦始皇二十六年起定为帝王自称之词，沿用至清。

[20] 绪言，已发而未尽的言论。《庄子·渔父》："曩者先生有绪言而去。"

此，匿微情以终古[1]。是故堕甑仍视[2]，朝露见希。追去风以乘驭[3]，挽水月于在掬[4]。恐失闻诸洛诵[5]，聊寄意乎子墨[6]。赋向笛以感旧[7]，写故簪之遗情[8]。

---

[1] 战国楚屈原《离骚》："怀朕情而不发兮,余焉能忍而与此终古。"微情，隐藏而不显露的感情。《礼记·檀弓下》："礼有微情者。"

[2] 甑，古食炊器，其底有孔，多为陶制。《后汉书·孟敏传》："(孟敏)客居太原。荷甑堕地，不顾而去。林宗见而问其意。对曰：'甑以(已)破矣，视之何益？'"

[3] 驱使车马行进。

[4] 掬，两手相合捧物。唐于良史《春山夜月》："掬水月在手，弄花香满衣。"

[5] 《庄子·大宗师》："副墨之子，闻诸洛诵之孙。"副墨、洛诵都是庄子寓言中与文字、记忆相关的虚构人物。

[6] 西汉扬雄《长杨赋序》："聊因笔墨之成文章，故借翰林以为主人，子墨为客卿以风。"取意与庄子同，翰林、子墨亦为扬雄作品中与文章、文辞相关的虚构人物。

[7] 西晋向秀《思旧赋序》："于时日薄虞渊，寒冰凄然。邻人有吹笛者，发声寥亮。追思曩昔游宴之好，感音而叹，故作赋云。"向笛喻感故旧。

[8] 孔子出游，遇一妇人失落簪子而哀哭。孔子弟子劝慰她。妇人曰："非伤亡簪也，吾所以悲者，盖不忘故也。"事见《韩诗外传》卷九。后以"遗簪""故簪""亡簪"喻旧物故情。

目 录

词 ‖ Ci Lyrics

贺新郎 2

之一 2 / 之二 4 / 之三 6 / 之四 8 / 之五 10

六州歌头 12

之一 晋简文帝 12 / 之二 初别 16

浣溪沙 20

之一 短生 20 / 之二 嘉会 20 / 之三 譬露 20

一剪梅 22

五律 ‖ Five-Charactered Lyrical Octaves

译郁达夫诗因感其身世辞章 26

之一 26 / 之二 28 / 之三 30 / 之四 30

毕业廿年同学会 32

之一 32 / 之二 34 / 之三 36 / 之四 38

风尘三侠 40

之一 李靖 40 / 之二 红拂 42 / 之三 虬髯 44

五古 ‖ Five-Charactered Ancient Airs

蹇路行 48

沧浪行 50

秋音 52

覆答某君 54

五绝 ‖ Five-Charactered Quatrains

霜节有怀　58

清明怀归　60

七古 ‖ Seven-Charactered Ancient Airs

少年歌为中华之星国学大赛作　64

七律 ‖ Seven-Charactered Lyrical Octaves

为友作庆婚嵌字诗　68

闲情　70

碧云　72

秦桑　74

读《世说》感谢氏之有佳子弟　76

穷年治《醒世姻缘传》之衣食行今毕事其稿因有感焉　78
  之一　78 ／ 之二　80 ／ 之三　82 ／ 之四　84

上郑训佐师兼怀先师鲍思陶　86

上王学典师　88

七绝 ‖ Seven-Charactered Quatrains

泰西莎氏传世桑籁百五十四其中十七则为劝其美貌贵裔男友生子传家号生殖桑籁近为译毕因成数韵　92
  之一　92 ／ 之二　94 ／ 之三　96 ／ 之四　98

上鲍家麟师　100
  之一　100 ／ 之二　100 ／ 之三　102

读汪荣祖函丈《诗情史意》高著因成五首函丈解篇什而能比缀情由读青简而能会通幽微实见文史间之纵横俛仰也　104

之一 104 / 之二 106 / 之三 108 / 之四 110 / 之五 112

清莱过黑白二庙 114

四言 ‖ Four-Charactered Poems

鲍郑二师 118

述师德 122

上家姑丈书家徐景水 124

尺牍 ‖ Epistolary Writings

致郑训佐师 128

之一 128 / 之二 129 / 之三 130

致王学典师 132

致陶晋生师 133

致汪荣祖函丈 135

致李又宁女史 136

致陈尚胜函丈 137

致孙逊教授 138

附录：纪念鲍思陶师 139

莎士比亚桑籁 ‖ Shakespeare's Sonnets

SONNET 1 150

SONNET 2 152

SONNET 3 154

SONNET 4 156

SONNET 5 158

SONNET 6 160

SONNET 7 162

SONNET 8   164
SONNET 9   166
SONNET 10   168
SONNET 11   170
SONNET 12   172
SONNET 13   174
SONNET 14   176
SONNET 15   178
SONNET 16   180
SONNET 17   182
SONNET 18   184
SONNET 22   186
SONNET 24   188
SONNET 49   190
SONNET 55   192
SONNET 65   194
SONNET 66   196
SONNET 73   198
SONNET 98   200
SONNET 116 202
SONNET 127 204
SONNET 138 206
SONNET 147 208
SONNET 151 210

附录：桑籁，五步抑扬格与大国文字之兴   212

莎士比亚戏剧片段中译 ‖ Shakespeare's Plays

《理查二世》之《且听孤寡道先王》 232

《哈姆雷特》之《生，抑或死》 234

《亨利四世·上》之《我将效尚太阳》 236

《驯悍记》之《我负责挣钱养家，你负责貌美如花》 238

《亨利四世·上》之《福斯塔夫扮亨四审小亨之二人转》 240

学诗琐言 ‖ Random Thoughts on the Learning of Poetry

名实相求意绪茫 246

据德而游庸何伤 249

风积不厚鹏难翔 253

英雄欺人谐亦庄 256

曲曲道来兴味长 261

折冲樽俎柔克刚 264

荆山有玉石中藏 267

未有桑麻难为裳 271

我爱其礼尔爱羊 275

置身燠暑愿秋凉 278

大易有象诗道张 281

缘木自非就鱼方 284

齐傅楚咻意彷徨 288

琐言附记 291

词

Ci

Lyrics

贺新郎

之一

拟把归期说[1]。
叹君心、
去天尺五[2],
竟谁胶葛?
歧路从来难分付,
餐饭[3]秋风关切,
不堪记、
楼头明月。
弃置离觞无道烈,
暂忍听、
一曲梁州彻。
所念远,
从兹绝。

期年风雨辞京阙。
适谁为、
自君出矣,
沐膏容悦[4]?
遥想今宵灯低处,
画舸无端停辍。
怕岁杪[5]、
客思寄灭。
杨柳陌头纤纤色[6],
算人间、
第一尤轻别。
铸九郡,
难为铁。

注 释

[1] 北宋欧阳修《玉楼春》:"尊前拟把归期说,未语春容先惨咽。"

[2] 极言其高也。杜甫《赠韦七赞善》自注:"俚语曰:城南韦杜,去天尺五。"

[3]《古诗十九行·行行重行行》:"弃捐勿复道,努力加餐饭。"

[4]《诗·卫风·伯兮》:"自伯之东,首如飞蓬。岂无膏沐?谁适为容!"朱熹集传:"膏,所以泽发者;沐,涤首去垢也。"此处为词律故,颠倒了"膏沐"二字的顺序。

[5] 岁末。

[6] 唐王昌龄《闺怨》:"忽见陌头杨柳色,悔教夫婿觅封侯。"

CONGRATULATIONS TO THE GROOM

NO.1

Uneasily broached is the topic of your return.

Alas, your aspirations,

Sky-soaring,

Who could possibly constrain?

At the crossroads, unuttered are the most difficult words.

That in the autumn wind, a good diet you shall mindfully maintain.

I pine, thinking of

The bright moon on top of the tower lain.

Never mind the strong savor of parting libations.

Let our ears be, for the moment, attentive to

That *Liangzhou* melody, a song of desolation.

O thou, whom my soul loveth, into the distance,

Will nevermore be seen.

From the farewell at the capital, the year has witnessed winds and rains umpteen.

For whom shall I now preen?

Since your departure,

Taking ablutions to entertain?

Tonight, my thoughts alight, remotely on a dimly-lit lantern,

Where your adorned boat might take a sojourn, for no particular reason.

I dread the year's end,

For the heart of the guest is leaden.

Over the footpath, willows turn jade-green.

One comes to reckon vales of vexation:

There is no more bitter a regret which gnaws at the heart than a casually bid farewell.

To summon up ores from all the nine regions,

To have the wrongs wrought into right, there is no enough iron.

之二

仲子[1]将何止。
莫名间、
逾墙狂且,
复攦桑杞。
山有扶苏期佳士,
谁会子都[2]来此。
既见子、
云胡不喜?
压酒[3]劝君都一饮,
问疏狂、
可解千红靡?
瞻逝景,
委流水。

酣歌何必交燕市。
竞好春、
且任取醉,
但酬知己。
难绾青骢垂杨处,
踟躅玉鞍归矣。
谓溱洧[4]、
鸿河天咫。
一嗣德音颜悴毁。
不我思、
室岂论遐迩[5]。
勾逸驷,
销前矢[6]。

注释

[1]《诗·郑风·将仲子》:"将仲子兮,无逾我里,无折我树杞。"

[2]《诗·郑风·山有扶苏》:"不见子都,乃见狂且。"毛传:"子都,世之美好者也。狂,狂人也。且,辞也。"《孟子·告子上》:"至于子都,天下莫不知其姣也。"

[3] 压榨以制酒。唐李白《金陵酒肆留别》:"风吹柳花满店香,吴姬压酒劝客尝。"南宋陆游《早春对酒感怀》:"芳瓮旋开新压酒,好枝犹把未残梅。"

[4] 溱水与洧水,在今河南省。《诗·郑风·溱洧》:"溱与洧,方涣涣兮,士与女,方秉蕳兮。"又《孟子·离娄下》:"子产听郑国之政,以其乘舆济人于溱洧。"《朱子语类》卷五十七注此章:"其说以为,溱洧之水,其深不可以施梁柱,其浅不可以涉,岂可以济乘舆!"

[5]《诗·郑风·东门之墠》:"其室则迩,其人甚远。"孔子曾表达过对这种"不是不想你,无奈住太远"的支吾其词的强烈不满。《论语·子罕》:"'唐棣之华,偏其反而。岂不尔思,室是远而。'子曰:'未之思也,夫何远之有?'"孔老夫子真应该获得"He is not that into you"恋爱关系理论的原创权啊!

[6] 矢,通"誓"。

No. 2

Where could your steps be arrested, Zhongzi my light-minded?
In a moment of bewilderment,
The wall-climbing gallant
Already snapped my branchlets.
I grew Fusu, a fine mulberry, to await one well-bred,
But who'd anticipate the beau here, coming intended?
Yet at the sight of you,
I cannot but say I was delighted.
Wine I made and you I persuaded to imbibe;
To the unbridled I ask, how he understands
The thousand flowers faded.
The remains of the day, behold,
Will be consigned away, into the ever-eclipsing tide.

Why must impassioned relationship be consorted to the Yan Market?
I might as well exhaust this fine spring,
Defying the likelihood of inebriation,
To greet a bosom friend.
It is ever arduous to tether to the weeping willow your piebald,
Who home loiters, bridled in jade.
Thence, you prevaricate that Zhen and Wei,
Distant as heavens, are rivers insuperably wide.
Upon hearing your tidings, the flowery mien has been pallid.
If the man does not miss you,
He'd be on the pretext of how near or far you abide.
I must call the four galloping horses back,
To revoke the pledge we heretofore made.

之三

言念怀君子。
若猗猗、
在淇之奥,
谁无瞻彼。[1]
曾不崇朝冯宋远,[2]
约以秋期为止。
人易老,
轩车迟轨[3]。
之子何庸[4]良马驷,
盍贸丝、
抱布来谋[5]矣。
日去戾[6],
久将徙。

与君总角衣同鄙。
若相逢、
从前绤绤,
谷中迤委[7]。
乌止檐前闻雀喜[8],
谁谓荼甘如旨[9]。
竟未许、
经年尺鲤[10]。
褰涉[11]非能徂江永,
叹累欷、
不可方思耳[12]。
士意贰,
说何诡!

注 释

[1] 《诗·卫风·淇奥》:"瞻彼淇奥,绿竹猗猗。有匪君子,如切如磋,如琢如磨。"

[2] 《诗·卫风·河汉》:"谁谓宋远,曾不崇朝。"郑玄笺:"崇,终也;行不终朝,亦喻近。""冯"为徒涉、蹚水之意,《诗经·小雅·小旻》:"不敢暴虎,不敢冯河。"

[3] 见《昔在序》第1页注释[8]"逾轩车之迟轨"。

[4] 即"何用"。《庄子·天下》:"其于物也何庸。"

[5] 《诗·卫风·氓》:"氓之蚩蚩,抱布贸丝。匪来贸丝,来即我谋。"盍,表示反诘,犹"何不"。

[6] 《易·离》:"日昃之离,何可久也?"

[7] "绤绤"是葛布的统称。葛之细者曰绤,粗者曰绤。《墨子·节用》:"古者圣王制为衣服之法曰:'冬服绀缊之衣,轻且暖,夏服绤绤之衣,轻且清,则止。'"《诗·周南·葛覃》:"葛之覃兮,施于中谷,维叶莫莫。是刈是濩,为绤为绤,服之无斁。"唐李白《黄葛篇》:"闺人费素手,采缉作绤绤,缝为绝国衣,远寄日南客。"

[8] 《诗·小雅·正月》:"瞻乌爰止,于谁之屋?"南宋沈瀛《减字木兰花》:"瞻乌爰止,不是檐前闻鹊喜。"

[9] 《诗·邶风·谷风》:"谁谓荼苦?其甘如荠。"《毛传》:"荼,苦菜也。""旨"则为美味。《论语·阳货》:"夫君子之居丧,食旨不甘,闻乐不乐。"魏晋时期何晏等人所撰《论语集解》:"孔曰:旨,美也。"

[10] 《汉乐府·饮马长城窟行》:"客从远方来,遗我双鲤鱼。呼儿烹鲤鱼,中有尺素书。"

[11] 即提衣涉水。

[12] 《诗·周南·汉广》:"汉之广矣,不可泳思。江之永矣,不可方思。"

No. 3

Of the gentleman, I am such a yearner!
Like the bamboo, graceful and slender,
At the bend of the Qi river,
Who of him would not take a gander!
The Song is distant, yet it only takes one morning to ferry over;
A pledge to meet in autumn we made, and there should be no delays further.
A woman is easily aged;
Alas, how belated arrives your curtain-draped carrier.
The maiden needs not to be betrothed with a landau drawn by four pedigreed horses;
Why not sell silk here,
Carrying your cloth to become her suitor.
When the sun sets from the meridian,
In the long run it would off veer.

Childhood playmates, in shabby clothing we used to share.
Should again we meet, you'd know that
The hemp I used to weave, fine or course,
Was from the mid-valley kudzu creeper.
A crow stops at my eaves, yet a magpie, the bearer of good news, I hear;
Who'd expect the tea is such a nicety while supposedly bitter.
How defaulting is your promise,
To send, per annum, a carp-carried letter.
Said you that, lifting up one's gown and wading assail no long river,
As you have repeatedly sighed
That the immenseness is beyond a boater.
When a man places his mind in duplicity,
How adroitly can he palter!

之四

重宇听宵柝。
恨斜光、
到明不悟[1],
马卿消渴[2]。
百载拂衣怜寿者[3],
即算阿僧祇劫[4],
殊不换、
一时耽乐。
楚市千烧[5]歌如铄。
去间[6]兮、
接淅[7]长为客。
楫次且[8],
路穷辙。

动君容色何萧索。
既难谌[9]、
故都日远,
宋斤鲁削[10]。
郢上阳春知难和,
明月不环[11]犹昨。
笙怯处、
凤箫声弱[12]。
淖约[13]仍堪承欢否?
越九年、
江夏音徽[14]薄。
非季布,
勿轻诺[15]。

注 释

[1] 北宋晏殊《蝶恋花》:"明月不谙离恨苦,斜光到晓穿朱户。"

[2] 西汉辞赋家司马相如,字长卿,后世亦称"马卿"。《史记·司马相如列传》:"相如口吃而善著书,常有消渴疾。"消渴,口渴也,亦为中医病名,类今所谓糖尿病。然此处取因情渴慕之意。

[3]《大智度论》卷三十八:"有方百由旬城,溢满芥子,有长寿人过百岁,持一芥子去,芥子都尽,劫犹不僦。又如方百由旬石,有人百岁,持迦尸轻软毡衣一来拂之,石尽,劫犹不僦。"

[4] 极长的时间。《金刚经》:"须菩提!我念过去无量阿僧祇劫,于然灯佛前,得值八百四千万亿那由他诸佛,悉皆供养。"

[5]《战国策·秦策四》:"顷襄王二十年,秦白起拔楚西陵,或拔鄢、郢、夷陵,烧先王之墓。"

[6] 战国楚屈原《九章·哀郢》:"发郢都而去间兮,怊荒忽其焉极。"王逸注:"言己始发郢,去我间里,慈思荒忽,安有穷极之时?"

[7] 行色匆忙状。《孟子·万章下》:"孔子之去齐,接淅而行。"朱熹集注:"接,犹承也;淅,渍米也。渍米将炊,而欲去之速,故以手承米而行,不及炊也。"

[8] 犹豫不进貌。《易·夬》:"臀无肤,其行次且。"孔颖达疏:"次且,行不前进也。"

[9] 谌,相信,尤指对天命的相信。《书·咸有一德》:"呜呼!天难谌,命靡常。"孔传:"以其无常,故难信。"东汉王符《潜夫论·卜列》:"行有招召,命有遭随,吉凶之期,天难谌斯。"

[10]《周礼·考工记序》:"郑之刀、宋之斤、鲁之削、吴粤之剑,迁乎其地而弗能为良,地气然也。"郑玄注:"去此地而作之,则不能使良也。"

[11] 清纳兰性德《蝶恋花》:"辛苦最怜天上月,一夕如环,夕夕都成玦。"

[12] 西汉刘向《列仙传·萧史》:"萧史者,秦穆公时人也。善吹箫,能致孔雀白鹤于庭。穆公有女,字弄玉,好之。公遂以女妻焉……公为作凤台,夫妇止其上。"

[13] 姿态柔美貌。《庄子》中作"淖约",《上林赋》中作"绰约",实一也。

[14] 音讯、书信。西晋陆机《拟庭中有奇树》:"欢友兰时往,迢迢匿音徽。"

[15] 季布,汉初楚人,任侠重然诺,楚人有"得黄金百斤,不如得季布一诺"之谚,见《史记·季布栾布列传》。

No. 4

The stately house gives ear to nocturnal clappers in the dead of night.
One resents the slanting moonlight
Which, at dawn, has still come to no understanding of
Sima Xiangru's utter thirst.
Pitied is the long-lived, who fritters a century away grooming the fine outfit,
As, even for the endless Kalpa stint,
I would not trade
A moment of pleasure with you, the hedonist.
Chu City is flaring up for the umpteenth time, her songs steel-tempered.
Away from home,
Pressed on the go, I wander endlessly a lone guest.
My oars hesitant,
My road comes to its end.

Your visage is so moved that it looks bleak and desolate.
As, it is hard to believe in fate,
With the old country being every day more distant,
The Song axe becomes confounded by the blade of the Lu state.
That the highbrow *Spring Snow* finds scarce an antiphony I understand ;
Just like the night afore, the bright moon remains crescent.
At where the Sheng reed pipe falls timid,
The tune of the phoenix Xiao flute abates.
Am I, still comely, entitled to your endearment?
Over so many years,
The news from Jiangxia, I have so rarely received.
Be not Jibu, the one who always abides by his covenant,
Please do not easily commit.

之五

治世陈俛说[1],
总难求、
孙卿[2]激切,
卫鞅[3]功烈。
在昔通门知鸾灶,
童子不因人热[4]。

自别后、
行藏殊辙。
道里阻艰交沈雨[5],
望如何、
澧浦终捐玦[6]。
既弃繻[7],
将披褐[8]。

信陵闻道因尊哲。
访博徒、
从游卖浆,
但求毛薛[9]。
下席抠衣[10]何需肃,
深浅无非厉揭[11]。
成追忆、
当年程雪[12]。
对卷慵开窥庄列[13]。
悟欢哀、
人世常如缺。
封利剑,
楚无铁[14]。

注 释

[1] 辞意诡异、语调激切的言论。

[2] 先秦思想家荀况,战国赵人,世称荀卿,汉避宣帝讳,亦谓之孙卿。韩非、李斯皆曾师事其门。

[3] 先秦政治家、思想家商鞅,战国卫人,故又称卫鞅。

[4] 不仰仗、借光于他人。《东观汉记·梁鸿传》:"(鸿)常独坐止,不与人同食。比舍先炊已,呼鸿及热釜炊。鸿曰:'童子鸿,不因人热者也。'灭灶更燃火。"梁鸿字伯鸾,故有"鸾灶"之说。

[5] 久雨。《说文·水部》:"久阴曰沈。"

[6] 《文选·郭璞〈江赋〉》:"感交甫之丧佩。"李善注引《韩诗内传》:"郑交甫遵彼汉皋台下,遇二女,与言曰:'愿请子之佩。'二女与交甫。交甫受而怀之,超然而去,十步循探之,即亡矣。回顾二女,亦即亡矣。""捐玦",相爱者因失望而抛弃玉玦信物。战国楚屈原《九歌·湘君》:"捐余玦兮江中,遗余佩兮澧浦"按此处的"捐玦"与《昔在集序》中所言"捐袂",典故出处相似而意义不同,后者出自《湘夫人》的"捐余袂兮江中,遗余褋兮澧浦"句。黄灵庚、高亨、游国恩等楚辞专家都对二者的不同做过区分,兹不详释。

[7] 繻为帛边。书帛裂而分之,合为符信,作为出入关卡的凭证。"弃繻"常被用作放弃平凡生涯、立志成大事之典。《汉书·终军传》:"初,军从济南当诣博士,步入关,关吏予军繻。军问:'以此何为?'吏曰:'为复传,还当以合符。'军曰:'大丈夫西游,终不复传还。'弃繻而去。"

[8] 褐为粗布衣,常为贫贱者所服。"披褐"亦可喻(甘于)困苦的生活。《诗·豳风·七月》:"无衣无褐,何以卒岁?"西晋陆云《答孙显世》之九:"解绂披褐,投印怀玉。"

[9] 战国时赵处士毛公与薛公的合称。毛公藏于博徒,薛公藏于卖浆家。魏公子信陵君客赵邯郸,闻二人名,折节往从之游。事详《史记·魏公子列传》。

[10] 下席,离开席位表示恭敬。北齐颜之推《颜氏家训·风操》:"南人宾至不迎,相见捧手而不揖,送客下席而已。"抠衣,提起衣服前襟,是古人迎趋时的动作,表示恭敬。《礼记·曲礼上》:"毋践屦,毋踖席,抠衣趋隅,必慎唯诺。"

[11] 《诗·邶风·匏有苦叶》:"深则厉,浅则揭。"毛传:"以衣涉水为厉,谓由带以上也。揭,褰衣也。"

[12] 《宋史·道学传二·杨时》:"(时)一日见(程)颐,颐偶瞑坐,时与游酢侍立不去。颐既觉,则门外雪深一尺矣。"事亦见《二程语录》卷十七。

[13] 《庄子》和《列子》的合称。

[14] 《史记·范雎蔡泽列传》:"昭王曰:'吾闻楚之铁剑利,而倡优拙。'"后以楚铁喻利剑。

No. 5

A well-governed time entertains no impassioned discourse;
One could hardly aspire to attain
The vehement sentiments of Xunzi, the philosopher,
Or the illustrious deeds of Wei Yang, the reformer.
I knew you since school and as one who refused to any partiality pander,
Like hermit Liang Hong who, when a youngster, never heated his meal over the other's burner.
Since parting,
We have undertaken courses much altered.
Distanced by rugged fares under rugged weather,
How guarded is the vigil of hopes?
At last, the penannular jade was flung off, over the bank of the Li River.
Having jettisoned the silk voucher to a trifling career,
You were to don the course linen of a pauper.

Upon hearing the Way, Duke Xinling attended the sagacious as a follower.
He visited gamblers
And made company with peddlers.
It was Mao and Xue, the great Confucians, whom he sought after.
Paying no heed to customs that instruct how to descend mats and lift clothing,
You view scholarship much as a river: one wades, wearing the frock higher or lower.
We reminisce on
The snow in which we both stood that year, at the gate of Cheng, our master.
I toy with volumes of *Zhuangzi* and *Liezi*, listlessly, as a browser,
And come to appreciate that, joy and melancholy are both
Part of this earth, which is as incomplete as the moon.
Be as the honed sword once encased,
Deprived of sharp steel, the Chu state would be lesser.

六州歌头

之一　晋简文帝

简文暗室,

尝谓某于斯[1]。

荧惑见,

微垣入,

咏庾诗,

泣朝危[2],

主辱寻常事,

迹周赧[3],

行汉献[4],

言清胜,

姿惠异[5],

又何为。

祭则寡人,

政则桓家矣[6],

操莽[7]谁欺?

笃疾王仲祖,

注释

[1]《世说新语·言语第二》:"简文在暗室中坐,召宣武,宣武至,问上何在。简文曰:'某在斯。'时人以为能。" 简文对桓温的回答,因得体而显得有尊严。"某在斯"语出《论语·卫灵公第十五》:"(盲人乐师)师冕见,及阶,子曰:'阶也。'及席,子曰:'席也。'皆坐,子告之曰:'某在斯,某在斯。'"此处因照顾到词律的平仄,改为"某于斯",意思不变。

[2] 荧惑即火星,太微垣位于北斗之南,古人视之为天子之庭,并认为荧惑出现在太微中是帝位不保的征兆。《晋书·帝纪第九·简文帝》:"先是,荧惑入太微,寻而海西废。及帝登阼,荧惑又入太微,帝甚恶焉。时中书郎郗超在直,帝乃引入,谓曰:'命之修短,本所不计,故当无复近日事邪!'超曰:'大司马臣温方内固社稷,外恢经略,非常之事,臣以百口保之。'及超请急省其父,帝谓之曰:'致意尊公,家国之事,遂至于此! 由吾不能以道匡卫,愧叹之深,言何能喻。'因咏庾阐诗云'志士痛朝危,忠臣哀主辱',遂泣下沾襟。"

[3] 周赧王,姬姓,名延,亦称王赧,周慎靓王之子,东周末代君主,公元前256年崩,同年秦昭襄王迁九鼎,占王畿,灭东周。

[4] 汉献帝刘协,汉灵帝刘宏次子,东汉末代皇帝,一生受制于权臣曹操,并于曹操死后被迫禅位于曹丕。

[5]《艺文类聚》卷十三引《续晋阳秋》:"帝弱而惠异,中宗深器焉,及长,美风姿,好清言,举心端详,器服简素,与刘惔王蒙(濛)等为布衣之游。"

[6]《晋书·帝纪第九·简文帝》:"简皇以虚白之姿,在屯如之会,政由桓氏,祭则寡人。""祭则寡人"典出《左传·襄公二十六年》卫献公向宁喜乞还国之语:"苟反,政由宁氏,祭则寡人。"鲁哀公受制于三桓的情况与简文更相似,故《晋书》直接将简文比拟为鲁哀,而非卫献。

[7] 曹操与王莽,此处指桓温。

FIRST CHAPTER OF THE SIX STATES LYRICS

No. 1, History-Intoned on Emperor Jianwen of Eastern Jin

Emperor Jianwen, sitting in a dark chamber, gave audience to Huan Wen, the domineering minister,
And to whose question, "Where is your majesty?" he retorted, with decency, "Someone is hither."
Up rose Mars, the inauspicious orb,
Entering the Taiwei enclosure;
Citing Yu Chan's poem to a confidant,
He wept bitter tears over the imperiled dynasty.
The sovereign's humiliation is not peculiar,
And he who followed the trace of King Nan, the Embarrassment of Zhou, a debt-ridden liege,
And behaved like Emperor Xian of Han, the last of the reign and a puppet to the maire du palais,
For all the phraseologies he excelled,
And all his manners debonair,
He was unable to wield the sceptre.
"The sacrifice is left to us,
And the governance assumed by the Huans." Duke Ai of Lu lamented, and he would alike whimper.
Who will be the gull to Cao Cao and Wang Mang except the gullible?
Offered an office he hankered for but was denied earlier, Wang Zhongzu on his deathbed realized

[8]《世说新语·方正第五》:"王长史求东阳,抚军不用。后疾笃,临终,抚军衷叹曰:'吾将负仲祖于此!'命用之。长史曰:'人言会稽王痴,真痴。'"王长史即王濛,字仲祖,简文登位前曾任抚军大将军,封会稽王。两人为至交好友。

[9]《世说新语·德行第一》:"晋简文为抚军时,所坐床上,尘不听拂,见鼠行迹,视以为佳。有参军见鼠白日行,以手板批杀之,抚军意色不说。门下起弹,教曰:'鼠被害,尚不能忘怀;今复以鼠损人,无乃不可乎?'"鼷为一种小老鼠。

[10]《世说新语·言语第二》:"简文入华林园,顾谓左右曰:'会心处不必在远,翳然林水,便处有濠、濮间想也,觉鸟兽禽鱼自来亲人。'"

[11]《世说新语·尤悔第三十三》:"简文见田稻,不识,问是何草,左右答是稻。简文还,三日不出,云:'宁有赖其末,而不识其本!'"

[12]《资治通鉴》卷一百三《晋纪二十五》:"帝美风仪,善容止,留心典籍,凝尘满席,湛如也。"

[13]《礼记·乐记》:"龙旂九旒,天子之旌也。" 故 "九旒" 可以喻君主。而 "缀旒" 则可喻君主为臣下挟持,大权旁落。南朝梁刘勰《文心雕龙·时序》:"降及怀愍,缀旒而已。"

[14]神器,代表国家政权的实物,引申为帝位;赀,罚没或贷来之物。

[15]《诗·商颂·长发》:"实维阿衡,实左右商王。"毛传:"阿衡,伊尹也。" 伊尹历事商朝商汤、外丙、仲壬、太甲、沃丁五代君主。简文登大位前,历仕元、明、成、康、穆、哀、废帝七朝,先封琅玡王,后徙封会稽王,身份与伊尹相似,本应成为国之藩篱。"珪"亦可作"圭",泛指封爵,战国时楚以主区分爵位等级,"执圭"也是其爵位名。南朝梁简文帝《蒙华林园戒诗》:"执圭守藩国,主器作元贞。"

[16]王夫之《读通鉴论》卷十四《简文帝》评之曰:"简文为琅邪王,相晋五年,桓温外拒燕、秦,内攻袁瑾,而漠然不相为援,盖其恶温而忌之凤也。既恶温矣,抑不能树贤能、修备御、以制温,温视之如视肉,徒有目而无手足,故恭之而犹拥立之,以为是可谈笑而坐攘之者也。"又批其大德有亏:"(简文)非但闇弱如谢安所云似惠帝者耳,得一日焉服衮冕正南面而心已怩,易其忌温之心而戴温不忘,乐以祖宗之天下奉之而酬其惠也。洵哉!简文之为贼也。"

方解会稽痴[8]。
白日行鼷,
累仁思[9]。

会心深处,
濠濮上,
林水翳,
鸟鱼嬉[10]。
未识稻,
羞本末,
愧明粢,
闭门怩[11]。
措意惟经籍,
平居处,
与尘怡[12]。
轩轩色,
朝霞举,
满堂辉。
位与寿,
皆晞露,
九旒缀[13]、
神器如赀[14]。
负阿衡三世,
执珪守藩篱[15],
元德无疵[16]。

That his friend, the then Prince of Kuaiji, was a love-blinded ruler.
A running mouse under daylight killed
Had once burdened his merciful nature.

In the depth of his true compassion,
He wanted to be on Hao and Pu waters,
Losing himself in woods and rapids, greener and fresher,
And playing with birds and fish, as a Zhuangzi's follower.
Failing to recognize the unhulled rice on one occasion,
Abashed he was to be ignorant of the root of the crofter;
Feeling unworthy of the state's sacrificial grain,
He confined himself to atone for the dishonor.
Books of classics the only thing he was mindful of;
A simple dwelling accommodated him,
And with dust he kept amicable company.
His countenance was so grand and solemn
That rosy clouds of dawn gleamed when he entered the court,
And the hall illumined with his lustre.
The regalia and life of his
Endured as the morning dew's ephemeral flattery,
His crown hollowed,
His state as if mortgaged from the usurper.
Indeed he was lesser to E Heng, the Shang minster, who for three generations
Held the white Gui jade to entrench himself as feudal protector
And maintained an impeccable record, his virtue unsullied by slurs.

之二　初别

弃繻[1]雄气，

浑似觅封侯。

初别后，
曾击缶，
炼从柔，
去还留，
雾锁牵牛[2]口。
巾车酒[3]，
倾盂斗[4]。
形容瘦，
卬须友[5]，
鹿鸣呦[6]。
忽尔嗒焉[7]，
回曲柔肠九[8]，
荡若扁舟。
横瞥仙山界，
万里碧云秋，
秋不寻愁，
水长流。

对南山叟[9]，
喷香兽[10]，
东门狗[11]，
仲宣楼[12]。
文牍厚，
襟韵朽，
意幽投，
识无俦。
涤荡尘嚣垢。
离合久，

注　释

[1] 见第 10 页注释 [7] "弃繻"。

[2] 即牛宿，星宿名。

[3] 唐权德舆《送许著作分司东都》："宾朋争漉酒，徒御侍巾车。" 巾车为以帷幕装饰的车子。

[4] 西汉王褒《僮约》："奴但当饭豆饮水，不得嗜酒。欲饮美酒，唯得染唇渍口，不得倾盂覆斗。"

[5] 《诗·邶风·匏有苦叶》："招招舟子，人涉卬否。人涉卬否，卬须我友。"卬即第一人称"我"。

[6] 《诗·小雅·鹿鸣》："呦呦鹿鸣，食野之苹。我有嘉宾，鼓瑟吹笙。"

[7] 沮丧的样子。《庄子·齐物论》："南郭子綦隐机而坐，仰天而嘘，嗒焉似丧其耦。"

[8] 西汉司马迁《报任安书》："是以肠一日而九回。"

[9] 又称"南山皓"，即秦末汉初的商山四皓，分别为东园公、绮里季、夏黄公和甪里先生。四皓隐商山，年皆八十有余，须眉皓白，故云。曾联合挫败汉高祖欲置换太子的计划。

[10] 外形为兽状的香炉，香气从兽口中散出。

[11] 见《昔在序》第 1 页注释 [11] "上蔡"。

[12] 东汉王粲，字仲宣，在荆州依刘表，痛家国丧乱，郁不自得，尝作《登楼赋》。

No. 2, While the Parting Is Still New

Zhong Jun, a minor Han clerk, jettisoned the silk voucher along with his career, in his lofty aspirations;
An equal is found in Ban Chao who, expecting honor of peerage by military exploits, renounced his pen.
Saddened by the parting,
I struck the Fou pottery drum vehemently;
The steel yields to the tender;
To go or to tarry?
Heavy fog shrouds the mouth of Altair's constellation.
When wine carried by the curtain-draped cart
Is poured for carousing, it topples bottomless jars and urns.
My visage has been utterly lean;
Awaiting my friend, albeit late I must remain;
To his consorts cries the deer the same.
Yet my mood plummets,
And feelings wind through my heart,
Like a skiff braving the sea's undulations.
I glimpse the fringe of the immortal mountains
And the jade skies of ten-thousand *li*; what an autumn!
Yet the autumn quests for no desolation;
Only water flows, over the aeon.

I am now facing the old men from South of the Mound,
The zoomorphic incense burner emitting nebulous fragrance clouds,
The East Gate hound, with which Li Si in his dying hour yearned to go hunting,
And the Zhongxuan Building, ascending which Wang Can produced his famous exposition.
Piles of paperwork
Have plagued a winsome bearing;
When souls are acknowledged in tacit comprehension,
I come to identify the one who defies all comparison.
Dirt and defilements are scrupulously cleansed in ablution.
Our separation has been so long,

[13] 扃,从外关闭门户;牖,窗。

[14] 古代佩系官印的青色或黄色丝带,借指官印。

[15] 古代拨弦乐器名,《隋书·音乐志下》谓出自西域。

恨难酬。
吟怀守,
扃东牖[13],
抽吴钩,
寒影迷烟,
截断青黄绶[14],
薪火绸缪。
但临觞坐语,
起舞伴箜篌[15],
黛幻凝眸。

That ideals become contrition.
To keep the poetic sentiment intact,
The eastern window is fastened;
You pull out the Wu blade,
And against a misty, bleak silhouette,
Shear off the silk belts in black and yellow, symbols of office designation,
So that the torch of scholarship is relayed unbroken.
Should wine be set to accompany this conversation,
I will dance to the Konghong solo,
My eyebrows phantom-like, my gaze fixed in contemplation.

浣溪沙

之一 短生

不谓短生旅世长[1],
人今雨旧[2]醉谁乡,
赵齐裘马任清狂。

前路后涂[3]侵秒岁,
欹肩白日[4]欲斜阳,
豫章百感岂陈王[5]。

注释

[1] 南朝宋谢灵运《豫章行》:"短生旅长世,恒觉白日欹。览镜睨颜容,华颜岂久期。苟无回戈术,坐观落崦嵫。"

[2] 唐杜甫《秋述》:"秋,杜子卧病长安旅次,多雨生鱼,青苔及榻。常时车马之客,旧雨来,今雨不来。"

[3] 涂,通"途"。

[4] 见注释[1]。

[5] 三国魏曹植亦曾作《豫章行》,叹"穷达难豫图,祸福信亦然。"《豫章行》本为古乐府名,古来作此题者,多伤离别,叹穷达,感寿短景驰之意。

之二 嘉会

嘉会难逢聚易违,
君将遵渚我南畿[1],
青春屏幛与谁归。

道路折花劳赠问,
秋风霜叶动离帏,
华颜镜里昨来非。

[1]"遵渚"语出《诗·豳风·九罭》:"鸿飞遵渚,公归无所。"南朝宋谢灵运《赠从弟弘元时为中军功曹住京诗五首》之五:"予既祇命,饯此离襟。良会难期,朝光易侵。人之执情,客景悼心。分手遵渚,倾耳淑音。" 其《赠安成诗七首》之四又有"江既永矣,服亦南畿"句,南畿为南方边远地区。

之三 譬露

难铄悲情易逝欢,
忧君于役[1]阻烟峦,
因云往寄讯加餐。

去日苦多何譬露[2],
当歌击节愿披纨[3],
绿杨何处不羁鞍?

[1]《诗·王风·君子于役》:"君子于役,苟无饥渴。"

[2] 东汉曹操《短歌行》:"对酒当歌,人生几何?譬如朝露,去日苦多。"

[3]《古诗十九首·驱车上东门》:"不如饮美酒,披服纨与素。"

SAND OF SILK-WASHING STREAM

No.1 Short Life

Never expected this short life of mine would voyage this far;
On whose country ought I lay, inebriated, acquaintances new to me, rains bygone;
In the furs and horses of Zhao and Qi I rejoiced, and in my heyday never was I ever woebegone.

At year's end, roads behind and ahead alike encroach upon;
On my shoulder leans the white, high-noon sun, now about to slope down.
The Prince of Chen was not the only one who vented mixed feelings in the *Jeremiad of Yuzhang*.

No.2 Delightful Gatherings

Reunions withstand no infringement, as delightful gatherings are so infrequent;
You are to set off from the islet and I, to a southern precinct.
Escorting my prime, bridle rein in hand, who'd be a travelling mate?

I am thankful for the flowers you gathered off the road as a gift;
Autumn wind and frost-covered leaves taping my chamber tapestries,
The fair countenance in the mirror has aged, over but one night.

No.3 Transient As Dew

Happiness is so easy to elude, and sadness so hard to melt away;
It concerns me to think of my man, dispatched on duty, over smoky mountains.
"Eat more please," I entreat the clouds these words to you to carry.

Transient as dew, too much of the past has fallen time's pray.
You ought to don the silk clothing and sing the song andante;
Where can your horse not be tethered, so long as green willows sway?

一剪梅

何事银筝付永宵,
一曲离鸾,
最教魂销。
浏其清矣赠兰苕,
未语观乎 [1],
既促归桡。

误此平生两信潮,
越水吴山,
谁忆江皋?
多情梦里立虹桥,
君发才笄 [2],
侬尚垂髫 [3]。

注释

[1]《诗·郑风·溱洧》:"维士与女,伊其相谑,赠之以勺药。"又:"溱与洧,浏其清矣。士与女,殷其盈矣。女曰观乎?士曰既且。"

[2] 笄为簪,古时用以贯发或固定弁、冕。《淮南子·齐俗训》:"三苗髽首,羌人括领,中国冠笄,越人劗鬋。"按笄礼诚为女子年届十五的成人礼,然男子束发亦可称"笄",《礼记·内则》:"子事父母,鸡初鸣,咸盥、漱、栉、縰、笄、总。"

[3] 髫,儿童垂下的头发,故"垂髫"可喻童年或儿童。东晋陶潜《桃花源记》:"黄发垂髫,并怡然自乐。"

A SPRAY OF PLUM BLOSSOMS

For what is the undying night consigned to the silver zither?
The melody of the *Parted Phoenixes*
Transports my heart into a melancholy stir.
"How clear the waters are!" exclaimed the lovers, orchids in hand for each other.
Had not the words "let's go and see" been uttered
When the oars were already pressed for departure.

A two-minded tide has been to my life so misleading.
For all the Yue waters and Wu mountains,
Who'd recall the bank of that river?
Stood I on an arched foot bridge in a dream sweet and tender:
At the time, you had just up capped your hair,
And my cascading tufts remained girlishly out of coiffure.

五律

Five-Charactered
Lyrical Octaves

译郁达夫诗因感其身世辞章

之一

朝发富春[1]渚，
绿汀玉翦成。
老聃轻璧马[2]，
严子重綦枰[3]。
着去谢公履[4]，
结来谷口耕[5]。
缘流观素舸[6]，
帆挂一江平。

注 释

[1] 郁达夫为浙江富阳人，家居富春江畔，风景优美如画。其《自述诗十八首》之四曾写道："家在严陵滩下住，秦时风物晋山川。碧桃三月花如锦，来往春江有钓船。"

[2] 三国魏王弼《道德真经注》卷四："言道无所不先，物无有贵于此也。虽有珍宝璧马，无以匹之。"

[3]《后汉书·逸民列传·严光》："(光)除为谏议大夫，不屈，乃耕于富春山，后人名其钓处为严陵濑焉。"故严光为郁达夫之故乡先贤。唐杜甫《夔府书怀四十韵》："钓濑疏坟籍，耕岩进弈棋。"

[4] 又作"谢公屐"，是一种前后齿可装卸的木屐。《宋书·谢灵运传》："寻山陟岭，必造幽峻，岩嶂千重，莫不备尽。登蹑常着木屐，上山则去其前齿，下山去其后齿。"

[5] 西汉扬雄《法言·问神》："谷口郑子真，不屈其志而耕乎岩石之下，名震于京师，岂其卿？岂其卿？"唐李白《赠韦秘书子春》："谷口郑子真，躬耕在岩石。"

[6] 南朝宋谢灵运《东阳溪中赠答》："可怜谁家郎，缘流乘素舸。"

A TRANSLATOR'S THOUGHTS ON THE LIFE AND POETRY OF YU DAFU

No.1

At dawn one sets off from an islet in Fuchun,
Trimmed by the emerald scissors neat and green.
Laozi made light of the jade and the horse,
While Yan Guang to merit the chessboard was very keen.
Lord Xie's travelling shoes the visitor thereabouts wears;
Befriending husbandmen, he farms in the valley basin.
Along the river he beholds the unadorned boats,
Hoisted sails scudding a waterway mirror-serene.

之二

窦氏名诸子[1],
人间论马卿[2]。
谢阶多宝树[3],
田院茂华荆[4]。
陈季叹难弟[5],
阿连感哲兄[6]。
江山钟秀处,
原教玉昆生[7]。

注 释

[1] 指五代后周人窦禹钧家,即《三字经》里提到的"教五子,名俱扬"的窦燕山。禹钧长子名窦仪,《宋史·窦仪传》:"仪学问优博,风度峻整。弟俨、侃、偁、僖,皆相继登科。冯道与禹钧有旧,尝赠诗,有'灵椿一株老,丹桂五枝芳'之句,缙绅多讽诵之,当时号为'窦氏五龙'。"郁达夫《自述诗十八首》之二:"前身纵不是如来,谪下红尘也可哀。风雪四山花落夜,窦家丛桂一枝开。"

[2] 见第 8 页注释 [2] "马卿消渴"。

[3]《世说新语·言语第二》:"谢太傅问诸子侄:'子弟亦何预人事,而正欲使其佳?'诸人莫有言者。车骑答曰:'譬如芝兰玉树,欲使其生于庭阶耳。'"

[4] 南朝梁吴均《续齐谐记》:"京兆田真兄弟三人,共议分财,生赀皆平均,惟堂前一株紫荆树,共议欲破三片,明日就之,其树即枯死,状如火然。田真往见之,大惊。谓诸弟曰:'树本同株,闻将分斫,所以憔悴。是人不如木也。'因悲不自胜,不复解树,树应声荣茂,兄弟相感,合财宝,遂为孝门。"

[5]《世说新语·德行第一》:"陈元方子长文,有英才,与季方子孝先各论其父功德,争之不能决。咨之太丘,太丘曰:'元方难为兄,季方难为弟。'"

[6] 谢灵运特与其堂弟谢惠连善,常相唱和,谢惠连《西陵遇风献康乐诗》之二:"哲兄感仳别,相送越垌林。"惠连小字阿连,郁达夫在与其两位兄长的唱和中,常以"阿连""小苏"(苏辙)自况。

[7] 郁达夫《自述诗十八首》之三:"王筠昆仲皆良璞,久矣名扬浙水滨。生到苏家难为弟,排来行次第三人。""王筠昆仲"是指南朝王筠及其从兄王泰。《南史·王筠传》载王筠"幼而警悟,七岁能属文……与从兄泰齐名。"以王筠兄弟喻自家兄弟行,与取譬苏家兄弟相同,都有矜美之意。玉昆,兄弟的美称。郁达夫长兄郁华,字曼陀,民国著名法官和法学家,抗日烈士;二兄郁浩,字养吾,军校出身,后行医乡梓。兄弟三人都是富阳的杰出人物。

No.2

The Dous were famous for many a distinguished offspring,
And the masses spoke highly of Sima Changqing.
The Xie courtyard witnessed a myriad of precious trees,
And the Tian compound was thronged with redbuds exuberating.
Chen Ji was pronounced as equal to his elder brother;
A Lian missed Xie Lingyun, a talented cousin to him, fraternally endearing.
Amongst finest rivers and mountains,
Eminent brothers are bred to nature's liking.

之三

十里扬州梦，
三生小杜名。
谋燕宿将录，
取魏策家评[1]。
滕阁邀仙笔[2]，
秦台引凤笙[3]。
停云江上赋，
客计总因情[4]。

注释

[1] 抗战前一年，郁达夫已应国民政府福建省主席陈仪之邀，任福建省参议。抗战爆发后，郁达夫任"中华全国文艺界抗战协会"政治部设计委员、《抗战文艺》编委，参加军委会政治部第三厅的抗日宣传工作，尤其在台儿庄战役期间，他千里劳军，间关徐州、闽海。在其著名组诗《毁家诗纪》中，多处记载他为抗日军国大事奔走。之五："千里劳军此一行，计程戒驿慎宵征。"之六："水井沟头血战酣，台儿庄外夕阳昙。平原立马凝眸处，忽报奇师捷邳郯。"之十一："戎马间关为国谋，南登太姥北徐州。"故此处以"谋燕"、"取魏"来赋比郁达夫对抗战的军事贡献。

[2] 即滕王阁，唐诗人王勃在此留下了不朽名篇《滕王阁序》。

[3] 见第8页注释[12]"凤箫声弱"。

[4] 郁达夫《赠女学生李辉群》："春申江上赋停云，黄鹤楼头始识君。"东晋陶潜《停云》："霭霭停云，濛濛时雨。"此诗自序中谓："停云，思亲友也。"

之四

象寄[1]非能事，
越裳费九传[2]。
鹤凫忧截续[3]，
连蹇悟屯邅[4]。
无意昭炎汉，
存心谱马迁。
推诚因闇往[5]，
握瑾出和阗[6]。

[1] 即翻译。《礼记·王制》："五方之民，言语不通，嗜欲不同，达其志，通其欲，东方曰寄，南方曰象，西方曰狄鞮，北方曰译。"

[2] 越裳，传说中的古南海国，在交趾之南，与中土语言不通。《韩诗外传》卷五："比及三年，果有越裳氏重九译而献白雉于周公。"

[3] 《庄子·骈拇》："凫胫虽短，续之则忧；鹤胫虽长，断之则悲。"

[4] 《易·蹇》："往蹇来连。"王弼注："往来皆难。"《易·屯》："六二，屯如，邅如，乘马班如。"孔颖达疏："屯是屯难，邅是邅回。"东汉班固《幽通赋》："纷屯邅与蹇连兮，何艰多而智寡。"

[5] 闇，晦暗不亮。南朝梁沈约《内典序》："若乃秉此直心，推诚闇往，则半息可逍。"

[6] 今称"和田"，著名玉乡，《汉书》中所称"多玉石"的古西域国"于阗"即在此。

No.3

Over Yangzhou's ten-*li* amusement quarters dissipated his old dream,
The notoriety of little Du in three lifetimes lent to his romantic fame.
In scheming the Yan, he recorded the names of veteran generals;
And through strategist discourse the Wei he easily claimed.
The Pavilion of Prince Teng yearned for his immortal pen,
And the Qin Terrace appealed to the phoenix reed, for its madame.
His rhapsodies were wrought on the river, under sojourned clouds;
Nostalgic sentiment dwells in love, the two one and the same.

No.4

Of the faculty requisite to the translator, I am utterly shy;
Nine dragomen it took to render Yuechang a tributary ally.
The crane worries that his legs be cut crippled, and the wild duck his neck elongated awry;
After continuous stumbling, meanings of Hexagram Loiter can I finally espy.
Not a proponent of Pax Sinica, with which my culture and blood tie,
I do intend to evangelize this poet, whose works with that of Sima Qian vie.
Out of the candor and sincerity I proceed in the gloominess,
Making my way out of Hetian with jade on my palm held high.

毕业廿年同学会

之一

游马辕车后,
中厨办玉尊[1]。
授诗通绛帐,
立雪共程门。
徒羡从东骏[2],
长惭奋北鲲[3]。
难为浇酒食,
何处馔师恩[4]。

注 释

[1] 三国魏曹植《当来日大难》:"日苦短,乐有余,乃置玉樽办东厨。广情故,心相于,阖门置酒,和乐欣欣。游马后来,辕车解轮。今日同堂,出门异乡。别易会难,各尽杯觞。"

[2] 唐骆宾王《夏日游德州赠高四》:"未展从东骏,空戢图南翼。"

[3]《庄子·逍遥游》:"北冥有鱼,其名为鲲,化而为鸟,其名为鹏。鹏之背,不知其几千里也;怒而飞,其翼若垂天之云……《谐》之言曰:'鹏之徙于南冥也,水击三千里,抟扶摇而上者九万里。'"

[4]《论语·为政第二》:"有事,弟子服其劳;有酒食,先生馔。"

FOR MY TWENTIETH-YEAR COLLEGE REUNION

No.1

The roaming horses follow behind the chariots;
The inner kitchen is busy preparing drinking glasses of jade.
Like Ma Rong's disciples, we shared the crimson curtain when taught the *Odes*;
As classmates, we all stood in snow at Master Cheng's gate.
I admire, in vain, the eastbound-galloping steed,
And long feel abashed to face the Kun fish, who soars north in meteoric advancement.
It is most difficult to offer victuals and wine for our master's relish,
For when he is gone, where might we his grace compensate?

之二

人世参商遇[1]，
流觞行好仇[2]。
唯将悬榻礼[3]，
再致问缣游[4]。
颉颃[5]因求友，
翱翔以写忧[6]。
名讴[7]催绮唱，
共子敝轻裘[8]。

注 释

[1] 参星与商星，二者在星空中此出彼没，永不相见，常以譬亲友隔绝。唐杜甫《赠卫八处士》："人生不相见，动如参与商。"三国魏曹植《与吴季重书》："面有逸景之速，别有参商之阔。"

[2] 好友、好同伴。《诗·周南·兔罝》："赳赳武夫，公侯好仇。"三国魏曹植《节游赋》："浮沉蚁于金罍，行觞爵于好仇。"

[3] 特别尊重的礼遇。《后汉书·徐稚传》："徐稚字孺子，曾屡辟公府，不起。时陈蕃为太守，以礼请署功曹，稚不免之，既谒而退，蕃在郡不接客，唯稚来特设一榻，去则悬之。"

[4] 笃实谨慎的交游。《后汉书·王丹传》："丹资性方洁，疾恶强豪。时河南太守同郡陈遵，关西之大侠也。其友人丧亲，遵为护丧事，赙助甚丰。丹乃怀缣一匹，陈之于主人前，曰：'如丹此缣，出自机杼。'遵闻而有惭色。"

[5] 鸟上下飞貌。《诗·邶风·燕燕》："燕燕于飞，颉之颃之。"

[6] 排解忧闷。《诗·邶风·泉水》："驾言出游，以写我忧。"

[7] 著名的歌手。三国魏曹植《箜篌引》："阳阿奏奇舞，京洛出名讴。"

[8] 《论语·公冶长第五》："子路曰：'愿车马衣裘与朋友共，敝之而无憾。'"

No.2

Like the two unlikely stars, Shen and Shang, people encounter in this world,
So wine ought to be poured for the true friends.
With only the privilege of a suspended bed, reserved for the most honored guest,
I could again send for a prudent, silk-bequeathing confidant.
Swallows fly to and fro, echoing with their companions;
To write off sorrows, the birds through skies soar and wend.
Let the celebrated soprano be importuned to vocalize her exquisite tone;
I will share with you my light fur garment, till it's worn to the end.

之三

转侧华茵[1]上,
思长夜百芜。
班荆由郑路[2],
倾盖出郊涂[3]。
缘际除非夙?
平生未免辜[4]。
非关郎妾意,
风月了不输。

注 释

[1] 华美的褥垫。南朝宋谢灵运《拟魏太子邺中集诗·魏太子》:"澄觞满金罍,连榻设华茵。"

[2] 与朋友相遇叙旧。《左传·襄公二十六年》:"楚伍参与蔡太师子朝友,其子伍举与声子相善……伍举奔郑,将遂奔晋。声子将如晋,遇之于郑郊,班荆相与食而言复故。"杜预注:"班,布也。布荆坐地,共议归楚,事朋友世亲。"

[3] 一见面而意气相投。《孔子家语·致思》:"孔子之郯,遭程子于涂,倾盖而语终日,甚相亲。"

[4] 辜,通"故"。《史记·屈原贾生列传》:"般纷纷离此尤兮,亦夫子之辜也。"

No.3

On the plush mat I tossed and turned, utterly sleepless,
Thoughts, like exuberant weeds, suffused with the night.
At first meeting we promptly took delight to converse,
Friendship immediately rising as our two cart-canopies met.
Is it not destined, that in this vast universe we shall convene?
Devoid of previous incarnations, this life we cannot beget.
To be classmates concerns no amorous sentiment,
Yet our legacy shall linger, no less than romance or coquet.

之四

春榜[1]邀新侣,
秋窗重旧俦。
卖盐冯弋病,
酤酒小苏愁[2]。
商裂[3]听清响,
交歧[4]识劲游。
迟迟行迈远,
知者谓心忧[5]。

注 释

[1] 科举考试中的春试,借指高考。

[2] 北宋苏辙《次韵冯弋同年》:"卖盐酤酒知同病,一笑何劳赋北门。"

[3] "商"为五音之一。唐王毂《吹笙引》:"水泉迸泻急相续,一束宫商裂寒玉。"

[4] 路径交错处。

[5]《诗·王风·黍离》:"行迈靡靡,中心摇摇。知我者,谓我心忧;不知我者,谓我何求。"

No.4

The Spring Examination brings rise to new fraternity,
While the autumn window emphasizes friendship of old fellows.
Feng Yi, the salt-vendor, badgered by illness in his sickbed,
Found little Su in the same boat, who bought liquors to dispel sorrows.
The sound of crystalline purity is heard when the Shang scale ruptures;
Crossroads the ablest wayfarer know.
I have wandered far, this far, down the road,
And only an intimate sees my heart blue and mellow.

风尘三侠

之一　李靖

丈夫思建业，
进策楚公[1]初。
踞慢非贤士，
弹歌岂羡鱼[2]。
搴帘红拂问，
擎杖紫衣徂[3]。
鞭疾西京道，
犹怀揽辔车[4]。

注释

[1] 唐杜光庭《虬髯客传》："卫国公李靖以布衣上谒，献奇策。素亦踞见。"杨素累官司徒，封楚国公。据正史，杨素接见李靖时并不倨傲。《新唐书·列传第十八·李靖》："左仆射杨素拊其床谓曰：'卿终当坐此！'"

[2]《战国策·齐策四》："齐人有冯谖者，贫乏不能自存，使人属孟尝君，愿寄食门下……左右以君贱之也，食以草具。居有顷，倚柱弹其剑，歌曰：'长铗归来乎！食无鱼。'"

[3]《虬髯客传》："当公之骋辩也，一伎有殊色，执红拂，立于前，独目公。公既去，而执拂者临轩指吏曰：'问去者处士第几？住何处？'公具以对。伎诵而去。公归逆旅。其夜五更初，忽闻叩门而声低者，公起问焉，乃紫衣戴帽人，杖一囊。公问谁？曰：'妾，杨家之红拂伎也。'公遽延入，脱衣去帽，乃十八九佳丽人也。"

[4] 隋建洛阳为东京，以长安为西京。司空杨素守西京。在杜光庭的故事中，李靖、红拂在太原与西京之间奔波驱驰，为的是在乱世中实现安定天下的抱负。《后汉书·党锢传·范滂》："时冀州饥荒，盗贼群起，乃以滂为清诏使，案察之。滂登车揽辔，慨然有澄清天下之志。"

THE LEGEND OF THE THREE

No. 1   Li Jing

The hero aspiring for pronounced establishment
To the Duke of Chu his strategies presents.
Seeing the dignitary, overbearing and affording men no deference,
He intends not to become his knight-errant.
Lady Red-Broom, who has drape-pried our protagonist,
In purple shouldering her pack, is now a ready moonlight flit.
Galloping to the Western Capital they ride along,
He still craves reigning the vehicle of exploits.

之二 红拂

虬髯无礼甚，
横睇玉梳头[1]。
合道因花艳，
归诚自酒稠。
蒹葭媒处士，
棠棣结英俦[2]。
沥盏东南向，
扶余属好仇[3]。

注 释

[1]《虬髯客传》："行次灵右旅舍，既设床，炉中烹肉且熟，张氏（红拂）以发长委地，立梳床前。公方刷马。忽有一人，中形，赤髯如虬，乘蹇驴而来。投革囊于炉前，取枕欹卧，看张梳头。"

[2] 李靖时尚未仕，故可称处士，红拂亦这样称谓他。二人行次灵右旅舍，遇虬髯客，三人义气相交，遂成风尘三侠。

[3]《虬髯客传》："贞观中，公以左仆射平章事。适南蛮奏曰：'有海船千艘，甲兵数十万，入扶苏国，杀其主自立，国已定矣。'靖知虬髯成功也。归告张氏，共沥酒向东南拜而贺之。"

No. 2   Lady Red-Broom

Uncouth indeed is Curly Whiskers,
Who throws a sidelong glance at the jade-like lady combing her hair.
Because of the flower's fetching beauty they gather,
And over mellifluous wine arise trust and candor.
In a fashion of *Reeds and Rushes*, to a commoner she becomes betrothed;
And the fraternity of The Three brings about a legend of chevalier.
When the couple spill liquor to the southeast,
They know that the Fuyu kingdom has been subjugated by their old confrere.

之三　虬髯

何来奇侠客,
富贵自相随。
谈笑诛无义[1],
从容识有为。
事功酬鲍叔[2],
薄酒奠虾夷[3]。
逊避唐王业,
安如博浪椎[4]。

注释

[1] 风尘三侠订交后,往酒肆饮。《虬髯客传》:"既巡,客曰:'吾有少下酒物,李郎能同之乎?'曰:'不敢。'于是开革囊,取出一人首并心肝。却头囊中,以匕首切心肝,共食之。曰:'此人乃天下负心者也,衔之十年,今始获之。吾憾释矣。'"

[2] 虬髯因识"太原李氏,真英主也",遂决定放弃其"本欲于此世界求事,当或龙战二三十年,建少功业"的计划。他出其所有,悉以赠奉靖,助其"辅清平之主",建功立业。鲍叔即春秋时的齐国大夫、管仲的好友鲍叔牙,笃于友谊,帮助管仲成就了霸业,故管仲称"生我者父母,知我者鲍子也"。

[3] 指日本北方未开化民族,代指日本。《新唐书·东夷传·日本》:"明年,使者与虾蛦人偕朝,虾蛦亦居海岛中,其使者须长四尺许,珥箭于首,令人戴瓠立数十步,射无不中。""蛦"通"夷"。

[4] 秦末张良于博浪沙狙击秦始皇所用的铁椎。《史记·留侯世家》:"良尝学礼淮阳,东见仓海君,得力士,为铁椎重百二十斤。秦皇帝东游,良与客狙击秦皇帝博浪沙中,误中副车。"

No. 3   Curly Whiskers

Where does he come from, the outlandish gallant?
Riches and honor seem to escort him everywhere.
The crooked slayed while he chats and jests,
In ease he recognizes the able with an acute eye.
Deed and achievements he relinquishes to his confidents,
Who raise course wine to toast him, now the Emishi Sire.
Out of modesty he yields to the Tang mandate;
Lesser is he than the Bolang assassins, who into fate pry.

五
古

Five-Charactered Ancient Airs

蹇路行

中情既款款,
临路克密期。
与君期何所?
十日复君扉。
分袂[1]槐犹绿,
黄月照朱帷。
捣衣[2]动归客,
昨来霜叶稀。
涉深忧济广[3],
策马伤虺隤[4]。

日旰[5]人不至,
凉风吹我衣。
非敢淹行路,
岁晏[6]卜明夷[7]。
维以不永怀,
散发酌彼卮[8]。
何当速飞鸟,
乘舸借灵螭[9]。
谁谓桑中[10]契,
久要不忘辞[11]。

注释

[1] 袂为衣袖,"分袂"即离别。唐李山甫《别杨秀才》:"如何又分袂,难话别离情。"

[2] 用木杵在砧上捶击以洗衣。北周庾信《夜听捣衣》:"秋夜捣衣声,飞度长门城。"唐李白《子夜吴歌·秋歌》:"长安一片月,万户捣衣声。"

[3] 济,此处指济水。《诗·邶风·匏有苦叶》:"匏有苦叶,济有深涉。"

[4] 《诗·周南·卷耳》:"陟彼崔嵬,我马虺隤。我姑酌彼金罍,维以不永怀。"

[5] 日暮。《左传·襄公十四年》:"卫献公戒孙文子、宁惠子食,皆服而朝,日旰不召。"杜预注:"旰,晏也。"

[6] 晏,通"晚"。

[7] 六十四卦之一,离下坤上。《易·明夷》:"明夷,利艰贞。"此处喻遭受艰难或境遇不遂。

[8] 见注释[4]。虺隤,疲极致病貌。

[9] 传说中一种没有角的龙。北宋梅尧臣《五日登北山望竞渡》:"千桡速飞鸟,两舸刻灵螭。"

[10] 《诗·鄘风·桑中》:"云谁之思?美孟姜矣。期我乎桑中,要我乎上宫,送我乎淇之上矣。""桑中"喻偷期密约之地。

[11] 《论语·宪问第十四》:"见利思义,见危授命,久要不忘平生之言。"

THE SONG OF HINDERED ROAD

Tender feelings for each other as we have fallen into,
Again we pledge to meet, at crossroads bidding fond adieu.
When and whereto, ought we plan for the rendezvous?
Tapping your door leaf anew, in ten days I could be due.
When we parted, the locust trees were still green
And sallow moon light shed on a curtain of scarlet hue.
Clothes-clubbing sounds stir the heart of nostalgic guest, autumn sensed from the ado;
Frosted leaves are far between and few, overnight as trees slough.
To brave the fathomless water I dread the immense Ji bayou;
To spur the horse I pity the poor beast, fatigued thorough.

The sun is setting, yet my expected has not come the scene onto;
Cool wind over my raiment bleakly blows.
Not that I want, on my part, to put off the voyage,
But year's end conjures a Mingyi Hexagram, which indicates fate askew.
Only in this I could stanch my ever-lasting sorrows:
To slacken my hair and swill that goblet of brew.
One of those days I will expedite the flying bird as my vanguard
And borrow the hornless dragons as my boat's tow.
Who says that our words were exchanged in the mulberry woods, where lovers woo;
Long covenanted, the pledge will not come undue.

沧浪行

周郎既知律，
小乔妙移筝[1]。
汝南少无婚，
井上识闺英[2]。
王氏密诸谢，
法护绝馆甥[3]。
逸少子不恶，
天壤薄叔平[4]。
岂必取齐姜[5]，
人间重秦嬴[6]。

郢客发阳春[7]，
羽商何铿铮。
短生求投份，
不待日西倾。
斯人不重见，
魏鹊无枝横[8]。
且进平阳酒[9]，
因寿涓与彭[10]。
襟期沧浪下，
与子共濯缨[11]。

注　释

[1] 传说周瑜妙解音律。《三国志·吴书·周瑜传》："瑜少精意于音乐，虽三爵之后，其有阙误，瑜必知之，知之必顾，故时有人谣曰：'曲有误，周郎顾。'"南宋姜夔《解连环》："为大乔能拨春风，小乔妙移筝。"

[2]《世说新语·贤媛第十九》："王汝南少无婚，自求郝普女。司空以其痴，会无婚处，任其意，便许之。既婚，果有令姿淑德。生东海，遂为王氏母仪。或问汝南何以知之，曰：'尝见井上取水，举动容止不失常，未尝忤观，以此知之。'"王汝南即王湛，官至汝南内史。

[3] 东晋望族琅琊王氏与陈郡谢氏世代联姻交好，然王珣（字法护）却与谢氏女（谢安弟谢万之女）离异。馆甥，女婿。《孟子·万章下》："舜尚，馆甥于贰室。"

[4] 指谢道蕴鄙薄其夫王凝之事，凝之字叔平。《世说新语·贤媛第十九》："王凝之谢夫人既往王氏，大薄凝之。既还谢家，意大不说。太傅慰释之曰：'王郎，逸之之子，人才亦不恶，汝何以恨乃尔？'答曰：'一门叔父，则有阿大、中郎；群从兄弟，则有封、胡、遏、末。不意天壤之中，乃有王郎！'"

[5]《诗·陈风·衡门》："岂其取妻，必齐之姜？"取，通"娶"。

[6] 一指秦国嬴姓女，二指赵国宗女，赵姓嬴，故云。亦可泛指美女。

[7] 见《昔在序》第 3 页注释 [6] "嗣郢上之绝响"。

[8] 贤才无所依存。东汉曹操《短歌行》："月明星稀，乌鹊南飞，绕树三匝，何枝可依。"因曹操为魏王，故是鹊称"魏鹊"。

[9] 西汉丞相曹参，封平阳侯，常饮醇酒。北宋曾巩《静花堂》："客来但饮平阳酒，衙退常携靖节琴。"

[10] 涓子、彭祖的并称，传说中的古代仙人。三国魏嵇康《与阮德如》："涓彭独何人，唯志在所安。"

[11] 战国楚屈原《渔父》："沧浪之水清兮，可以濯我缨。沧浪之水浊兮，可以濯我足。"亦见《孟子·离娄上》。

THE SONG OF CANGLANG

For Zhou Yu, the Wu meritocrat and music connoisseur,
Litter Qiao subtly mis-plucked her Zheng zither.
Wang Zhan, the Runan Magistrate, then young and unmarried,
Noticed a girl so serenely, from the well drawing water.
Both clan patricians, the Wangs held the Xies very dear,
Yet abjuring a martial bond, Fahu divorced a Xie daughter.
A son of Yishao, and not at all of objectionable character,
Shuping was nevertheless belittled by his wife as mediocre.
Must one marry the Jiang princess of Qi merely for her birth cachet?
The world deems the Ying princess of Qin worthier.

Trilling *Spring Snow* sang the Ying guest, a highbrow vocalist,
The Shang and Yu notes striken in a silvery, tinkling timbre.
Seeking only for the like-minded in this ephemeral life,
I would not wait until the sun leans west at vesper.
This singular soul is not to be seen again ever,
And the magpie deplored by the Wei Lord has no twigs to anchor.
So I entreat the wine of Marquis Pingyang be drunk,
And wish him the longevity of Juan and Peng, the immortals of yore.
Pledging to meet under Canglang the ancient water,
In the clear currents we'd rinse tassels of caps together.

秋音

零雨滴蕉鹤,
寂与秋琴斫[1]。
衾枕悲节候,
寝处亡[2]燕乐。
倭堕[3]新睡起,
菱光黯镜阁。
言念怀所欢,
杳若商参约[4]。

君子衹行役[5],
缅邈[6]陟江郭[7]。
衢路[8]人连蹇[9],
弊辇骥踌躇[10]。
玄度除日华[11],
岁聿嗟云莫[12]。
曷云其还矣,
霜繁近采获[13]。

注　释

[1] 斫,砍、削也。

[2] 亡,通"无"。

[3] 发髻向额前坠俯。

[4] 见第 34 页注释 [1] "参商遇"。

[5] "衹役"为奉命就任。南朝宋谢灵运《邻里相送方山》诗:"衹役出皇邑,相期憩瓯越。"

[6] 遥远貌。清顾炎武《与王虹友书》:"惟是筋力衰隤,山川缅邈。"

[7] 濒江的城郭。清黄景仁《吴山夜眺》:"月浮江郭动,星傍海门疏。"陟,远行,长途跋涉。

[8] 道路或歧路。

[9] 见第 30 页《之四》注释 [4] "连蹇悟屯邅"。

[10] 弊辇,破旧的马车。西汉东方朔《七谏·沉江》:"骥踌躇于弊辇兮,遇孙阳而得代。"

[11] 玄度,月亮。汉刘向《列仙传·关令尹赞》:"尹喜抱关,含德为务,挹漱日华,仰玩玄度。"日华,太阳的光华,亦可喻太阳。此句指日月流逝。

[12] "莫"通"暮","聿"为语助词。《诗·唐风·蟋蟀》:"蟋蟀在堂,岁聿其莫。今我不乐,日月其除。"又,《诗·小雅·小明》:"昔我往矣,日月方除。曷云其还?岁聿云莫。"

[13] 南朝宋谢灵运《赠从弟弘元诗六首》之五:"仳离未几,节至采获。静念霜繁,长怀景落。"

THE AUTUMN SOUNDS

Over plantains and cranes the rain drizzles,
And with the truncated autumn zither it mutely echoes.
Sorrowed to acquaint the time are my quilt and pillows,
For cheers have absconded from where I dwell in repose.
I wake up, the raven of my hair's filament weighing down,
And the diamond mirror dims the splendid quarter into shadows.
How my heart aches for his presence, which I used to cherish;
He is afar, afar as the Shang star, which never with the Shen mingles.

My man is commissioned to be on the go,
Venturing to distant rivers and boroughs.
Arduous roads he undergoes,
His chariot worn-out, faltering his thoroughbred horse.
The moon relays the sun, day in and day out;
The year is, one deplores, approaching to its close.
Why, I ask, have you not said you'd make your way home?
The frost is so thick that the season of garnering will soon impose.

覆答某君

注释

[1]《诗·召南·江有汜》:"江有汜,之子归,不我以。"之子,犹这个人、此人,《诗经》中多指女性,但亦可指男性。南朝宋谢灵运四言诗《答中书》"之子名扬,鄙夫忝官"句中的"之子",就是指其从兄、中书侍郎谢瞻。

[2] 桡,船桨。唐曹唐《汉武帝思李夫人》:"夜深池上兰桡歌,断续歌声彻太微。"西汉焦赣《易林·随之第十七》:"家在海隅,桡短流深。企立望宋,无木以趑。"

[3] 见第16页注释 [5] "卬须友"。

[4] 春日的景物,常指花。前蜀韦庄《寄园林主人》诗:"主人常不在,春物为谁开。"

[5] 半路。《楚辞·九辩》:"然中路而迷惑兮,自压按而学诵。"

[6] 七夕之别称。南朝梁武帝《七夕》:"妙会非绮节,佳期乃良年。"

[7] 兰草与杜若,皆香草。

[8] 随风飘转的蓬草,喻指随命运而漂泊。三国魏曹植《杂诗》之二:"转蓬离本根,飘飖随长风。"

[9] 遭逢,相遇。

[10]《后汉书·皇后纪·光烈阴皇后纪》:"初,光武适新野,闻后美,心悦之。后至长安,见执金吾车骑甚盛,因叹曰:'仕宦当作执金吾,娶妻当得阴丽华。'"仍岁,连年、多年。《南史·齐豫章文献王嶷传》:"旧楚萧条,仍岁多故。"

[11] 西汉东方朔《海内十洲记》:"煮凤喙及麟角,合煎作膏,名之为续弦胶,或名连金泥。此胶能续弓弩已断之弦,刀剑断折之金。"

[12] 见第38页注释 [4] "交歧"。

[13] 传说中的仙人、汉代叶县令王乔的鞋子。东汉应劭《风俗通·正失·叶令祠》:"俗说孝明帝时,尚书郎河东王乔迁为叶令。乔有神术,每月朔常诣台朝。帝怪其来数而不见车骑,密令太史候望之,言其临至时,常有双凫从东南飞来。因伏伺见凫,举罗,但得一双舄耳。使尚方识视,四年中所赐尚书官属舄也。"

[14] 酒的别名。西汉焦赣《易林·坎之兑》:"酒为欢伯,除忧来乐。"

[15]《庄子·逍遥游》:"惠子谓庄子曰:'魏王贻我大瓠之种,我树之成,而实五石。以盛水浆,其坚不能自举也。剖之以为瓢,则瓠落无所容。非不呺然大也,吾为其无用而掊之。'"庄子建议惠子"何不虑以为大樽,而浮乎江湖"。

[16] 唐张籍《节妇吟·寄东平李司空师道》:"还君明珠双泪垂,恨不相逢未嫁时。"

[17] 即王昭君。汉元帝遣后宫王嫱嫁匈奴单于呼韩邪。北宋苏轼《古缠头曲》:"翠鬟女子年十七,指法已似呼韩妇。"

[18]《诗·卫风·氓》:"士也罔极,二三其德。"又:"于嗟女兮,无与士耽!士之耽兮,犹可说也。女之耽兮,不可说也。"

[19]《诗·郑风·将仲子》:"将仲子兮,无逾我里,无折我树杞。"同篇中又有"岂敢爱之?畏我诸兄。仲可怀也,诸兄之言亦可畏也"句。

之子滞江汜[1],
淹时以飘寓。
桡短恨流深[2],
人涉卬无渡[3]。
春物[4]悲流年,
归人惘中路[5]。
妙会非绮节[6],
佳期拟又误。
感君摘兰若[7],
赠表同心句。
陌桑原夙旧,
转蓬[8]复值遇[9]。

不愿仕金吾,
仍岁丽华慕[10]。
倩煮凤与麟,
折剑胶新铸[11]。

短世遵交歧[12],
何惜王乔屦[13]。
不辞饮欢伯[14],
长浮魏王瓠[15]。
然必谢使君,
还珠幸解喻[16]。
汉元重颜色,
尚遣呼韩妇[17]。
况士二三德,
与耽无说故[18]。
岂伊畏诸兄,
将仲无折树[19]。
直以忧君子,
愿言申幽愫。

A REPLY TO SOMEONE

About the river bend I once was adrift,
In the foreign land, a star-crossed itinerant.
Paddling through immense currents with oars too short,
When others ferried home, I alone was left behind.
Proceeds of spring bemoan the fleeting of time;
I am bewildered in traveling the homeward route.
No likely occasions having entertained the lovers' rendezvous,
A delicate hour was once proposed, and then lapsed out.
I wax sentimental when you pick orchids and sweet herbs,
And, as a token of your tender heart, to me present.
We knew each other on the mulberry pathways, in the old days;
When fleabane whirls in the wind, we should once again meet.
The title of imperial guard you'd abjure, said you that,
Yet your fondness for Lihua remains unabated.
You would have the Phoenix's beak and Kylin's horn boiled
To mend the broken sword as if anew out of the cast.

In this short life we have all trodden forked roads;
Why do I grudge Wang Qiao's shoes to pay no heed to the immortal's orbit?
I will not decline wine, the intoxicating pleasure-begetter,
And I will raft on waters in a canoe made out of King Wei's gourd.
But I must decline your offer of grace;
The implication of the returned pearls I do hope you appreciate.
Emperor Yuan of Han was partial to fair countenance,
Yet to the chieftain of the Huns he still sent away his consort.
A man's love is but a fickle enterprise,
Of which I'll not be excused for being an addict.
Not for fear of my brothers,
"Rapture my trees not!" to Zhong I'd entreat.
It is out of the concern for a gentleman's repute,
That I have to disembosom the exquisite sentiment.

五绝

Five-Charactered

Quatrains

霜节有怀

碧树凋霜序[1],
高云动客樯[2]。
思君煎夜烛,
静下泪千行。

注 释

[1] 降霜的晚秋季节。唐魏征《五郊乐章·雍和》:"式资宴贶,用调霜序。"

[2] 游子所乘舟船的帆樯。

THOUGHTS ON THE SEASON OF FROST

Frost has withered the emerald of the alder;
Lofty clouds upset the sailing mast of the wayfarer.
To miss you is to burn a nightly candle,
And quietly shed a thousand tears.

清明怀归

巽风[1]佻杏雨,
社燕[2]羁金堤。
淑景[3]尤羁者,
云何滞海西?

注 释

[1] 东南风,又称清明风、景风。唐白居易《苏州南禅院千佛堂转轮经石记》:"佻然巽风,一变至道。"

[2] 燕子春社时来,秋社时去,故名"社燕"。北宋苏轼《送陈睦知潭州》:"有如社燕与秋鸿,相逢未稳还相送。"

[3] 犹美景。

YEARNING TO RETURN AT QINGMING

Southeastern wind flirts with drizzles of apricot rain,
Earth temple swallows darting about the golden river wall.
The scenic landscape seems to reprove me the detained:
Why sojourn to the west of the sea at all?

七古

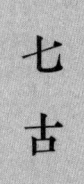

… Seven-Charactered Ancient Airs

少年歌 为中华之星国学大赛作

甘罗十二志岂小,
请为张唐先报赵[1]。
河陇尝见霍骠姚[2],
双捕单于挽弓矫。
桑羊算缗计饶国,
平准书中臣才皎[3]。
汉高夸斩白帝子[4],
李寄怀剑斫蛇起[5]。
既除虎龙靖乡梓,
一朝周处知闻耻[6]。
文义艳发谢胡儿,
撒盐差拟亚乃姊[7]。

少年谁谓劝功早,
莫蹉流年和岁老。
震旦肇兴赖吾侪,
清声雏凤[8]良可宝。
正己就有道,
佚德翦除如振槁[9]。
束发怀耿介,
尘垢必为天下扫。

鲲欲图南海运徙[10],
闻斯行之[11]道只此。
今古英贤去尺咫,
甿讴社鼓[12]亦青史。
朝旭临明堂,
邦彦[13]粲兮作万士。
名驹负逸足,
跬步积焉致千里[14]。

注 释

[1] 甘罗为战国秦名臣甘茂之孙,年十二,事秦相文信侯吕不韦,说服张唐到燕国作相国,并自请先去赵国替张唐打通关节——"请为张唐先报赵",通过外交计谋使秦国得到十几座城池,封上卿。事详《史记·樗里子甘茂列传》。

[2] 即十七岁被汉武帝任命为骠姚(又作"剽姚")校尉的霍去病。

[3] "桑羊"是西汉经济学家、武帝的财政大臣桑弘羊的省称。他年十三以精于心算入侍宫中,后推行算缗、告缗、盐铁官营、均输、平准等经济制度,增加了国库收入。虽然桑弘羊在《史记》中无传,但《史记·平准书》中有不少关于他的记录。

[4]《史记·高祖本纪》:"高祖被酒,夜径泽中,令一人行前。行前者还报曰:'前有大蛇当径,愿还。'高祖醉,曰:'壮士行,何畏!'乃前,拔剑击斩蛇。蛇遂分为两,径开。行数里,醉,因卧。后人来至蛇所,有一老妪夜哭。人问何哭,妪曰:'人杀吾子,故哭之。'人曰:'妪何为见杀?'妪曰:'吾子,白帝子也,化为蛇,当道,今为赤帝子斩之,故哭。'"

[5] 据东晋干宝《搜神记》载,东越闽中有庸岭,中有大蛇,常食人。一岁将祀之,将乐县李诞家有六女无男,其小女名寄,应募欲行,请好剑斫死之。越王闻之,聘为后。

[6] 据《晋书·周处传》载,周处"纵情肆欲,州曲患之",乡民称其与猛虎、蛟龙为"三害"。周处自知为人所弃,只身入山射虎,投水搏蛟。"经三日三夜,人谓死,皆相庆贺。果杀蛟而反,闻乡里相庆,始知人患己之甚。"后来周处改过自新,成为吴晋两朝名臣。

[7] 东晋谢朗为谢安兄谢据长子,小名胡儿,是谢家子弟"封胡羯末"中的"胡"。《续晋阳秋》称其"文义艳发,名亚于(谢)玄。"《世说新语·言语第二》载谢安于寒雪日内集,问子侄"白雪纷纷何所似?",其侄女谢道韫的应对"未若柳絮因风起"成为千古佳话,而被比下去的正是胡儿此前说的"撒盐空中差可拟"一语。

[8] 唐李商隐《韩冬郎即席为诗相送因成二绝》之一:"桐花万里丹山路,雏凤清于老凤声。"

[9] 击落枯叶,喻事之易成。《荀子·王霸》:"及以燕赵起而攻之,若振槁然。"

[10] 见第 32 页注释 [3]"奋北鲲"。

[11]《论语·先进第十一》:"冉有问:'闻斯行诸?'子曰:'闻斯行之。'"

[12]"甿"通"氓",田野农民也。甿讴,百姓传唱的曲谣。社鼓,社日祭神所奏的鼓乐。

[13] 指一国之彦俊人物。《诗·郑风·羔裘》:"羔裘晏兮,三英粲兮。彼其之子,邦之彦兮。"

[14]《荀子·劝学》:"不积跬步,无以至千里。"

THE SONG OF YOUTH, COMPOSED FOR THE STAR SINICA CONTEST

Gan Luo, only twelve, his aspirations not at all of a minor,
Petitioned for a position with the State of Zhao to anticipate Zhang Tang, a senior peer.
West bank of Yellow River witnessed Huo Qubing, the juvenile Piaoyao general,
Who captured two barbarian chiefs at once, his bow full of vigor.
Sang Hongyang's taxation enriched the state's revenue,
And the *Book of Equalization* rendered him a distinguished minister.
Emperor Gaozu of Han may brag about slaying the Son of White God,
Yet Li Ji, a little girl, sword in arms, also butchered a huge viper.
Having killed the atrocious tiger and dragon to assuage his country,
Zhou Chu at length took shame on his previous dishonors.
Xie Hu'er was a bright scion who excelled in letters,
But, because he analogized snow to salt, was thought to be lesser than his sister.

To encourage youth is never too premature:
Do not while time, growing old an idler.
Pax Sinica relies on us to prosper,
And shall certainly cherish the young phoenix's tenor.
Rectifying ourselves to espouse the proper way,
We weed loose morals as if shedding off leaf-litters.
At the age of hair tying and committing to probity,
Of obscenities of this land we will become sweepers.

The giant Kun fish soars southbound but first flaps his wings;
"Hear the Way and act upon it!" the Way lies nowhere but hither.
The high-minded of the past and present are not so far apart;
Village songs and drums record as much as the historiographer.
When morning sun illuminates the Bright Hall,
The state boasts its splendid youth, ten-thousand in number.
Thoroughbred colts with winged hooves
At the culmination of small steps will gallop yonder.

七律

Seven-Charactered

Lyrical Octaves

为友作庆婚嵌字诗

友人之友,新做家翁,请赋庆婚诗一首。嵌字曰李、凯、隽、焦、旭、丽、龙、虎、五、月、海、尔、洲、际、酒、春,计十六字,人名、生肖、节气、婚宴之所耳,诗七律,计五十六字。

醨醇[1] 燕凯[2] 迓宾嘉,
五月桃夭落李家。
焦尾[3] 喜弹洲渚调,
丽人隽戴海榴花。
姻连龙虎初成配,
媒际凰鸾好作夸。
帘内春音呼尔汝,
堂前东旭奉新茶。

注释

[1] 薄酒与醇酒。

[2] 欢宴。北宋苏轼《补龙山文》之一:"征西大府,重九令节。驾言龙山,燕凯群哲。"

[3] 《后汉书·蔡邕传》:"吴人有烧桐以爨者,邕闻火烈之声,知其良木,因请而裁为琴,果有美音,而其尾犹焦,故时人名曰'焦尾琴'焉。"

WEDDING CONGRATULATIONS WITH CHARACTERS EMBEDDED, WRITTEN ON BEHALF OF A FRIEND

The daughter of a friend's friend is to get married. I am entreated by my friend to write a character-embedded poem, having names and zodiacs of the couple, and the month, the season and the place of the wedding, altogether 16 characters, incorporated. Characters adopted are Li, Kai, Jun, Jiao, Xu, Li, Long (dragon), Hu (tiger), Wu (five), Yue (month), Hai, Er, Zhou, Ji, Jiu (wine), Chun (spring). The poem itself, as with all seven-charactered lyrical octaves, totals 56 characters.

Both thick and thin wine greets our guests in delight;
To make fair of the Li household, the May peach shall blissfully alight.
Over the scorched zither, the love chord of *River Islet* is merrily played,
And our comely bride apparels herself with flowers made of garnet.
Binding dragon and tiger, the matrimony produces a new couple;
Uniting phoenix and firebird, the fine match deserves compliments.
Boudoir curtains are for eavesdropping on endearing sobriquets,
And the in-laws receive tea in the hall, when the sun rises in the east.

闲情

黄九[1]耽诗亦漫狂,
泥犁自堕[2]谓何当。
去官赵抃常娱鹤[3],
赁舂梁鸿更隐乡[4]。
云袖既分悲沈墨[5],
玉钗仍整喜销黄[6]。
蔡张不作闲情赋[7],
唯到情深写彷徨。

注 释

[1] 北宋诗人黄庭坚,字鲁直,号山谷道人,排行第九,故称"黄九"。南宋杨伯岳《臆乘·行第》:"前辈以行第称,多见之诗……少游称后山为陈三,山谷为黄九。"

[2] 北宋慧洪觉范《禅林僧宝》第二十六卷记载了禅师法秀与黄庭坚有关"作艳语"的一段对话:"黄庭坚鲁直作艳语、人争传之。秀呵之曰:'翰墨之妙,甘施于此乎?'鲁直笑曰:'又当置我于马腹中耶?'秀曰:'汝以艳语动天下人淫心,不止马腹,正恐生泥犁中耳。'"唯是之故,"黄九泥犁"成为诗词家、特别是擅写闲情者常涉的一个典故。清纳兰性德《虞美人·凭君料理花间课》:"眼看鸡犬上天梯,黄九自招秦七共泥犁。"钱锺书在《秣陵杂诗》中打趣其师吴宓(雨僧)之喜作情诗,亦作有"一笑升天鸡犬事,甘随黄九堕泥犁"句。

[3] 赵抃,字阅道,谥清献,北宋名臣,在位时不避利害弹劾权贵,称"铁面御史",去官后常以一琴一鹤自随。

[4] 据《后汉书·逸民传·梁鸿》,梁鸿娶贤妻孟光后,"遂至吴,依大家皋伯通,居庑下,为人赁舂。每归,妻为具食,不敢于鸿前仰视,举案齐眉"白为舂米用的石臼。郁达夫《毁家诗纪》之九:"亦欲赁舂资德曜,屡廖初谱上鲲弦。"

[5] 无声息。"墨"通"默"。

[6] 消去额头的黄色涂饰。清吴伟业《戏赠》之五:"玉钗仍整未销黄,笑看儿郎语太狂。"

[7] 东晋陶潜《闲情赋序》:"初,张衡作《定情赋》,蔡邕作《静情赋》,检逸辞而宗淡泊,始则荡以思虑,而终归闲正。"

LEISURED SENTIMENTS

Huang Tingjian the Ninth, an addict of amatory poems, was gallant and daring;
That he should fall into hell, a punishment for writing sonnets, was said to be fair.
Zhao Bian abjured his office, and was often seen playing with cranes;
Husking rice as a hired-hand, Liang Hong further retreated to a country of nowhere.
Parting of our clouds of sleeves since, in reticence I have been grieving;
The forehead sallowness though tarnished, the jade hairpin has blissfully escaped a tear.
Cai Yong and Zhang Heng had never composed rhapsodies on *Leisured Sentiments*,
For only in love this profound, could one be stirred to pen the mood of despair.

碧云

鬓多风栉鬘经雨,
自牧泾阳远碧云[1]。
把卷鸡窗[2]知隽士[3],
校书鹤帐[4]识征君[5]。
未觞官酒[6]资嘉趣,
颇赌前茶[7]论旧闻。
最是恼人如鉴月,
曾经蒲寺照双文[8]。

注 释

[1] 唐李朝威《柳毅传》载柳毅"应举下第,将还湘滨。念乡人有客于泾阳者,遂往告别",遇洞庭龙君之女,"牧羊于野,风鬟雨鬓。"柳毅为其传书后,洞庭君与其弟钱塘君举宴,毅以二媵奉二君,乃歌曰:"碧云悠悠兮,泾水东流。伤美人兮,雨泣花愁。尺书远达今,以解君忧。"

[2] 南朝宋刘义庆《幽明录》:"晋兖州刺史沛国宋处宗尝买得一长鸣鸡,爱养甚至,恒笼着窗间。鸡遂作人语,与处宗谈论,极有玄智,终日不辍。处宗因此言巧大进。"后常以"鸡窗"指书斋。

[3] 才智出众之士。

[4] 隐逸者的床帐。元张可久《朝天子·山中杂书》曲:"月朗禅床,风清鹤帐,梦不到名利场。"

[5] 不接受朝廷征聘的隐士。

[6] 官酿官卖的酒,可喻美酒。

[7] 即雨前茶。此处用李清照赵明诚赌茶典。北宋李清照《金石录后序》:"余性偶强记,每饭罢,坐归来堂烹茶,指堆积书史,言某事在某书某卷第几页第几行,以中否角胜负,为饮茶先后。中即举杯大笑,至茶倾覆怀中,反不得饮而起。甘心老是乡矣!故虽处忧患困穷,而志不屈。"

[8] 唐元稹作《会真记》,又名《莺莺传》,衍为后世著名的元杂剧《西厢记》。故事发生在蒲东普救寺,其中崔莺莺的原型为元稹表妹双文。

EMERALD CLOUDS

Enough rains and winds my damp, disheveled hair had experienced.
Since shepherding in Jingyang, from the emerald clouds I am at a distance.
Volumes in hand by the window of chicken, I come to recognize him a man of merit;
Collating classics in the crane's tent makes the lofty hermit my acquaintance.
Never has the franchised good wine been poured to yield more interesting topics,
But the pre-rain tea is plentifully bet while we reminiscence.
The mirror-like moon agnizes most,
For it once shed light on Shuangwen at the Pu Temple, in dalliance.

秦桑

秦桑陌上[1]自纯诚,
何用周思附孔情[2]。
诗病禅中难说法,
弦伤锦里费调筝。
蛮笺十样丝重错[3],
楚客千愁酒正醒[4]。
莫枉仙槎[5]偷缱绻,
明朝迢递隔瑶京。

注 释

[1] 汉乐府《陌上桑》:"日出东南隅,照我秦氏楼。秦氏有好女,自名为罗敷。罗敷喜蚕桑,采桑城南隅。"

[2] 指附庸儒家的正统思想感情加以诠释。

[3] 唐时高丽纸的别称,亦指蜀地所产的名贵彩色笺纸,花纹错综。唐韩浦《以蜀笺寄弟洎》:"十样蛮笺出益州,寄来新自浣溪头。""错"字双关。

[4] 病酒。

[5] 传说中能来往于海上和天河之间的竹木筏。南宋张孝祥《蝶恋花·送姚主管横州》词:"君泛仙槎银海去。后日相思,地角天涯路。"

QIN MULBERRIES

Pure and honest is the *Qin Mulberries* sung in the fields,
And there is no need to have Confucian sensibilities attached to the ballad.
Poetry plagued by Zen Buddhism does not proselytize;
Strings of ornate zither play lugubriously in the case of brocade.
The Man stationery, interlocked in ten patterns, has silk doubly fallacious;
The Chu guest, intoxicated by a thousand skeins of sorrows, is not yet sober-minded.
Don't make waste the ethereal boat, which ferries the lover to be your valentine;
For tomorrow the celestial capital will be remote and the road barricaded.

读《世说》感谢氏之有佳子弟

英多磊砢[1]问明珠,
谢氏佳郎羯与胡[2]。
总角玄谈欺老梵[3],
纶巾素简戏诸苻[4]。
叔言儿辈棋无故[5],
姊感群从壤有殊[6]。
借若横流[7]非逆折,
安知玉树[8]本名驹。

注 释

[1]《世说新语·言语第二》:"王武子、孙子荆各言其土地、人物之美。王云:'其地坦而平,其水淡而清,其人廉且贞。'孙云:'其山嶵巍以嵯峨,其水㳌渫而扬波,其人磊砢而英多。'"磊砢,人才特出之意。

[2] 谢家子弟中最著名的是谢韶(封)、谢朗(胡)、谢玄(羯)、谢琰(末),其中又以羯与胡更为杰出。

[3]《世说新语·文学第四》:"林道人诣谢公,东阳时始总角,新病起,体未堪劳。与林公讲论,遂至相苦。"东阳即谢朗。林道人即支道林,东晋高僧,颇精老庄之说,有辩才,擅清谈。

[4]《晋书·谢尚谢安传》:"(苻)坚进屯寿阳,列阵临肥水,(谢)玄军不得渡。玄使谓苻融曰:'君远涉吾境,而临水为阵,是不欲速战。诸君稍却,令将士得周旋,仆与诸君缓辔而观之,不亦乐乎!'"按《谢玄传》在《晋书》中附于《谢安传》后。

[5]《世说新语·雅量第六》:"谢公与人围棋,俄而谢玄淮上信至,看书竟,默然无言,徐向局。客问淮上利害,答曰:'小儿辈大破贼。'意色举止,不异于常。"

[6] 见第50页注释[4]"天壤薄叔平"。

[7] 动乱,灾祸。南朝宋谢灵运《述祖德》之二:"万邦咸震慑,横流赖君子。"灵运为谢玄之孙,此诗即为彰明祖德而作。

[8] 见第28页注释[3]"谢阶多宝树"。

UPON READING *A NEW ACCOUNT OF THE TALES OF THE WORLD*, I COME TO MARVEL AT THE PROMINENT JUNIORS OF THE XIES

Where to find pearl-like, high-minded youngsters?
The Xies boasted about good lads, Jie and Hu, by their monikers.
Hu, just a boy with braids in his hair, overwhelmed a veteran monk in metaphysical talks;
In a scholar's scarf, Jie leisurely composed an epistle to mock the Fu invaders.
Playing chess unperturbedly, "the boys just triumphed," their uncle understated;
Comparing them to her mediocre husband, "indeed poles apart!" lamented their sister.
Had it not befallen the raging tide of national calamity,
How would we perceive that they, the pedigreed plants, were indeed gallant chargers.

穷年治醒世姻缘传之衣食行今毕其稿因有感焉

之一

谁从平世询荛说[1],
最是才流乐食箪[2]。
丁甲文搜能讶鬼[3],
坎离道反定分鸾[4]。

奉中大史原擎箅[5],

授矢微臣累执纼[6]。
欲传成周淳厚意,
可怜汉阙事将阑[7]。

注 释

[1]《诗·大雅·板》:"先民有言,询于刍荛。"郑玄笺:"古之贤者有言:有疑事当与薪采者谋之。"此处用以指贴近世俗的小说创作。

[2] 才流,犹才士。《论语·雍也第六》:"贤哉,回也! 一箪食,一瓢饮,在陋巷,人不堪其忧,回也不改其乐。"后因以喻生活简单清苦。

[3] 文章精妙感动神灵。丁甲,神名,即六丁六甲神。

[4]《易·说卦》:"坎为水……离为火。"坎、离分别为中男与中女,可喻男与女。《醒世姻缘传》作者西周生认为男女秩序颠倒是妨害夫妻伦常的和谐之道的。

[5]《周礼·春官·大史》:"凡射事,饰中舍。箅(算),执其礼事。"郑玄注引郑司农云:"中所以盛箅也。"《礼记·投壶》:"投壶之礼,主人奉矢,司射奉中,使人执壶。"孔颖达疏:"中,谓受算之器。中之形,刻木为之,状如咒鹿而伏,背上立圜圈,以盛算云。"这里是说史职的起源原不与历史书写密切相关。

[6] 微臣,指大史的助手小臣师。《仪礼·大射》:"小臣师以巾内拂矢,而授矢于公稍属。"郑玄注:"稍属,不捨矢。"胡培翚正义引张尔岐曰:"稍属者,发一矢乃复授一矢,接属而授也。"这里同样是说,小臣师的工作与历史书写也不密切相关。历史,完全可以从非正史中搜求到。

[7]《醒世姻缘传》作者取"西周生"作笔名,显然寓意他的理想社会是处于西周时代。但是作者著书时,明朝气数已将终,明清鼎革的发生已迫近。有研究者甚至认为《醒世姻缘传》完全写作于清代。成周为西周的东都洛邑,可喻西周的鼎盛时代。

I SPENT YEARS STUDYING THE CLOTHING, FOOD AND TRAVEL INSTITUTIONS AS REFLECTED IN THE NOVEL *XINGSHI YINYUAN ZHUAN*. HAVING CONCLUDED THE MANUSCRIPT TODAY, I COME TO THESE THOUGHTS.

No.1

In times of uneventfulness, who inquires about commoners' opinions?
Only a true talent takes relish in the plainest provisions.
His literary grace, so splendid, could have startled ghostly beings;
When the way of man and wife goes topsy-turvy, forfeited for sure is the conjugal benediction.
The Grand Historian was but an arbiter of archery, carrying crates and calculating scores,
While his assistant, the minion, holding silk, delivered arrows to patricians.
Determined to moralize society and return it to the exemplary Western Zhou,
Little did he know that, sadly, the mandate of his dynasty was about to decline.

之二

独恨离词摠阙什[1],
稍笺名物[2]暂成篇。
弘农诂雅[3]期来者,
孔氏通经[4]谏往年。
一代兴亡知故事,
三生遭际论因缘[5]。
杨枝翻尽前朝曲[6],
观史争如读此编。

注 释

[1] 晋郭璞《尔雅序》:"夫《尔雅》者,所以通诂训之指归,叙诗人之兴咏,摠绝代之离词,辨同实而殊号者也。"邢昺疏:"离词犹异词也。什,篇什也。"

[2] 事物的名称、名目等。此处指有关物质生活的名目与制度。

[3] 东晋郭璞,追赠弘农太守,故亦称郭弘农,曾花十八年时间注释《尔雅》。

[4] 唐孔颖达,疏《周易》《尚书》《诗经》《礼记》和《左传》,称《五经正义》。

[5]《醒世姻缘传》作者认为,人的因缘际遇都有三世因果在起作用。

[6] 汉乐府横吹曲辞《折杨柳》,至唐易名为《杨柳枝》,开元时已入教坊曲。唐白居易依旧曲作辞,翻为新声。其《杨柳枝词》之一云:"古歌旧曲君休听,听取新翻《杨柳枝》。"

No.2

That this magnum opus should be without a serious treatise sorrows my heart;
Throwing light on terminologies, this volume I venture to indite.
Guo Pu, the Han magistrate of Hongnong, annotated *Erya,* anticipating forthcoming erudites;
Kong Yingda the Tang scholar thoroughly glossed classics to make allegorical the past.
The rise and fall of a dynasty we could learn from this narrative,
And all can be ascribed to causations, which decide, in three life-circles, how fares one's fate.
Twigs of Poplar and Willow, however much retrieved from lyrics of the previous dynasty,
Compared to this tome, in telling histories is of lesser merit.

之三

中岁通名唯一艺，
览书半豹[1]欲惶惶。

禹轻尺璧[2]光阴短，
纳好围棋[3]刻晷长。

仰屋有纱宁效绎[4]，
下帷无苑可窥梁[5]。

金人销尽秦灰后，
蠹册[6]仍教出伏堂[7]。

注释

[1]《晋书·殷仲文传》："仲文善属文，为世所重，谢灵运尝云：'若殷仲文读书半袁豹，则文才不减班固。'言其文多而见书少也。"一说这是傅亮的话。见《世说新语·文学第四》。袁豹字士蔚，好学博闻，多览典籍。后以"半豹"谓读书不多。

[2] 西晋皇甫谧《帝王世纪》："尧命(禹)以为司空，继鲧治水，乃劳身勤苦，不重径尺之璧，而爱日之寸阴。"《晋书·陶侃传》："大禹圣者，乃惜寸阴，至于众人，当惜分阴。"

[3]《晋书·祖纳传》："纳好弈棋，王隐谓之曰：'禹惜寸阴，不闻数棋。'"此处是指著述需珍惜光阴。

[4] 仰屋，卧而仰望屋梁。《梁书·南平王伟传》："恭每从容谓人曰：'下官历观世人，多有不好欢乐，乃仰眠床上，看屋梁而著书，千秋万岁，谁传此者？'"南朝梁元帝萧绎《金楼子·自序篇》："吾小时，夏日夕中，下绛纱蚊绹，中有银瓯壹枚，贮山阴甜酒。卧读有时至晓，率以为常。"

[5]《汉书·董仲舒传》："(仲舒)下帷讲诵，弟子传以久次相授业，或莫见其面。盖三年不窥园，其精如此。"颜师古注："虽有园圃，不窥视之，言专学也。"此处以"苑"通"园"，梁苑，西汉梁孝王的著名园林。

[6] 被虫子蛀坏的书。

[7] 秦火后，有济南伏胜传《书》。此处是说，学者总会从事著述，这工作是不会因外力作用而被破坏的。

No.3

Middle-aged, I could only present my name as practicing in but one métier;
Books I browsed not quite half of Yuan Bao's reading, on tenterhooks stand I, for my lack of letters.
Yu the Great paid no heed to the foot-long jade, hours to him more treasurable;
Zu Na dawdled playing Weiqi, a tick of time to him lasting until the twelfth of never.
Gazing at the ceiling, I see the gauzes of Liang Emperor Xiao Yi, whose assiduity I'd emulate;
With the curtains closed I take to study, but have no Garden of Liang to gaze over.
Into utter ashes the Qin fire incinerated the metallic figures,
Yet bookworm-bored compilations still came out of the Fu hall, scholarship never devoid of a bearer.

之四

读史应观平准书[1],

郡仓民粟腊时猪。

桑羊设市边敷用[2],

王莽分田赋未除[3]。

南亩十千丰谷醴[4],

北漕百万费河渠[5]。

秦家制度今犹见,

书肆说铃[6]德大樗[7]。

注 释

[1] 司马迁著《史记》,八书中有《平准书》,特记西汉武帝时期的平准均输政策的由来。《平准书》对于东汉史学家班固所作《汉书·食货志》有重要的影响。《平准书》《食货志》被认为是古代经济史著作的代表。

[2] 见第 64 页注释 [3] "桑羊算缗计饶国"。桑弘羊开市肆,增加了国用,使西汉王朝能有足够的财力与匈奴进行边境战争。

[3] 王莽改革,分王田,而赋税仍重。此处指拙著《衣食行:〈醒世姻缘传〉中的明代物质生活》中提到的"一条鞭法"改革之事。

[4] 《诗·小雅·甫田》:"倬彼甫田,岁取十千。我取其陈,食我农人。自古有年,今适南亩,或耘或耔,黍稷薿薿。攸介攸止,烝我髦士。"此处寓《醒世姻缘传》第二十四章"善气世回芳淑景,好人天报太平时"所描述的明英宗复辟后的太平丰收年景,在拙著中有所讨论。

[5] 明代例从东南地区通过大运河运输漕粮至京师,一年平均约四百万石,运河破敝、行路艰难的情况,在拙著中有所讨论。

[6] 西汉扬雄《法言·吾子》:"好书而不要诸仲尼,书肆也;好说而不见诸仲尼,说铃也。"李轨注:"卖书市肆,不能释义。"又注:"铃,以喻小声。犹小说不合大雅。"小说旧称"说铃"。此处指不合于正统的学问、学术。

[7] 《庄子·逍遥游》:"惠子谓庄子曰:'吾有大树,人谓之樗。其大本拥肿而不中绳墨,其小枝卷曲而不中规矩,立之涂,匠者不顾。今子之言,大而无用,众所同去也。'"常以喻无用之材。致力于小说这种"小道"写作的作者,常被正统文人贬抑为"致远恐泥",因此他们不免自比"大樗"、"散樗"以自解;然伟大的小说中,实可见一代之文物制度,这正是我们今人所应格外德之的。

No.4

A history major must read the *Book of Equalization*, a chapter in the *Records of the Grand Historian*,
Wherein he learns about the price of swine at year's end, and the granaries of the county and the proletarian.
Having instituted markets, Sang Hongyang supplied the frontiers with ample revenues;
Wang Mang redistributed the national land but kept taxation.
The ten-thousand southern acres entertain a cornucopia of grains and wine;
Northbound victualling vessels, carrying millions of piculs, have the Canal heavily laden.
The present day still witnesses Qin institutions,
Thanks to the man of unwieldy Ailanthus, whose storytelling renders the horizon of tomes broaden.

上郑训佐师兼怀先师鲍思陶

一自扶风辞绛帐[1]，

踟蹰怀刺愧投阍[2]。

行车字乏扬雄酒[3]，

置业庄荒陆氏[4]村。

颇恨伏诘书未尽[5]，

最伤孟膝易犹温[6]。

及门洒扫承游夏[7]，

更领西河[8]始卒恩。

注 释

[1]《后汉书·马融传》："融才高博洽，为世通儒，教养诸生，常有千数……居宇器服，多存侈饰。常坐高堂，施绛纱帐，前授生徒，后列女乐，弟子以次相传，鲜有入其室者。"马融为扶风茂陵人。

[2] 怀刺，怀藏名片以备谒见。《后汉书·文苑传下·祢衡》："建安初，来游许下。始达颍川，乃阴怀一刺，既而无所之适，至于刺字漫灭。"阍，门。

[3]《汉书·扬雄传》："（雄）家素贫，耆酒，人希至其门，时有好者载酒肴从游学。"同传中又载"刘棻尝从雄学作奇字"。

[4] 唐李冗《独异志》卷下："唐崔群为相，清名甚重。元和中，自中书舍人知贡举。既罢，夫人李氏因暇日常劝其树庄田以为子孙之计。笑答曰：'余有三十所美庄良田遍天下，夫人复何忧？'夫人曰：'不闻君有此业。'群曰：'吾前岁放春榜三十人，岂非良田耶？'夫人曰：'若然者，君非陆相门生乎？然往年君掌文柄，使人约其子简礼，不令就春闱之试。如君以为良田，则陆氏一庄荒矣。'群惭而退，累日不食。"后以"陆氏庄荒"形容在科举考试方面杜绝行私，然亦用作有愧师恩之典。

[5] 伏胜，原为秦国博士，世称伏生。汉初挟书令废后，出其秦火时壁藏之《尚书》，教于齐鲁间。文帝时求能治《尚书》者，伏生时已九十余岁，不能行，文帝遣太常掌故晁错前往，得二十九篇即今传世之《尚书》。伏胜壁藏之篇既有缺佚，传书时年纪又高大，因此其通过弟子所传及个人所传的诘解都不能称完整。

[6] 孟喜，字长卿，西汉易学家，与施雠、梁丘贺同学，俱学于田王孙，据称喜独得其真传，《汉书·儒林传》："师田王孙，且死时枕喜膝，独传喜。"

[7] 子游（言偃）和子夏（卜商）的合称。

[8] 孔子没后，子夏应魏文侯之邀，到魏国西河教学，形成了著名的西河学派，传播儒学思想文化。

TO MASTER ZHENG XUNZUO, AND IN MEMORY OF MY LATE MASTER BAO SITAO

I bid farewell to the crimson curtains at Fufeng;
At your door, name card in hand, I scruple, too bashful to have your doorman announce my visit.
I have failed to load my cart with wine, presenting to Yang Xiong the bibulous philologist;
And, as Cui Qun who neglected his duty to Master Lu, I might as well too, be compared to a wasted estate.
How regrettable that Fu Sheng had not finished his exegetical endeavours on the *Book of History*;
The warmth of the dying Yi master lingered on the knees of Meng Xi, who was still more contrite.
A pupil to Ziyou and Zixia, sprinkling water and sweeping floor I once attended both of you;
Ziyou having gone, I still receive the unaltered grace from the West River pundit.

上王学典师

京国知名[1]器鉴淳,
斯人冠盖[2]曜轻尘。
仰墙有仞惊高壁[3],
临济无梁叹绝津。
三箧亡书钞复旧[4],
五行持卷诵如新[5]。
绛帷幸托称门弟,
愿执吟鞭访子真[6]。

注 释

[1] 唐牟融《赠韩翃》:"京国久知名,江河近识荆。"

[2] 唐杜甫《梦李白》之二:"冠盖满京华,斯人独憔悴。"

[3] 《论语·子张第十九》:"夫子之墙数仞,不得其门而入,不见宗庙之美,百官之富。"

[4] 《汉书·张安世传》:"张安世,字子孺,少小以父任为郎。因善书,给事尚书……上行幸河东,尝亡书三箧,诏问莫能知,唯安世识之,具作其事。后购求得书,以相校,无所遗失。上奇其材,擢为尚书令。"学典师记忆力绝佳,与先师鲍思陶先生有同好,亦嗜陶靖节诗,久诵不失一字。

[5] 《后汉书·应奉传》:"应奉读书,五行并下。"阅读速度之快。学典师尝谓"不图腰缠十万贯,但求坐拥五车书。"终日手不释卷,览书之速,一目十行。

[6] 见第 26 页注释 [5] "谷口耕"。"子真"为汉褒中人郑朴之字。郑朴居谷口,世号谷口子真。修道守默,汉成帝时大将军王凤礼聘之,不应。其耕于岩石之下,名动京师。学典师创儒学高等研究院,主持《文史哲》期刊,梓行文史哲丛书,抠衣下席,礼重饱学。然常叹渊博之士如先师鲍思陶先生者,于学问则兀兀穷年,于著述则多闻阙疑,至于有守南窗以老而未传名山者,释船蹑水,终负本心。余赞其出贤隐于岩穴之意,愿为执鞭云尔。

TO MASTER WANG XUEDIAN

His appraisals of men, honest and prudent, earn him renown in the capital of the state;
The lustre of his cap and equipage illuminates this world of floating dust.
Confronted by the soaring wall, I was overwhelmed by the profundity of his learning;
Standing by the river of his erudition, the lack of a bridge I could only lament.
Three crates of books missing, yet from memory he transcribes them in restoration,
And his reading, five lines at a glace, renders a literal recital afterwards, fresh as the print.
Having the honor to be called one of his disciples under the crimson curtains,
I am with alacrity, holding the poet's horsewhip, to herald his visit to Zizhen the lofty hermit.

七绝

Seven-Charactered Quatrains

泰西莎氏传世桑籁百五十四其中十七则为劝其美貌贵裔男友生子传家号生殖桑籁近为译毕因成数韵

之一

覆君绣被悦君知 [1],

齐景颜娇动绮思 [2]。

检尽逸词无忏悔,

阱牢 [3] 未拔且传诗。

注 释

[1] 西汉刘向《说苑·善说》里录有《越人歌》,其辞曰:"今夕何夕兮,搴中洲流?今日何日兮,得与王子同舟!蒙羞被好兮,不訾诟耻。心几烦而不绝兮,知得王子。山有木兮木有枝,心悦君兮君不知。"楚国贵族鄂君乘舟出游,越人舟子为其歌一曲,表达悦君之情,是为《越人歌》,鄂君深爱感动,于是,"举绣被而覆之",愿与之同床共寝。

[2]《晏子春秋·外篇第八·景公欲诛羽人晏子以为法不宜杀第十二》:"景公盖姣。有羽人视景公僭者。公谓左右曰:'问之,何视寡人之僭也?'羽人对曰:'言亦死,而不言亦死,窃姣公也。'公曰:'含色寡人也,杀之。'晏子不时而入见曰:'盖闻君有所怒羽人。'公曰:'然,色寡人,故将杀之。'晏子对曰:'婴闻拒欲不道,恶爱不祥,虽使色君,于法不宜杀也。'公曰:'恶,然乎?若使沐浴,寡人将使抱背。'"

[3] 阱,捕野兽用的陷坑;牢,监狱。此处代指地狱。

SHAKESPEARE BEQUEATHED 154 SONNETS TO THIS WORLD, OF WHICH, 17 WERE ADDRESSED TO AN ARISTOCRAT "FAIR YOUTH" URGING HIM TO MARRY AND FATHER CHILDREN, AND HENCE KNOWN AS "PROCREATION SONNETS." I PENNED THESE LYRICAL QUATRAIN PIECES UPON CONCLUDING THE TRANSLATION OF THE SERIES LATELY.

No.1

E Jun the Chu nobleman cloaked his mariner with an embroidered quilt, relishing intimacy;
His minion's heart stirred, the visage of Duke Jing of Qi looked so bewitchingly beautiful.
Shen Yue repented over penning amorous lyrics, yet this author does not;
For all of his soul unreleased from purgatory, his poetry shall prevail.

注 释

[1] 见《昔在序》第 4 页注释 [1]"匿微情以终古"。

[2] 郑国的音乐，按照儒家标准被认为是放佚淫荡的。《论语·卫灵公第十五》："放郑声，远佞人。郑声淫，佞人殆。"刘宝楠正义："《五经异义·鲁论》说郑国之俗，有溱、洧之水，男女聚会，讴歌相感，故云郑声淫。"《诗经·郑风》中多爱情诗。

[3] 三国魏曹植《洛神赋》："无微情以效爱兮，献江南之明珰。"曹植生前封陈王，去世后谥号"思"，因此又称陈思王。

之二

微情[1]中礼近无情，
心事贞幽托郑声[2]。

效爱明珰难献意，
陈思赋洛半如醒[3]。

No.2

In conforming to propriety, subtle affections are next to nonchalance;
In the Zheng music, the most amorous of the *Odes*, his unsullied thoughts dimly ensconce.
Has the precious pearl, presented as a token of love, reflected his heart enough?
Maudlin the Prince of Chensi must have been, when he wrote about the matchless Luo Goddess.

之三

庾信风流断袖边 [1],
长沙趣客酒曾传 [2]。
蛾眉膏发 [3] 怜无继,
别写螽斯衍庆 [4] 篇。

注 释

[1]"断袖"典出《汉书·佞幸传·董贤》:"(董贤)为人美丽自喜,哀帝望见,说其容貌……贤宠爱日甚,为驸马都尉侍中,出则参乘,入御左右,旬月间赏赐巨万,贵震朝廷。常与上卧起。尝昼寝,偏借上袖,上欲起,贤未觉,不欲动贤,乃断袖而起。其恩爱至此。"

[2]《南史·列传第四十一·梁宗室上》记载了长沙王萧韶童年时与著名文人庾信之间的同性恋情:"韶昔为幼童,庾信爱之,有断袖之欢。衣食所资,皆信所给。遇客,韶亦为信传酒。"

[3] 蛾眉,细长美丽的眉毛。《诗·卫风·硕人》:"螓首蛾眉,巧笑倩兮,美目盼兮。"膏发,润泽的头发。

[4] 螽斯,昆虫名,产卵极多,故以喻多子多福。《诗·周南·螽斯》:"螽斯羽,诜诜兮。宜尔子孙,振振兮。"

No.3

Yu Xin, a known sleeve-severing homosexual, with his literary rarity flung about;
The Prince of Changsha, then young and comely, would for his guests serve liquor.
Pitying the crescent eyebrows and raven hair of his love, and the fact he has no heir,
He writes an alternative chapter of the *Grasshopper*, propagation of family his subject matter.

之四

早祝鲤庭[1]多令嗣,

兰芝遗秀荐千春。

泣鱼不道龙阳恨[2],

烛魏隋家愿取珍[3]。

注 释

[1]《论语·季氏第十六》记载孔子之子孔鲤有一次得到父亲的教诲:"(孔子)尝独立,鲤趋而过庭,曰:'学诗乎?'对曰:'未也。''不学诗,无以言。'鲤退而学诗。他日,又独立,鲤趋而过庭。曰:'学礼乎?'对曰:'未也。''不学礼,无以立。'鲤退而学礼。"

[2] 见《昔在序》第2页注释[2]"前鱼"。

[3]《搜神记》卷二十:"隋侯出行,见大蛇被伤,中断,疑其灵异,使人以药封之,蛇乃能走,因号其处断蛇丘。岁余,蛇衔明珠以报之。珠盈径寸,纯白,而夜有光,明如月之照,可以烛室,故谓之'隋侯珠'。"南朝梁元帝《庄严寺僧旻法师碑》:"是故隋光烛魏,非折水之恒珍;和璧入秦,岂润山之常宝。"

No.4

He wishes fine scions would throng his friend's yard, paying him, as Carp to Confucius, filial regards;
To expect the advent of a thousand springs, the orchid must first bequeath his stock to the world.
Longyang cried in front of the fish in fear of the king's estrangement, but his worries elsewhere lie;
Why not reap the precious Sui pearl, its lustre alone emblazoning the entire Wei State?

上鲍家麟师

之一

左家女弟[1]赵家妻[2],
未坠吴中旧榜题[3]。
俊秀南雍[4]都识尽,
放槎春海又游西[5]。

注 释

[1] 西晋文人左思之妹左棻为晋武帝嫔妃,擅诗赋,《晋书》载:"帝重棻辞藻,每有方物异宝,必诏为赋颂。"鲍师长兄鲍家善,著名微波物理学家,著有《微波原理》,毕业于燕京大学物理系及美国圣路易斯华盛顿大学,1943-1946年任麻省理工学院辐射实验室研究员,1946年回国后任教于南开大学和中央大学(后改名南京大学)。

[2] 鲍师归民国学者陶希圣第四子、宋金史专家、台湾"中央研究院"院士陶晋生。夫妇俱为学者的情况,可譬赵明诚、李清照。

[3] 鲍师出身苏州名族。其父鲍宗汉,民国时任议员,建有鲍氏传德义庄,即今苏州园林"传德堂",总统徐世昌曾为之题写"宗仁主义"匾额。鲍师于1948随父母迁台,1957年以第一名成绩考入台湾大学历史系。

[4] 明代称设在南京的国子监为"南雍"。雍为辟雍,古之大学。

[5] 鲍师台大毕业后负笈美国印第安纳大学,获史学博士。求学期间尝往哥伦比亚大学做交换生。

之二

韦家幔外曾施绛[1],
伏氏堂前惯授书[2]。
珠袖自从传十二,
仍教剑器舞当初[3]。

[1]《晋书·列女传》:"坚尝幸其太学,问博士经典,乃悯礼乐遣阙。时博士卢壸对曰:'废学既久,书传零落,此年缀撰,正经粗集,唯周官礼注未有其师。窃见太常韦逞母宋氏世学家女,传其父业,得周官音义,今年八十,视听无阙,自非此母无可以传授后生。'于是就宋氏家立讲堂,置生员百二十人,隔绛纱幔而受业,号宋氏为宣文君,赐侍婢十人。周官学复行于世,时称韦氏宋母焉。"

[2] 汉文帝尝派晁错向秦博士伏生(即伏胜)学《尚书》,但那时伏生已耄年无齿,语音多讹。唐陆德明《经典释文序》:"伏生年老,不能正言,言不可晓,使其女传言教错。"《史记·袁盎晁错列传》中也有记载。

[3] 盛唐开元时宫宫的第一舞人公孙大娘,擅舞剑器,传艺于弟子李十二娘。唐杜甫《观公孙大娘弟子舞剑器行》:"绛唇珠袖两寂寞,晚有弟子传芬芳。"

TO MY ADVISOR PAO CHIA-LIN

No.1

A younger sister to Zuo Si, and the wife of Zhao Mingcheng,
She lives up to the celebrity of her old family in Wu county.
Having acquainted with all talents in the Southern Imperial Academy,
She, again, dashed her boat into the Spring sea in a westward journey.

No.2

She once taught at the Weis with a crimson curtain veiling her visage;
In the hall of the Fus, on the *Book of History* she used to impart knowledge.
Since the passing down of pearled sleeves to her disciple, Lady Li the Twelfth,
The sword of Lady Gongsun is to be brandished again on stage.

之三

吕览尊贤首论师,
司闻讽诵退勤思[1]。

养心欲进先生馔,
唐圃新林灌恐迟[2]。

注　释

[1]《吕氏春秋·孟夏纪》有"尊师"篇,谓"凡学,必务进业,心则无营,疾讽诵,谨司闻。"

[2] 同篇中又有:"治唐圃,疾灌寖,务种树;织葩屦,结罝网,捆蒲苇;之田野,力耕耘,事五谷;如山林,入川泽,取鱼鳖,求鸟兽;此所以尊师也。"

No.3

Honoring the virtuous, *Mister Lu's Annals* pronounce the teacher of cardinal worth ;
And it dictates that a pupil shall recite and ponder diligently, upon withdrawal from his study.
Wishing to feast my master with delicacies in her retirement,
I water the Tang garden, lest the new plants should grow belatedly.

读汪荣祖函丈诗情史意高著因成五首函丈解篇什而能比缀情由读青简而能会通幽微实见文史间之纵横偃仰也

之一

取高前式非泥史，
直举胸情漫论文。

灞上柳丝垓下月 [1]，

未由左马 [2] 擅纷纭。

注释

[1] 灞上，在今西安市东，有灞河经过，两岸多植柳，楚汉相争时，汉高祖刘邦（时为沛公）曾屯兵于此与项羽大军对峙；垓下则为刘项的决战之地，在今安徽省灵璧县境内。汪公《诗情史意》中有一篇专谈楚汉之争的《楚霸王的兴亡》。

[2] 左丘明与司马迁的合称，左氏当然不及见楚汉相争，此处是泛指正史家。

THESE FIVE QUATRAINS ARE THE PROCEEDS FROM MY READING OF WANG RONGZU'S *POETIC SENTIMENTS AND HISTORICAL MEANINGS*. PROF. WANG SEES IN LITERARY PIECES CAUSATIONS OF HISTORY, AND IN HISTORIC RECORDS LITERARY SUBTLETIES. HE IS SUCH A VERSATILE SCHOLAR OF LETTERS AND HISTORY!

No.1

His standards, abreast of former paradigms, adhere to no chronicler's formalities;
With forthrightness he talks about literature, passing out insightful remarks along the way.
Fine willows whisking over the Ba upland, and the moon that shined over the Gai lowland,
Ought not to be franchised by Zuo Qiuming and Sima Qian, raconteurs of history.

之二

五臣齐与昭明诂[1],
二戴双将礼记诠[2]。
韩鲁久亡辕固杳,
人间终不佚毛笺[3]。

注 释

[1] 指唐代开元时吕延济、刘良、张铣、吕向、李周翰合注南朝梁萧统《昭明文选》事。

[2]《礼记》有《大戴礼记》和《小戴礼记》。大小戴为西汉礼学家戴德及戴圣叔侄。

[3] 汉初传《诗》共有四家：齐之辕固生、鲁之申培、燕之韩婴、赵之毛亨、毛苌，简称齐诗、鲁诗、韩诗、毛诗，前二者取国名，后二者取姓氏。齐、鲁、韩虽被立为官学，但三家诗先后亡佚，唯有毛诗流传下来。

No.2

To annotate the *Anthology of Zhaoming*, five ministers merged their efforts;
The Dais, both Senior and Junior, rendered exegesis on the *Book of Rites*.
The Han and Lu versions of the *Odes* having long been lost, and Yuan Gu no longer heard of,
The world is, luckily, not deprived of Master Mao's scriptural comments.

注 释

[1] 铜制的柜，古时用以收藏文献，此处指史书。

[2] 宣室，西汉未央宫中之宣室殿。《史记·屈原贾生列传》："孝文帝方受釐，坐宣室。上因感鬼神事，而问鬼神之本。贾生因具道所以然之状。"这也就是李商隐著名的"可怜夜半虚前席，不问苍生问鬼神"句的来历。钟室，在西汉长乐宫中，据说是悬放编钟的地方，淮阴侯韩信即被斩杀在此。《史记·淮阴侯列传》："吕后使武士缚信，斩之长乐钟室。"汪公大著中有"兔死狗烹悲韩信"篇专谈"汉高寡恩"。

之三

自从明烛临金匮[1]，
解得裁诗别有情。
宣室神仙钟室鬼[2]，
汉家事业若棋枰。

No.3

Since his bright candle shined over the golden cabinet,
I began to understand how poetry alternatively intones.
The Xuan chamber witnessed the story of immortals, and the Zhong chamber that of ghosts;
The enterprise of the Han sustained a chessboard, on which men were but pawns.

之四

从来讽咏寄声诗,
罗隐时乖易怨咨。
地下知公明感遇,
不将白发愧丹枝[1]。

注 释

[1] 唐罗隐《东归》诗:"唯将白发期公道,不觉丹枝属别人。"罗隐科举蹭蹬,十上不第,常怀怨愤。然才华横溢,句多精警,在唐末五代诗名籍甚。汪公特别看到罗隐的咏史之才,谓"罗隐感情丰富,洞察机微,擅长作咏史诗。"

No.4

Pinned to verse evermore were sarcasm and satire;
Luo Yin, a poet utterly hapless, was apt to vent his despair.
Should he know your appreciative comments in the netherworld,
He would not have felt unworthy greeting the cinnabar tree with his hoary hair.

之五

孔壁[1]微茫马帐[2]遥,
清吟一卷慕风标。
新翻简册弦歌意,
都与斯人说寂寥[3]。

注 释

[1] 孔子故宅的墙壁,传有古文经书出于其中。《汉书·鲁恭王徐传》:"恭王初好宫室,坏孔子旧宅以广其宫,闻钟磬琴瑟之声,遂不敢复坏。于其壁中得古文经传。"第八届儒学大会期间,余曾侍汪公游曲阜三孔。

[2] 东汉大儒马融授徒之绛纱帐。见第 86 页注释 [1] "绛帐"。

[3] 北宋王安石《孟子》:"沉魄浮魂不可招,遗编一读想风标。何妨举世嫌迂阔,故有斯人慰寂寥。"今翻其意。

No.5

The Kong walls are obscure to me and the Ma curtains afar,
And through the lens of this fine volume I look up to his graceful figure.
The literary implications, newly retrieved from bamboo slips,
I would gather and relay to him, history's lonesome devotee.

清莱过黑白二庙

然灯[1]无量起楼台,
清梵[2]连绵识律家[3]。
好慕染衣[4]诸缘了,
来年长供妙莲花。

注释

[1] 即"燃灯",点灯之意。

[2] 僧尼诵经之唱音。北宋欧阳修《游龙门分题十五首·上方阁》:"清梵远犹闻,日暮空山响。"

[3] 了解、研究佛教经义之人。唐释道世《法苑珠林》卷八《求婚部第四》:"此是律家作如是说。又言大慧是菩萨母者。"

[4] 因僧人所着之缁衣为黑色染成,故"染衣"指出家,亦代指出家人。南宋释普济《五灯会元》卷二十:"既剃发染衣,当期悟彻。岂醉于俗典邪?"

PASSING BY THE BLACK (BAAN DAM) AND WHITE (WAT RONG KHUN) TEMPLES IN CHIANG RAI

Buildings towering up, all illuminated in myriads of lights;
The everlasting sanskrit chants recognize me a Buddhist apprentice.
Of the ascetics in black I am envious, for they have no earthly bonds;
In the coming year, I will, too, assiduously worship the fine lotus.

四言

Four-Charactered

Poems

鲍郑二师

鲍郑二师者，以才则并世之瑜亮，以情则同心之管鲍，而皆予所从教也。辛未，二师承山东友谊书社之请，分著《论语》《孟子》二书之今译，盖为该社儒家经典译丛中分量最重之二。书成，蒙鲍师赠以二册，从此纱笼璧拱，乘桴涉海，未尝替于卷握者廿载矣！近日发箧得之，因有感焉。作此四言，酬情生灭。鲍师登仙十载，郑师门墙依旧。

MASTER BAO AND MASTER ZHENG

Master Bao and Master Zheng were academic twin stars in the literary circles of Shandong, akin to the talented equals of Zhou Yu and Zhuge Liang, and, in friendship, they were as like-minded as Guan Zhong and Bao Shuya. Both of them had taught me at college. In 1991, the year of Xinwei, per the request of Shandong Friendship Publishing House, the two masters translated, from literary to contemporary Chinese, *the Analects of Confucius* and *Mencius* respectively, the heftiest two of the *Translation of Confucian Classics* series. When the series was in print, Master Bao gifted me with the two works, which were henceforth differentially encased and taken overseas. Continually read in the past two decades, they were always fondly cherished. Browsing my collections lately, I saw them, and suddenly a whirlpool of emotion welled up. So this four-charactered verse I composed, to commemorate Master Bao, who had passed away ten years ago; and to thank Master Zheng, who still kindly receives me as his pupil.

注 释

[1]《孟子·滕文公上》:"夏曰校,殷曰序,周曰庠,学则三代共之,皆所以明人伦也。"此处指大学。

[2] 舞雩是古代求雨时的祭祀台。《论语·先进第十一》:"浴乎沂,风乎舞雩,咏而归。"

[3]《战国策·秦策一》:"(苏秦)说秦王,书十上而说不行。黑貂之裘弊,黄金百斤尽。资用乏绝,去秦而归。"

[4]《诗·小雅·伐木》:"伐木丁丁,鸟鸣嘤嘤。出自幽谷,迁于乔木。嘤其鸣矣,求其友声。"

伊昔蒙憧,
学海波惊。
幸何如哉,
庠序[1]侍行。
齐鲁硕儒,
箫韶歌笙。
风乎舞雩[2],
振启聋听。
厥有二师,
颙颙贤英。
绍述论孟,
惟微惟精。
馈我典册,
谆诲殷盈。

廿载飘零,
浮海宵征。
貂裘再敝[3],
私箧敬盛。
发视旧藏,
幽思纵横。
趋庭抠谒,
翊翊拙诚。
道山未远,
犹闻嘤鸣[4]。

In days bygone while green and fledging,

Overwhelmed I was, braving seas of learning.

It was blissful, though,

That at school upon the distinguished I was waiting.

Erudite scholars of Qi and Lu,

They delighted in the Xiaoshao music.

Awash in wind on the rain-summoning altar,

They delivered lectures which set the deaf to hearing.

I once had two masters who were

Conventional, high-minded and outstanding;

Passing on scholarship of *Analects* and *Mencius*,

They explicated the works with exquisite discernment.

Gifting me precious volumes of the classics,

They gave earnest counsel that was to be time-enduring.

For two decades I have been drifting,

Into seas upon a raft venturing.

My furs were many a time exhausted in travel,

Yet the books I always cherished with deference.

I opened my case to browse the old collections,

Thoughts and recollections in my bosom churning.

Paying Master Zheng a visit I hastened across his court,

My sincerity unabated, as I remained an underling.

No more is Master Bao, but the great divide of life and death is not afar,

For I still hear the responsorial singing.

述师德

迈矣夫子,
出斯名乡。
於穆[1]旧族,
累纪书香。
人肆籀篆[2],
家耽雅苍[3]。
乾嘉风规,
奕世孔臧[4]。
业精尚古[5],
才冠国庠[6]。

高烛踵肆,
袪衣孟尝[7]。
既瞻官庙,
邃密奥堂[8]。
陟遐自迩,
还守故疆。
祗勤[9]家法,
寅绍[10]前良。
宾名相传[11],
不忝其墙。

昔出门下,
著录牟长[12]。
舄履未纳[13],
项斯见扬[14]。
诗书弦诵,
悠优尚羊[15]。
诲益密勿[16],
无隅大方。
追思昔游,
永感中肠。

注 释

[1] 对美好的赞叹。《诗·周颂·维天之命》:"维天之命,於穆不已。"

[2] 籀文和篆文的合称。

[3] 《尔雅》与《三仓》等文字训诂典籍的合称。此处代指训诂学。苍,通"仓"。

[4] 甚为美好。《汉书·礼乐志》:"告灵既飨,德音孔臧,惟德之臧,建侯之常。"颜师古注:"孔,甚也;臧,善也。"

[5] 尚古,通"上古"。

[6] 国家开设的学校。

[7] 《韩诗外传》卷三:"孟尝君请学于闵子,使车往迎闵子,闵子曰:'礼有来学无往教……'于是孟尝君曰:'敬闻命矣。明日袪衣请受业。'"

[8] 《论语·子张第十九》:"子贡曰:'譬之宫墙,赐之墙也及肩,窥见室家之好。夫子之墙数仞,不得其门而入,不见宗庙之美,百官之富。得其门者或寡矣。'"

[9] 敬慎勤劳。《旧唐书·德宗纪下》:"小大之务,莫不祗勤。"

[10] 敬承。《宋史·朱熹传》:"陛下寅绍丕图,可谓处之以权,而庶几不失其正。"

[11] 《庄子·逍遥游》"名者,实之宾也。"南朝宋谢灵运《赠安成诗七首》之二:"用舍谁阶?宾名相传。"

[12] 《东观汉记·牟长传》:"牟长字君高,少笃学,治《欧阳尚书》,诸子著录前后万人。"著录,本指列名于私人讲学的经师门下,此处指师承。

[13] 此处借张良"圯桥进履"典。《史记·留侯世家》:"良尝闲从容步游下邳圯上。有一老父衣褐,至良所,直堕其履圯下,顾谓良曰:'孺子,下取履!'良愕然,欲殴之。为其老,强忍,下取履。父曰:'履我!'良业为取履,因长跪履之。父以足受,笑而去。"舄履,复底厚履。

[14] 唐代国子祭酒杨敬之"性爱士类",赠士子项斯"平生不解藏人善,到处逢人说项斯"句。

[15] 悠闲貌,犹徜徉。

[16] 勤勉貌。

EULOGIUM IN COMMEMORATION OF MY MASTER

How grand is the virtue of my master!
From a famed country he originated,
His noble clan perpetuated
By centuries of literary refinement.
Everyone engages in learning calligraphy and scripts,
And each family boasts devoted philologists.
The vogue and paradigms of the Qianjia School
Are for generations dearly upheld.
He was consummate in the scholarship of antiquity,
And amongst his national university peers stood out.

A line of illustrious scholars he succeeded,
Paying a disciple's respect as Prince Mengchang, tucking-up his garment, once did.
Having visited chateaus of his master's erudition,
He ventured into the confidential chambers on the next quest.
Roaming afar, yet remaining near,
To the old frontier he fast stood.
Epitomizing the methodology of the school,
On deeds of former worthies he carried.
The guest of one's celebrity echoes with the host of his substance;
A true apostle would never disgrace his master's homegate.

I was once under his tutorship, much like
A private pupil to Master Mu Chang, having my name under his recorded.
Without serving his shoes, like Zhang Liang did to Master Huang,
I had received, as Xiang Si from his enthusiastic patron, many accolades.
Poetry he chanted, and zither he played;
In a leisurely manner he educated.
The teachings that he earnestly imparted
Were not narrowly defined, but pointing to a boundless world.
Reminiscing his tutelage erstwhile,
My heart suffers endless bereavement.

上家姑丈书家徐景水

叨在姻末[1]，
尝昵伯英[2]。
非识字学，
愧乏笔精。
古钗倚物[3]，
公孙[4]纵横。
赏称墨妙，
愿寿龟龄。

注 释

[1] 后辈之于姻亲长辈的谦称。

[2] 东汉书法家张芝，字伯英。南朝齐萧子良《答王僧虔书》："伯英之笔，穷神尽意。"

[3] 唐韦续《墨薮》："李阳冰书若古钗倚物，力有万夫。"喻书法风格之遒劲。

[4] 指杜甫笔下公孙大娘的舞姿。

TO MY UNCLE XU JINGSHUI, A CALLIGRAPHER

Thanks to this indirect kinship,
I had the honor of meeting Boying.
Acquainting myself with no literacy of calligraphy,
I am ashamed of my feeble handwriting.
Like the ancient hairpin, upon an object leaning,
And like Lady Gongsun's sword, vertically and horizontally brandishing,
The lure of his ink shall be praised,
And I wish him the tortoise's long-living!

尺
牍

Epistolary

Writings

致郑训佐师

之一

郑师夫子大人侍右[1]：

　　自违言教，倏尔夏秋。久不承謦欬[2]，思企殊甚。近日篝灯呵冻[3]，新成一编，呈夫子鉴正。渴思趋谒，面聆音旨。
　　肃布[4]。敬请
道安。

受业[5]晓艺叩

注释

[1] 夫子，弟子称男性老师，但仅限于正式授业过的。在现代社会，当指真正在课堂上教授过本人的男性师长，年龄上至少应有一辈之隔。学界长辈、一般性的指导老师、未曾当面受业的私淑老师等，都不应这样称谓。这一类师长，男性称"函丈"可也。《礼记·曲礼上》："若非饮食之客，则布席，席间函丈。"郑玄注："谓讲问之客也。函，犹容也，讲问宜相对容丈，足以指画也。"原谓讲学者与听讲者座席之间相距一丈。后用以指讲学的座席。但"函丈"仍可用于称授业师。梁启超致康有为的多封书信都以"夫子大人函丈"起首，这是以"函丈"作为提称语使用了。提称语可以叠加使用。此信的提称语为"大人"和"侍右"，弟子对老师或学界长辈的常见提称语还有座右、座前、座下、侍下、钧座等。

[2] 本意为咳嗽，借指谈笑、谈吐，亦作"謦咳"。《庄子·徐无鬼》："夫逃空虚者，藜藋柱乎鼪鼬之迳，踉位其空，闻人足音跫然而喜矣，又况乎昆弟亲戚之謦欬其侧者乎？"

[3] 置灯于笼中，以口气嘘物取暖，喻冬日写作之劳。清纪昀《阅微草堂笔记·滦阳续录六》："惟所作杂记，尚未成书，其间琐事，时或可采。因为简择数条，附此录之末，以不没其篝灯呵冻之劳。"作此尺牍时，正值冬令，故云。

[4] 敬达。书札结束用语。

[5] 弟子对授业师的自称。与"夫子"的称谓同理，在现代社会，亦仅限于在课堂上教授过本人的老师。

之二

郑师夫子函丈：

曩者什袭碔砆[1]，千金敝帚，数渎长者清鉴，非曰能之，愿学焉[2]。夫子善教无类[3]，不哂率尔[4]，令居而语之[5]，未暖席[6]之间，既接快谈，复聆燕诲，幸何如哉。

窃前所渎目，多为民国史、美国史、莎翁桑籁之什，虽非樊迟请学之稼[7]，然从游沂上，未能问诗三百，心终憾焉。前日颇览雅书[8]，用思[9]一事，自耽潜玩，明旦不寐。古有謰謱之语，或谓俪语、联绵字者，许子已谙，段王[11]通诂。艺[12]不揣固陋，知必不能寢[13]蠡测[14]之讥，而欲略陈管说。以中人之才，愚惑之智，无本业之所修，非舍己芸人[15]而何？然已厘为一篇，惟夫子或怜赐也读淇奥而咏切磋[16]，幸接与言诗矣。

又，鲍师尝作《联绵词训释和方言》文，见录《山东大学中文系语言学论集》，其书未付坊刻梓出，非肆上能致。艺遍搜吾院图籍不获，夫子处倘有藏备，乞假一观。暮春服成[17]，何日听弦洙泗？俟夫子之豫且暇也。

受业晓艺叩

注释

[1] 碔砆为似玉之石；什袭，原义为重重包裹，"什"通"十"。意为郑重珍藏了不值当的东西。

[2]《论语·先进第十一》："（公西华）对曰：'非曰能之，愿学焉。宗庙之事，如会同，端章甫，愿为小相焉。'"

[3]《论语·卫灵公第十五》："子曰：'有教无类。'"

[4] 在《论语·先进第十一》的"子路、曾皙、冉有、公西华侍坐"一节中，当孔子问诸人志向时，"子路率尔而对曰：'千乘之国，摄乎大国之间，加之以师旅，因之以饥馑，由也为之，比及三年，可使有勇，且知方也。'夫子哂之。"

[5]《论语·阳货第十七》："子曰：'由也，汝闻六言六蔽矣乎？'对曰：'未也。''居，吾语汝。'"

[6]《淮南子·修务训》："孔子无黔突，墨子无煖席。"煖席，把座位坐热。

[7]《论语·子路第十三》："樊迟请学稼，子曰：'吾不如老农。'请学为圃，曰：'吾不如老圃。'"

[8] 注解文字的书。

[9] 构思。

[10] 指《说文解字》作者许慎。

[11] 段玉裁与高邮王氏父子。

[12] 尺牍中，自称使用自己的名，不称姓；若名为二字者，常仅称其中的实字，盖二字名常为一实一虚，若王羲之、孟海公、邵力子辈则当取前字。署名时则属二字。

[13] 止息，废置。

[14] "以蠡测海"的略语，喻以浅陋之见揣度事物。《汉书·东方朔传》："以筦闚天，以蠡测海。"筦，通"管"。下之"管说"亦本此典。

[15]《孟子·尽心下》："人病舍其田而芸人之田，所求于人者重，而所以自任者轻。"

[16]《论语·学而第一》："子贡曰：'诗云，如切如磋！如琢如磨。其斯之谓与？'子曰：'赐也！始可与言《诗》已矣，告诸往而知来者。'"

[17]《论语·先进第十一》："（曾皙）曰：'莫（暮）春者，春服既成，冠者五六人，童子六七人，浴乎沂，风乎舞雩，咏而归。'"

之三

郑师夫子座前：

　　夫子岁除南旋[1]，想于椿萱庭闱，既趋斑彩[2]；醉翁亭台[3]，重访云峰。上元已过，西涧[4]翠色何如？杜鹃将作新声，不识夫子北返也未？近因新顺兄之请，素缣索句，唯恨不能寄剡溪之藤[5]，倩夫子为墨池笔冢作评矣[6]。

　　艺洎岁杪[7]，若苏辙《初发嘉州》诗中之古郭生然[8]，蚤夜亹亹[9]，苦注郁诗而已。夫子、鲍师，学兼丘坟[10]，业精仓雅[11]，艺愧立程有年，而于师门虫鱼[12]之篆，自嗟少窥。

注　释

[1] 郑师故乡在安徽天长（属滁州），堂上椿萱俱茂，故每年寒假必南归省亲。

[2] 斑驳的彩衣。西汉刘向《列女传》："昔楚老莱子孝养二亲，行年七十，婴儿自娱，常着五色斑斓衣，为亲取饮。"后因以"彩衣"指孝养父母。

[3] 醉翁亭在安徽省滁州市西南琅琊山旁，因北宋欧阳修撰《醉翁亭记》一文而闻名遐迩，为郑师家乡名胜。

[4] 西涧在滁州城西，唐代诗人韦应物在此留下了著名的《滁州西涧》一诗："独怜幽草涧边生，上有黄鹂深树鸣。春潮带雨晚来急，野渡无人舟自横。"

[5] 剡溪产藤可造纸，因称名纸为剡藤。郑师治两汉魏晋南北朝文学之外，亦为著名书家和书法理论家。

[6] 郑师作《论书绝句百首》，已完成将半，风调清冷，议论精审。兹举其二。《米芾》："漫从诡怪论癫狂，阵马风樯入晋唐。搏象犹闻狮子吼，知音还数董香光。"《八大》："豫章门外雨翻翻，清磬一声入紫烟。画只寒鸦枝上立，人言白眼对青天。"

[7] 洎，自从；岁杪，岁末。

[8] 北宋苏辙《初发嘉州》："云有古郭生，此地苦笺注。区区辨虫鱼，尔雅细分缕。洗砚去残墨，遍水如黑雾。至今江上鱼，顶有遗墨处。"

[9] 蚤，通"早"；亹亹，勤勉不倦。

[10] 古代典籍《九丘》《三坟》的合称。

[11] 见第122页注释[3]"雅苍"。

[12] 代指训诂考据之学。

艺固知夫子之深于诗法而罕言诗矣,盖诗道之升降流别,杂而多端,未必皆当于夫子之心,故宁效金人之三缄也。然郁诗风流倜傥,深得江南吴祭酒[13]家法,指事类情,宛转如意,夫子尝言钟爱以不置。昔仲宣登楼[14],百代尚多叹江湖转蓬;况志士投荒[15],千秋岂无论轩辕碧血?郁达夫《和刘大杰秋兴》有"满城风雨重阳近,欲替潘诗作郑笺"句,艺今不揣绵力,又为郁诗作笺矣。才本中拙,抱此区区,又欲传以琅嬛域外之语[16],诗心精妙,本有不能已于章句者,重舌九译,更恐溢言费辞,将祸梨枣。然窃守株藏拙,不若命驾酒车,求师道之精义,攻过弼违[17],以启凡愚,伏惟夫子垂与言诗,劀[18]而定正也。

受业晓艺叩

[13] 指明末清初诗人吴伟业(梅村),明亡前曾任南京国子监司业,入清后又任国子监祭酒,故称吴祭酒。郁达夫深受吴氏"哀艳"诗风的影响。高小毕业那年,郁达夫因成绩优异而获《吴梅村诗集》一部为奖品,成为他探究诗律之始。郁达夫《自述诗十八首》之十二:"吾生十五无他嗜,只爱兰台令史书。忽遇江南吴祭酒,梅花雪里学诗初。"

[14] 见第16页注释[12]"仲宣楼"。

[15] 抗战爆发后次年,郁达夫万里投荒,远赴南洋办《星洲日报》,宣传抗日。1945年8月,日本投降后未几,郁达夫被日军杀害于苏门答腊丛林。

[16] 琅嬛,传说中的仙境名,此处指外国,琅嬛域外之语则指外文。郁达夫《自述诗十八首》之七:"十三问字子云居,初读琅嬛异域书。功业他年差可想,荒村终老注虫鱼。"诗后有小注:"十三岁始学西欧文字。"

[17] 指责错处,纠正过失。"弼违"语出《书·益稷》:"予违,汝弼。"孔传:"我违道,汝当以义辅正我。"

[18] 刮,切,可引申为磨砺切磋。

致王学典师

王师函丈道鉴：

函丈文名，远近宗仰；今日琼筵，幸接令姿。就食海隅，既乏子云问字之车；陪属末座，复阙先生酒食之馔。竟蒙殷问，敢不奉复。兹以拙文二篇上渎尊目。《西安事变》篇惜已投稿某刊，函丈高见，仍乞绳正；英文稿本为《文史哲》英文版撰作，是则呈垩白于郢斧[1]，斤斫一任贤明。

暂尔报命，另图促膝。

晓艺　肃拜

注释

[1]《庄子·徐无鬼》："庄子送葬，过惠子墓，顾谓从者曰：'郢人慢其鼻端，若蝇翼，使匠石斫之。匠石运斤成风，听而斫之，尽垩而鼻不伤，郢人立不失容。宋元君闻之，召匠石曰："尝试为寡人为之。"匠石曰："臣则尝能斫之。虽然，臣之质死久矣。"自夫子之死也，吾无以为质矣！吾无与言之矣。'"

致陶晋生师

陶师夫子大人：

敬禀者，自骊唱[1]声歇，言教多违，祗今沂前，舞雩每思春风，纵使泥中，郑庭[2]仍想高绛。艺自侍夫子、鲍师，常窃燕子托梁，乌衣一巷王谢；杨时立雪，洛水两处程门，自幸得师泽之厚，倍逾常人。及知二师仳离，心焉痛憾，艺本师门后进，行次杪末，自识凡轻，未敢动问；唯闻夫子常在鲲海，仍祭南雍[3]。自是鸥天万里，户牖永隔，然淹中[4]、稷下俱学宫也，即儒以八分，若谓子夏之徒必不能趋子游之帷，则托词耳。况唐圃多阙，灌寝，酒食未馈先生，则弟子之心，何能而不憯憯[5]然也？艺之久未下驰蚁忱者，实不欲盛拂长者意，非渴念之不甚也。

近蒙山东大学前辈王学典师提点，于西安事变略发谈议，自笑妄铅刀之用而勉驽马之行也。唯其间史故多关希圣公旧事，不能不稍呈于夫子座前，而鲍师亦嘉是问。昔希圣公当国举之拔萃，蹈渡河之深恨[6]，然燕

注　释

[1] 即骊歌，告别的歌。此处借指毕业歌。

[2]《世说新语·文学第四》："郑玄家奴婢皆读书。尝使一，不称旨，将挞之。方自陈说，玄怒，使人曳著泥中。须臾，复有一婢来，问曰：'胡为乎泥中？'答曰：'薄言往愬，逢彼之怒。'"

[3] 明代称设在南京的国子监为"南雍"。雍为辟雍，古之大学。

[4] 淹中是春秋时鲁国的一个儒家学术中心，在今山东省曲阜市，为古文《礼经》所出之处。

[5] 忧伤不安貌。

[6] 师祖陶希圣公，在20世纪20年代后期至30年代初的中国社会史大论战中成名，后任中国社会经济史山门，任北大教授、法学院政治系主任。七七事变后，他应蒋介石之邀参加庐山"牯岭茶话会"，从此弃学从政，进入政坛。然而陶氏早年与汪精卫过从甚密，亦感知遇，更兼抗战初期对战争前途悲观，遂加入"低调俱乐部"，成为汪精卫"和平运动"的早期干将。1938年底，他追随汪精卫出走越南河内，任汪伪中央常务委员会委员兼中央宣传部部长，后又从香港去上海，商谈汪日密约，但他最终意识到，再往前走一步就会成为民族罪人。于是他与高宗武相约，非但没有在1939年12月30日的《日支新关系调整要纲》密约上签字，反而一起从汪伪政府中反水出走，将密约条款发回重庆，昭逆行于天下。这就是近代史上著名的"高陶事件"。陶氏生前，曾引古诗《箜篌引》里的"公无渡河"故事来表达对自己追随汪氏那段岁月的悔恨之情，词曰："公无渡河，公竟渡河，渡河而死，将奈公何。"

惧乐毅[7]之出，秦喜五羖[8]之入，既唐主怜才，文贞仍荐烟阁[9]；亦孔璋能檄，魏武实敬邺京[10]。希圣公覃思长于创论，秉开山柯斧，郭氏[11]以下，莫不取资；又以太丘道广[12]，门弟沛然来从[13]，创业垂统，为可继也[14]。艺尝搜求其旧文遗献，反复披读，慕尚之情，仰高钻坚。山东大学王师，清望蔼乎当世，于希圣公亦绝推重，以为中朝第一，春官昌黎[15]也。此间有王师弟子陈峰者，尝编撰《中国近代思想家文库陶希圣卷》，亦具梦寐羹墙[16]之想。今艺惟矢慎矢勤，以副长者训教之谆。虽驱谒之未遑，愿沐诲之仍旧，祈夫子时赐德音，俾有箴铭可守，幸何如之。又，九月间王师欲征聚名家，举世界儒学大会，不识夫子肯降来仪否？兹以中英邀请函上奉。果且白驹贲然来思，必使食我场藿，縶之维之，以永今朝[17]。

　　肃禀，敬请
钧安。

　　　　　　　　　　　受业晓艺叩

[7] 乐毅，战国后期杰出的军事家，公元前284年，他统帅燕国等五国联军攻打齐国，连下70余城。后因受燕惠王猜忌，投奔赵国，从此燕国又失去了其军事强势。

[8] 五羖，指秦穆公用五张黑羊皮的奴隶身价从楚国市井换回的百里奚大夫，其后相秦，外图霸业，开地千里，致穆公成为春秋五霸之一。羖，黑色的公羊。

[9] 文贞，唐相魏徵的谥号。魏徵初归为李建成的太子洗马，建成礼遇之甚厚，玄武门事变之后归顺唐太宗李世民，成为一代名相，祀凌烟阁——"烟阁"即"凌烟阁"的简称。

[10] 孔璋，东汉末著名文学家陈琳的字。陈琳为"建安七子"之一，善檄文，初归袁绍幕府，袁绍兵败官渡后为曹军俘获，曹操爱其才而不咎，署为司空军师祭酒。邺京，建安十八年（公元213年），曹操为魏王，定都于邺。陶希圣自汪伪政府叛出后，蒋介石怜其才，仍用为机要幕僚，掌侍从室第五组；陈布雷自杀后，陶希圣跃居蒋氏第一文胆，迁台后，历任国民党中央宣传部副部长、"总统府"国策顾问、国民党中常委委员、《"中央"日报》董事长等职。陶氏的命运，与魏徵、陈琳有相似之处。

[11] 指同期亦治中国社会史的学者郭沫若。

[12] 东汉颍川陈寔，曾为太丘长，世称陈太丘，名望尊达，交游甚广。《后汉书·许劭传》："太丘道广，广则难周。"

[13]1934年，陶希圣创《食货》半月刊，成为20世纪30年代的"中国社会经济史专攻刊物"及"食货"学派的基地，培养出了鞠清远、何兹全、武仙卿、沈巨尘、曾謇、连士升等后辈学人。

[14]《孟子·梁惠王下》："君子创业垂统，为可继也。"

[15] 北宋李清照《上枢密韩肖胄诗二首》之一："中朝第一人，春官有昌黎。"

[16]《后汉书·李固传》："昔尧殂之后，舜仰慕三年，坐则见尧于墙，食则睹尧于羹。"因此"羹墙"有追念或仰慕前贤的意思。

[17]《诗·小雅·白驹》："皎皎白驹，食我场藿。"场藿，即场苗。同诗中亦有"皎皎白驹，食我场苗"句。毛传："宣王之末，不能用贤者，有乘白驹而去者。"郑玄笺："愿此去者，乘其白驹而来，使食我场中之苗，我则绊之系之，以永今朝。爱之欲留之。"故"白驹食场"为延揽贤才或思念贤者之典，《千字文》中亦有此句。

致汪荣祖函丈

汪教授函丈道席：

敬禀者，前以"西安事变"拙文，冒昧苟得，闇于自量，尝经鲍家麟师荐渎函丈之目。蒙长者锡覆[1]，谬勉嘉语，为之忻幸者久之，此固青萍、结绿，愿长价于薛卞之门[2]，亦后学之徘徊顾慕，常冀瞻韩[3]故也。艺于函丈《史学九章》等高著，颇尝诵览，如遇玄圃之积玉，烛魏之隋珍也。读"吉本""兰克"章，既叹函丈于西史宗经矩圣之典，奉中执篓之府，博闻强识，殚洽已极；读"太炎"，"槐聚"章，复惊先生之折中古今，启聩昭瞽[4]，实阅石室、启金匮[5]之大才也。

自遥听謦欬，于今一年，拙者之效，无所表见，"西安事变"文已刊于母校山东大学《文史哲》期刊，艺又收集吴国桢"叛台"史料，以岁远有同异难密之忧，事积有起讫易疏之虑[6]，常欲上问高明，就教巨子。虽愿效李固步行，寻师千里[7]，终以徐孺无刺，未便修谒[8]。适山东大学儒学高等研究院举"第八届世界儒学大会"盛事，主之者王学典师，治史学史，文名倾于海右，论史最富诠评昭整之正，嘱艺以锦笺素鲤，奉邀函丈、鲍师，冀闻傥论[9]，乞过高轩[10]。兹以中英文邀请函奉呈，伏蒙光降，与有荣施。

后学 刘晓艺 肃拜

注 释

[1] 赐以回复，"锡"通"赐"。

[2] 唐李白《与韩荆州书》："庶青萍结绿，长价于薛卞之门。"青萍为宝剑，结绿为宝玉；薛，指薛烛，战国时人，善相剑；卞，即著名的卞和，和氏璧的发现者。

[3] 韩，指韩荆州。

[4] 聩，耳聋；瞽，眼花。

[5] 石室、金匮，皆为古代藏图书档案处。《史记·太史公自序》："周道废，秦拨去古文，焚灭《诗》《书》，故明堂石室，金匮玉版，图籍散乱。"此处代指史职。

[6] 南朝梁刘勰《文心雕龙·史传》："岁远则同异难密，事积则起讫易疏，斯固总会之为难也。"

[7] 《后汉书·李固传》："（固）少好学，常步行寻师，不远千里。"

[8] 徐孺子，即徐稚，东汉名士，不应公府征辟，虽受州郡重视，但始终保持着布衣的身份。刺，名片。

[9] 堂皇正大的言论。傥，通"谠"。

[10] 为贵显者所乘的轩车。唐诗人李贺尝作《高轩过》。

致李又宁女史

李教授女史文儿：

鲍师惠书，谓女史欲发轸[1]枉驾，翼宣[2]盛美于儒学大会，艺闻而欣忭，亟请于主之者王学典教授，得江阁要宾许马迎[3]之示。女史与鲍师订交哥大，乘车戴笠[4]，共砚多情，同游于狄百瑞[5]、唐德刚绛下，一段故事，艺所稔闻；闻狄氏新近物故[6]，女史感悲谢傅[7]，嗟赞宿学，欲追怀恩府[8]，永言仰思。窃惟高弟宫墙之危仞，宜接道义之通衢，子贡墓庐之守[9]，未必如子夏西河[10]之出矣，女史曹诚蔡咏[11]，本所钦仰，闻将播美狄氏之周思孔情[12]，俾西哲虽零落山丘而德音无没者，艺虽拙愚，敢赞芹诚[13]，兹以中英文邀请函谨呈，论道冀光上筵，饮酒请陪下席，肃候降止，伫望披云[14]。

后学　刘晓艺　肃拜

注　释

[1] 车子出发，借指起程。西晋陆机《赠冯文羆》："发轸清洛汭，驱马大河阴。"

[2] 辅佐宣扬。《三国志·吴志·华覈传》："臣以愚蔽，误荷近署，不能翼宣仁泽以感灵祇。"

[3] 唐杜甫《崔评事弟许相迎不到应虑老夫见泥雨怯出必衍佳期走笔戏简》："江阁要宾许马迎，午时起坐自天明。"要，通"邀"。

[4] 西晋周处《风土记》载："越俗性率朴，初与人交有礼。封土坛，祭以犬鸡，祝曰：'卿虽乘车我戴笠，后日相逢下车揖；我步行，卿乘马，后日相逢卿当下。'"鉴湖女侠秋瑾与女友吴芝瑛订交，结拜金兰，贴语中亦有"跨马担簦，乘车戴笠，贵贱不渝，始终如一"句。

[5] 狄百瑞（William Theodore de Bary），美国汉学界泰斗，治中国思想史，代表作《儒家的困境》，以其将新儒学研究引入美国的开创性贡献获2016年第二届唐奖汉学奖。

[6] 狄百瑞逝世于2017年7月14日，其时距世界儒学大会开幕仅两个月。

[7] 谢傅为东晋宰相谢安，其外甥羊昙在他去逝后一年不举乐，曾诵曹植诗感悼谢安。"悲谢傅"为悼念已故长者之典。

[8] 见《昔在序》第3页注释[5]"恩府"。

[9] 孔子死后，众弟子皆服丧三年，相诀而去，唯子贡结庐墓旁，又守三年。

[10] 见第86页注释[8]"西河"。

[11] 曹，指曹大家班昭，东汉女史学家、文学家，班彪之女、班固之妹，曾续写《汉书》，传世有《女诫》；蔡，指蔡琰（文姬），东汉末才女，蔡邕之女，遗有《悲愤诗》二首和《胡笳十八拍》。

[12] 狄百瑞相信儒家人文主义和西方的自由主义教育两者可以结合起来，达成一种"长时段的道德理想教育"，一种"不掺杂着自以为是的互相妥协"。

[13] 微薄之意，用作谦辞。

[14] 犹言大驾光临，用作敬辞。

致陈尚胜函丈

陈教授函丈道席：

　　昨以汪公[1]之降，趋风末筵，欣闻函丈与先师谊在梓里，据树共锻，本嵇向[2]交也。昔皖籍诸公游燕之好[3]，艺亦尝厕闻[4]于先师。今也何幸，竟得对温颜而道微悃[5]也！艺材未及蜩燕，强枪榆枋[6]，莫非师保之训，铭刻之深，非言所申。函丈谦宽惇裕，接之也温，吐属如流，音韵详雅，艺瞻先师、函丈、郑师诸公风仪，始知君子倚玉同芬之喻。嗣有缕缕，俟长者之传唤而续布[7]。接教有日，伫望车尘。

后学　刘晓艺　肃拜

注　释

[1] 即受邀前来参加第八届世界儒学大会的汪荣祖先生。汪公自曲阜返济后，在山东大学历史学院进行了一场题为"后史辨"的学术报告，会后陈教授设宴款待。汪、陈二公乃学术旧交也。

[2] 指嵇康与向秀。嵇康曾于大树下锻（炼铁），向秀为之拉风箱。事详见《世说新语·简傲第二十四》。

[3] 20世纪70年代末，先师鲍思陶先生、陈教授、郑训佐师等皖籍学者先后考入山东大学，毕业后又一起留校任教，志好本一，同气相求，常相过从。

[4] 厕，通"侧"，故"厕闻"犹"侧闻"。

[5] 卑微的情愫，用作谦辞。

[6] 《庄子·逍遥游》："蜩与学鸠笑之曰：'我决起而飞，枪榆枋而止，时则不至，而控于地而已矣，奚以之九万里而南为？'"榆枋，榆树与枋树，喻狭小的天地。枪，通"抢"，撞、触、冲之意。

[7] 汪公英文著作《十七世纪中国对台湾的征服》(China's Conquest of Taiwan in the Seventeenth Century)一书中，引用了陈教授的一篇明清交通史研究论文《怀夷抑商明清海洋力量兴衰研究》，宴会后汪公倩余将其书赠与陈教授。因陈教授即将去韩国开会，故约回国后一叙。

致孙逊教授

孙公函丈道席：

　　公说部[1]高研之文，通流当世，风望系于公之身者，岂其微少也。有晋钟会尝撰《四本论》，欲使嵇公一见，置怀而趋其户，畏不敢出，于户外遥掷，便回急走[2]。前过沪上，艺初非无钟子之踌躇，而蒙公冗中赐见，快接麈论[3]，落日平台，春风啜茗，实慰积愫。

　　昔熊大木之序《大宋演义》，谓"稗官野史实纪正史之未备"；"笑花主人"之序《今古奇观》，谓"小说者，正史之余也"；蔡元放之序《东周列国志》，谓"稗官固亦史之支流，特更演绎其词耳"；"闲斋老人"之序《儒林外史》，谓"稗官为史之支流，善谈稗官者，可进于史"。是四序也，皆谓稗官于正史之阙，克堪[4]补缀。薛凤昌《文体论》又谓"杂记一体，所包甚广。凡浚渠筑塘，以及祠宇亭台，登山涉水，游燕觞咏，金石书画古器物之考订，宦情隐德，遗闻轶事之叙述，皆记也。"总览说海[5]，惟《金》《红》《醒》三书，实世情之渊潭，文光之奥府[6]，又非杂记之源短流促者可以方拟。《金》《红》由来已如嵩岳，享名峻极[7]，治说部者，未尝不游此二岫。唯《醒》书古玉幽光，尚自用晦。艺不揣禀资鄙陋，欲为此书稍扬声芳[8]，故于其中名物制度之源委授受，侈为考订，颇尝雕镂物类，探讨虫鱼。然愚者虑千，未必得一，舆服文于兹寄呈，唯公哂置，管蠡之作，特与方家作虫冰[9]笑耳。

　　高轩何日涂出于鲁？愿言匍候[10]，重承清诲。

后学　晓艺　肃拜

注释

[1] 指古代小说、笔记、杂著等类目。

[2] 事详《世说新语·文学第四》。嵇公，指嵇康。

[3] 古人清谈时执麈尾，故比麈论为高论或清谈。

[4] 犹胜任。

[5] 小说类作品的全部。

[6] 深奥微妙之处。《后汉书·崔骃传》："骋潜思于至赜分，骋六经之奥府。"

[7] 谓极高也。《礼记·中庸》："发育万物，峻极于天。"郑玄注："峻，高也。"

[8] 美好的声名。

[9] 《庄子·外篇·秋水》："夏虫不可以语于冰者，笃于时也。"

[10] 犹恭候。

附录：纪念鲍思陶师

我们八八级中文系同学今称"鲍老"者，当年其实只是一位三十多岁的青年教师。我们那届学生亲炙老先生们的机会不多。由于"文革"的十年断档，教我们的老师多为恢复高考后入大学的七七、七八、七九级学生，鲍思陶先生就来自本校的七八级中文系。他应是1982年本科毕业后即考取了殷孟伦先生的研究生，1985年毕业留校，开始上讲台。在教到我们的时候，他的教龄也才不过三四年而已，八八级很可能是他教过的第二个整班。近十几年来，我与同学们每谈到鲍老师的时候，总是称他为"鲍老"。在这篇小文中，我就延续这个习惯吧。称某老是我们认可某位老师的学问或威望的一种语言表达，并不是所有的老师都会在一定的年纪自动被我们升格为某老的。

大二那年，我们的必修课里添了一门古代汉语课。上课的教室在公教楼105室，课程安排在早晨。印象中总是有阳光从左侧的明窗照入，习习的晨风拂掀着古代汉语课本的浅绿色书皮。鲍老身量不高，圆脸，戴副眼镜，眼睛明亮有神，一口安徽普通话，中气充足。对于这门课的内容，我们本来的预期是枯燥无味的，但实际上课堂上常常欢声笑语不断。鲍老既有学者的严谨，也有顽童心，常以逗笑我们这班小破孩儿为乐。有一次，他讲到相同读音形诸文字后可具强烈的意义反差，举了语言学家小殷先生名字的例子。他先是在黑板上写下"殷焕先"三个字，让我们细细体味这名字中"昭明祖德"的堂皇奥义，接着他又慢悠悠地写下"阴幻仙"三个字，让我们体察一下"看到此名是否脑后会生出森森凉气"，班上登时笑倒一片。据我的室友方希回忆，鲍老有次讲启功的诗，用了一句"扎破皮臀打气枪"来形容，也不知是他的原创还是有所本，方希评道："虽然说的是俗事，用字也并不雅，但俏皮可爱，且符合诗律。"

我班亦有文史见长的男生，有时会半考半问地在课堂上丢出来一些刁钻的问题，鲍老总能从容解答，从未被考倒过。他那般渊识，身上却无令学生感到必须程门立雪的威严气场，可我仍没有在课下单独向他请教问题的勇气。过了大约半年，有一次他在课上问大家："写尺牍应该以何语敬称？"同学中有答"道席""阁下""文几"者，鲍老皆曰可。然后他又问："致女性的尺牍应该以何语敬称？"班中无人能答，肃静久之。我惴惴着、小声答道："妆次。"鲍老笑颔之，着实夸奖了我几句。那次大概就是我们师生结缘之始。那以后，他课间有时会与我聊两句天。

其时我正阅读袁枚的《小仓山房尺牍》，了解"妆次"这种词汇也算一点株守隅得。忘记是什么缘故开始的了，我写信向鲍老请教一个问题，得他以八行书回复。他的信，就写在山东大学的标准格子稿纸上，秀逸的钢笔字完全是书法的底子出来的，对撇捺的处理尤清隽，未打草稿，一气呵成，少数字句有涂改的痕迹。然其词华句丽，令人掩尺素而瞻慕敬想。有关书体的写作要旨，鲍老后来要我读《文心雕龙·书记》。当读到"详总书体，本在尽言，言所以散郁陶，托风采，故宜条畅以任气，优柔以怿怀；文明从容，亦心声之献酬也"之时，我悟到：书信既应具殷勤酬献之美，同时也要尽言己心，并不应一味作仰承之语。然虽有是悟，我后来写作尺牍时还是常有辞不对心之感，未能在礼貌与述志间左右逢源。每至此际，总想起先师的教训，懊恼没有学到他的功夫之万一。

鲍老是老殷先生晚年所收的得意弟子，老殷先生又是黄（侃）门高弟。老殷先生亦曾从游于章（太炎）氏，然而用刘晓东师伯的话来说，"殷先生曾经直接向太炎先生问学，但他不是太炎先生的学生，他是黄季刚先生的学生，辈分在这"。辈分是山大章黄学派不能逾越或曰不肯逾越的一条线。我们不禁要问：这条线后的情感机理是什么呢？窃以为它是"不忝门墙"的一种志气，但它首先是一种不为功利所驱的旨趣，它是认同，是服气，是归属感。

老殷先生诗词歌赋皆精通，平生最喜吟咏以肆志，他的这一爱好传自黄氏。鲍老全心全意地继承了这一师门传统。这是否与他作为文献学者和训诂学者的定位有所抵牾呢？我很难判断。我所知道的是，当他沉浸在歌诗的境界中，他的全身心都可以进入忘我的境地。张中行记西南联大时期的刘文典，说吴宓有时潜入教室后排听刘的课，刘闭目吟着他的《庄子》，讲到得意处便抬头张目向后排望去，问道："雨僧兄以为如何？"吴宓忙起身答道："高见甚是！高见甚是！"鲍老还不至于带有刘文典那种冬烘夫子气，然而他吟诵黄吴二氏诗词的那次也很近之了。

原来黄侃有首《采桑子》小词，文字很美，美到我曾惊奇为何当代音乐人竟没给它谱上曲子——因为现成就是一首流行曲。词曰："今生未必重相见，遥计他生，谁信他生？缥缈缠绵一种情。当时留恋成何济？知有飘零，毕竟飘零，便是飘零也感卿。"鲍老摇头吟毕此首，睁开眼睛，全班一片肃然。我们未见旧诗可以有这种吟法，全班呆掉了。大约是想到他那位狂斐过人的师祖曾与词家吴梅一言不合大打出手，他又添吟了一首吴梅的"短柱体"散曲。词曰："横塘一望苍凉。梦向莼乡，无恙渔庄。画坊琴堂，文窗书幌，俯仰羲皇；话沧浪龙冈门巷，卧沧江元亮柴桑；绛帐笙簧，金榜文章，怎样思量，一晌都忘。"我后来在美国教书，有时需向老外学生解释中国诗词的韵律模式(intonation pattern)，就拿这首做例子。这首"短柱体"两字一韵，句长处则得三韵，最易见唱叹之妙。鲍老当时吟得确实也是如痴如醉。时光若倒流回去，我多么希望我们教室门边也坐着一位"雨僧兄"，能在先师唱毕之际，长叹一句："高吟甚妙！高吟甚妙！"

鲍老周边原有郑训佐师、倪志云先生等诗词作手，他们的酬酢已多见属缀。然更唱迭和之乐，正是唯恐示人以不广。鲍老津津于黄殷的师弟相得，而尤强调"旧诗文写作才是章黄门派的传统"，于是我这名小弟子也加入了"叔兮伯兮，倡予和女"的潮流。当时稚笔，多已无存，惟鲍老对我的覆答之作，虽经多年辗转流离，仍于私箧敬盛。后来我在《得一斋诗钞》中见到"赠刘生""和刘生"诗约八九首，就是当年的遗存。有首"次韵覆刘生"，其期许之高，正可谓"辞动情端，志交衿曲"，尤令我且愧且感：

> 牢落无妨地有涯，生平怀抱几曾开。
> 萤囊空映门前雪，书带犹留阶上苔。
> 掩卷常思袖手去，临渊却羡获鱼回。
> 相逢莫厌弹流水，独愧陈王七步才。

大三末期，鲍老主持《中国名胜诗联精鉴》项目，分了六十多个条目给我做，都是一些风景地的诗歌或楹联。我所需要做的，无非说明一下作者、名胜的背景，若有故典则稍作文义上的诠释。这个工作若放在资料可在网上一索而得的今日，不是难事。然那时的我，训练既少，资料又乏，有时被几个细节卡住，就进行不下去了，不免跑去山大南院教职工宿舍的鲍老家请教。记得那时他住着一处窄仄的一室一厅，一个小客厅简直连张沙发都放不下；公子才两三岁，家中还有岳母来帮忙照看小孩。除我打扰之外，其他学生来造访的也不少，有人来问学，有人来闲谈，有人来借书找资料。治五四运动史的华裔汉学家周策纵曾作诗自嘲道："妻娇女嫩成顽敌，室小书多乱似山。"鲍老家的情形没那么香艳而近似之。他在最应出成果的盛年，实在没有一处像样的可以读书和写作的环境；为了生计，他也不得不常接一些学术性并不是令他很中意的项目。20世纪90年代初正是高校最清苦的时候，大批教师下海或做兼职，学生们也人心思变，不再安于书桌的清寂。我自己又何尝不是其中之一？

我想鲍老对我是有过一点寄望的，他曾给我开过一张书单，告诉我未来若打算治文献学或训诂，这些阅读不应阙失。然而我还是令他失望了。我那时年轻贪玩，即使肯苦志念书，也是读英文以备出国考试为多。以我的能力云，并不相称做他的弟子；以我的夙志云，更是偏离了他所期冀的方向。然而他从来没有在语言或态度上责望于我。1992年，山东友谊书社出了一套儒家经典英译，其中《论语》《孟子》二书是其分量最重者；英译的基础当然是白话文的今译，而二书的今译则分别由鲍老与郑训佐师承担。书成，鲍老赠我二册，说对我学英文可能会有些用处。我二十多年来不管搬多少次家，一直都将两书带在身边，后来写英文论文时，凡引用《论语》处，我往往置刘殿爵、理雅各、辜鸿铭的本子不用而采有鲍老今译的这一本——其实英译已经与他无关了。也许是感情作用，我始终觉得山东友谊书社的这套书不逊乎儒学经典翻译史上的名章部头。我教翻译研究时，也会将此书与刘、理、辜之的本子共举向学生推荐。鲍老的《论语》今译精整通畅，自不必说，书前有一篇长序，备述孔子的生平与思想之余，又加入带有个人色彩的点评，实在是写得很出色。

　　大学毕业后我进入当地一家报社做事，编着一版小副刊。鲍老与我音问渐疏。究其原因，一方面是那时的我偏离了学术的航道，另一方面，他也因家庭经济之故离开了山大，进入出版社工作。我供事的副刊一度曾辟旧诗园地，我为此而向他征稿，并请他推荐能诗者。原信已不存了，想必写时曾花了些心思缀茸文辞。讯尺虽短，却令鲍老欣悦不已。如今捧读他的回函，方能理解他当时的心情是多么落寞。回函如下：

　　　　琅缄欣悉，欢忭何似！其意丰辞约，语隽味长处，亦足以快慰平生矣。前波后浪，三日辞归，其谁曰不宜？古人以文章为经国之大业，歌诗作天地之正音，何其谬哉！当今之世，崇才捷足，各立要津；傥论宏规，时萦耳际。仆志固寝鄙，才益卑欹，不合于时，自蹈曳尾，又欲营巢苕草，强栖一枝，舍鳣堂而就坊肆，私衷愧恧，夫复何言？谬承锦注，实难克当！是才命未妨而愈窘愈迫，窘则悠，迫则怨，不顾轻躁，发为里唱，用写离忧，或怨穷嗟蹙，或顾曲迷花，寄怀殊浅，气格尤卑，于纲纪民生，固无一取焉。然发于心，形于色，著于辞，扪而自问，尚无违心之论，差可自安，非敢侈言好古。后世有好事者，得之于粪壁废瓿之间，偶一诵读，即致喷饭，私衷亦足矣！俗语云：酒逢知己饮，诗向会人吟，待誊钞藏事，自当寄诒，月旦之责，深望于知我者。

　　　　倪子志云，仆之诤友。以耿介拔俗之标，好古博雅之想，怀文抱质，渊然精勤，非一日也。棣若存心下问，定有获益。兹以电话见告：5957216，把管临风，未罄所言。专此奉复，晓艺贤棣。

　　　　　　　　　　　　　　　　　　　　　　思陶顿首
　　　　　　　　　　　　　　　　　　　　　1996 年 3 月 30 日

琅缄欣悉，欢忭何似！其意丰辞约，语隽味长处，亦足以快慰平生矣。前波浚浪，三日辞归，其谁曰不宜？古人以文章为经国之大业，歌诗作天地之正音，何其谬哉！当今之世，棠才接足，各立要津；谠论宏规，时萦耳际。仆志固寝鄙，才益卑歉，不合于时，自踽曳尾，又欲营巢苦草，强栖一枝，舍堂鳣而就坊肆，私衷愧恧，夫复何言？谬承锦注，实难克当！是才命未妨而愈窘愈迫，窘则念，迫则怨，不顾轻躁，发为俚唱，用写离忧。或纾穷嗟戚，或顾曲迷花，寄怀殊浅，气格尤卑，于纲纪民生，固无一取焉。然发于心，形于色，著于辞，抚而自问，尚无违心之论，差可自安，非敢侈言好古。浚世有好事者，得之于粪壁蠹庋飘韵之间偶一诵读，即致喷饭，私衷亦足矣！俗语云：酒逢知己饮，诗向会人吟，待誊钞藏事，自当奇诒。月旦之责，深望于知我者。

倪子志云，仆之诤友。以耿介拔俗之标，好古博雅之性，怀文抱质，渊默精勤，非一日也。弟若存心下问，定有裨益。兹以电话见告：5957216，把管临风，未罄所言。专此奉复

晓蟄贤棣

思陶顿首．

1996年3月30日

1996年正是纸媒的黄金时代。我们那份小报发行量居然达40万份，虽是豆腐块大的一片园地，却是"满郭人争江上望"。旧诗栏目虽不能多得鲍老或倪先生那样的优秀作者，投稿者却多如过江之鲫。也有一种不堪一看的"老干部体"稿件，原本被我摒挡在外，没过多久，竟会辗转托上层关系再压回到我手上。这种稿件逐渐多起来，我未能绥靖其势，于是怨声上流，旧诗栏目终遭裁撤。鲍老那时已将他的存稿誊抄了许多寄给我，诗尚未发出几首，幕布已经落下。我羞惭难当，不知应如何对师长交代。时过之后，我也曾去一笺致歉，鲍老反安慰我不要多虑。1996年时，唯我们那种比较"阔气"的单位方买得起电脑。我已经在用电脑打字了，鲍老那样的老式文人却还在一纸一笔地抄稿。我本以为能在我自己灌守的那片小园地上开启一面让世界认知他的窗子，不料劳费了他宝贵的抄写功夫而竟无所成。那时也并不作兴出个人诗文集，鲍老的才华唯他少数的几位同事知赏。

我的另外一位授业恩师郑训佐先生回忆道："鲍兄与我们一般都写旧诗，但他的倚马可待诚不可及。他只要有感，随便找张纸片就能录出来，录出来就是定稿。"鲍老与郑老同为皖籍，我过去一直以为他们是占方言的光——我们北方人最苦恼的平仄问题，他们是没有的。然而郑老告诉我，皖人亦并非天然掌握平水韵，真正能够做到不必查韵书一挥即就，还是因为稔熟于诗律，以及才气使然。

鲍老拥有足以资为自豪的家世和师门。有关他的家世，我当年侍坐时倚闻无多，但对某件轶事反而印象深刻。他说起鲍家上世原由赣迁皖，曾为一位祖妣孺人两卜佳城，得地而吉。据堪舆家言，那块玄宅面湖，湖中有七枚小渚朝向一处大岛，于风水上原称"七星朝北斗"。于是在迁葬的一年之内，族中竟旺拔了七位秀才。然而此事引起当地一户人家的妒恨，遂在风水上做了某种手脚，致使那七位秀才终生都未得中举。鲍老讲述这个古老的故事给我，原作笑谈。对于他个人的成长经历具体如何，我那时缺乏历史的好奇心，未曾深问，但我记得他说起过，中学停课闹革命无学可上时，他曾大量阅读家中的旧藏书。从他上大学的年龄上推算，"文革"期间他的求学致知之路必然曾被耽搁过。秦火燔尽旧简，然而它不能殪灭天下读书的种子。秦汉之际长达三十年的"挟书律"至汉初既废，"则儒者肆然讲授，经典寖兴"（《新唐书·儒学传下·啖助传赞》）。在那些岁月里貌似烬灭的文化爝火，其实都暗燃在鲍老这种有机缘大量接触旧籍的"读书种子"身上，禁锢一旦废去，"读书种子"就会重燃文化中兴的炬火。我听说，他研究生毕业后，本也是有机会进入古籍所专事文献学研究的，但他终还是以杏坛为乐，遂放弃了人生的另外一种可能性。

鲍老本名鲍时祥。他因景慕陶渊明，取字"思陶"，中年后多以"桐城鲍思陶"行世。在陶渊明所作中，他又格外属爱《闲情赋》。犹记大学时候鲍老所讲的《闲情赋》那堂课。鲍老先引萧统的观点："白璧微瑕者，惟在《闲情》一赋，扬雄所谓劝百而讽一者，卒无讽谏，何足摇其笔端？""齐讴赵女之娱，八珍九鼎之食，结驷连镳之荣，佗袂执圭之贵，乐则乐矣，忧亦随之。"他一壁吟咏着，一壁摇头叹息着。鲍老对昭明的批评，弦音外带有一种不解的悲伤。"昭明本为五柳千古之知己，独贬此篇，何也？"鲍老扬首问道。一室寂然。"事愿相违，志功相背，潜斯作有焉！"他自说自话着，复引钱锺书的判词给出答案。话锋一转，判词变为苏轼之驳萧统："正使不及《周南》，与屈宋所陈何异？而统乃讥之，此乃小儿强作解事者。"再进，则陈沆之"晋无文，惟渊明《闲情》一赋而已"之语。我后来读《诗经》的《大叔于田》篇，读到"执辔如组，两骖如舞"，读到"两服上襄，两骖雁行"这种飞扬的句子，恍惚间回到那天听鲍老讲《闲情赋》的情境——要有怎样的出之入之的熟稔，怎样的"抑磬控忌，抑纵送忌"，才能达到他那种对古典文献的驾驭啊？

鲍老的诗稿，因为已有存底了，他示我不必退还，多年来我就一直带在身边，无事时也常拿出细读。我最爱他的一首《感怀》：

> 匣内青萍久不鸣，愁将永日付棋枰。真能得意唯吟咏，每不如人是功名。庾亮风尘随扇息，季鹰心思逐潮生。邹家纵有雕龙手，难写闲情并世情。

后来每翻《世说》，读至王导以扇拂尘曰"元规尘污人"段，我总不免去想鲍老的平生际遇。他的婚姻、事业、经济生活多有不如意处，想必他也难免与别人做世情进退上的比较。我是这么理解的：浊世的风尘吹过来，首先感到难过的是性情最真率的人。我曾与一位同门激辩鲍老究竟是一位诗人还是一位学者。对方认为他为学的属性更重——他毕竟在短短的生命时间里，也做出了令人刮目的成绩。同门遗憾地说，鲍老的自我定位还是有错舛，他若是不那么沉迷于写诗就好了。言外之意，他本可以做出更大的学术成就。但我固执地相信，先师首先乐于被人理解为诗人，其次才是学者。他在《得一斋诗钞》的序中，以激情的语言定义诗的本质，若非有赤子之心的诗人，其悟断不能及此：

> 问诗为何物？非音非律，无喜无悲，不穷不达，莫吐莫茹。夫诗者，太素之心也。耳目相激，斯之谓灵。目以观于色，耳以闻于声。夫春水温莹而澹澹，夏水浩淼而激激，秋水澄明而肃肃，冬水玄窈而洌洌。此陵阳侯四时之声色也。被之管弦，发为歌啸，则春之叮叮，夏之潈潈，秋之滴滴，冬之凛凛者，天籁也。而况冰弦为马娘之精，玉管为青君之髓，声气相求，感应以鸣，谁云不宜？是故风行水面以成文，树际残阳而写意，霞绎寒山为著色，露滴铜盘则发声。铜山西崩，洛钟东应。万物同此情也。

最近几年我常回母校，见到过多位先师过去的同学、好友和同事。他们都痛惜他的早逝，对于他没有留下大部头的著述，都甚为叹惋。黄侃曾谓"五十岁以前不著述"，鲍老是否过于执情于他师祖的做派了？我们默默地向自己、也向对方提出这个问题。黄氏与鲍老的生命时间，都停止在他们所设限的五十岁上。五十岁是学术的壮年，但已经是学术评定的老年了——若按现在的高校评定标准死卡，鲍老很可能连正教授都评不上——他致力于古籍整理，而没有发表过足够篇数的学术论文。他的心思并没有用在这些上面。

然而他活在一代又一代山大学生的口碑中，活在后继的古籍整理者的口碑中，活在中国当代格律诗坛创作者的口碑中，活在他的老友们的心中。当他绵惙于病榻之时，心心念念的是《得一斋诗钞》的付梓。得知此情，他的旧友杜泽逊和夫人程远芬，及倪志云、周广璜、郑训佐诸先生主动为他承担起了该书的编辑校对工作。他们中的每一位都是齐鲁大地上响当当的古文献学者。我们如今能够看到这部精美的诗集，实出诸先生之功也。

鲍老当时有一篇论文刚投稿《文史哲》，还未进入编辑流程（核心期刊的审稿流程很长，有时可以达两年之久）。《文史哲》总编王学典教授听说他生病后，急命属下撤掉当期的一篇现稿，将此稿完成编排，以最快的速度赶印出清样，并让编辑拿着清样去医院给他过目……

有一年我回到山大，因为想做篇联绵字的论文，在文学院图籍室查找一篇他的相关题目的旧稿——仅仅收入一本叫作《山东大学中文系语言学论集》的非正式出版物，非坊间能致。管理员问明缘由，拿起沉重的钥匙串给我打开那间尘积已久的书库，一边打量着我一边说道："哦，你是——你原来是——鲍先生的弟子啊……"那时已经过了下班的时间了。书，到最后也没有找到，但我曾在灰尘飞舞的夕阳中，静静地感受那余音里的旧人的温情。

"贻厥嘉猷，勉其祗植。"先师虽去而他的德音犹存于这个世界，既以著述，亦以声诗，更以他的人格力量。作为他的弟子，我看待先师的一生，有很多很多的感喟，有些能言，有些不能言。能言的部分我表述如下：

我觉得身为学者的他，或憾短生穷役，未能取得更大的成就，但作为诗人的他，其实并没有什么遗憾。他的50个春夏秋冬，短则短矣，但并不是浑浑噩噩过去的。他以晶莹聪敏的诗心，体察到物候的迁移和盛衰，也感知过人世的无奈与美好。并不是每个人的眼睛，都能看到春花在何时绽放，秋月在何时皎洁，也并不是每个人的耳朵，都能听到真正天籁的声响。更重要的是，只有极少数受上苍祝福的笔，才能盘桓把握住那优美、典雅的中华文字。先师在生之年，一直紧紧地握着那支笔，写作着他所悦于写作的旧诗文。这件事本身，想来仍是令人欣慰的。

（原载2018年《国学茶座》第19辑）

莎士比亚桑籁

Shakespeare's

Sonnets

SONNET 1

From fairest creatures we desire increase,
That thereby beauty's rose might never die,
But as the riper should by time decease,
His tender heir might bear his memory:
But thou, contracted to thine own bright eyes,
Feed'st thy light's flame with self-substantial fuel,
Making a famine where abundance lies,
Thyself thy foe, to thy sweet self too cruel.
Thou that art now the world's fresh ornament
And only herald to the gaudy spring,
Within thine own bud buriest thy content
And, tender churl, makest waste in niggarding.
Pity the world, or else this glutton be,
To eat the world's due, by the grave and thee.

菁莪冀长育，姣好愿蕃息。
玫瑰雕弦柱，芳华在永时。
黄熟将自落，老暮必衰澌。
容或图令嗣，德念存兰芝。
嗟君惟私计，明眸枉葳蕤。
炎风趣烈火，何异豆燃萁？
粢盛今虽备，朝夕罹馑荒。
若敖真残戮，重雠竟己戕。
君今自娱逸，浊世含珠光；
秾李花开早，好春未竟芳。
但因瑶蕊稚，不计玉树长。
悭吝非敦本，于何恋什藏？
负世无矜悯，贪饕任痴狂。
枯冢谋少君，相与噬烝尝。

SONNET 2

When forty winters shall beseige thy brow,
And dig deep trenches in thy beauty's field,
Thy youth's proud livery, so gazed on now,
Will be a tatter'd weed, of small worth held:
Then being ask'd where all thy beauty lies,
Where all the treasure of thy lusty days,
To say, within thine own deep-sunken eyes,
Were an all-eating shame and thriftless praise.
How much more praise deserved thy beauty's use,
If thou couldst answer 'This fair child of mine
Shall sum my count and make my old excuse',
Proving his beauty by succession thine!
This were to be new made when thou art old,
And see thy blood warm when thou feel'st it cold.

凌冬侵眉鬓，荏苒四十秋。
霜色欺潘岳，窊皱老沈侯。
少年矜华裳，长安羡锦裘。
裘缊衣将敝，于世益何由？
徂岁诘青镜，炼颜即焉求。
绮年若珍府，秉烛事夜游。
萧悴明眸意，支离不胜躯。
慊心言马齿，长愧惑诮谀。
何若借殊色，姣夸亦允乎。
若言弄珠玉，残岁谳无辜。
了我此生局，衰年幸免诛。
梓者在子道，宁馨握瑾瑜。
君生虽枯老，熙茂喜新株。
嗣续承身烈，血热德不孤。

SONNET 3

Look in thy glass, and tell the face thou viewest
Now is the time that face should form another;
Whose fresh repair if now thou not renewest,
Thou dost beguile the world, unbless some mother,
For where is she so fair whose unear'd womb
Disdains the tillage of thy husbandry?
Or who is he so fond will be the tomb
Of his self-love, to stop posterity?
Thou art thy mother's glass, and she in thee
Calls back the lovely April of her prime;
So thou through windows of thine age shall see,
Despite of wrinkles this thy golden time.
But if thou live, remember'd not to be,
Die single, and thine image dies with thee.

何处流光去,镜青换颜朱。
负时悲驹隙,何似种玉株。
继武难为后,克家子阙如。
昝心论欺世,母道夺室姑。
有女怀春意,俟君在城隅。
东床逃逸少,吉士谢静姝。
杨子取为我,君今自冢茔。
因矜爱己意,断嗣剪祧承。
君生若一镜,镜里尊萱庭。
慈貌存君面,盛春知若英。
譬年为窗牖,君亦自窥惊。
鹤发鸡皮日,犹怀髫岁情。
生年已契阔,死后谁与名?
抔土淹然寂,画图自景行。

SONNET 4

Unthrifty loveliness, why dost thou spend
Upon thyself thy beauty's legacy?
Nature's bequest gives nothing but doth lend,
And being frank, she lends to those are free:
Then, beauteous niggard, why dost thou abuse
The bounteous largess given thee to give?
Profitless usurer, why dost thou use
So great a sum of sums, yet canst not live?
For having traffic with thyself alone,
Thou of thyself thy sweet self dost deceive:
Then how, when Nature calls thee to be gone,
What acceptable audit canst thou leave?
Thy unused beauty must be tomb'd with thee,
Which, used, lives th' executor to be.

佪儗诘荡子，何事放骸形？
翩翩丰颜貌，嗣家竟无承。
己身非长贶，籍借暂有生。
达者得天道，最钟造物情。
少君挟自爱，可叹在顽横。
寄世若骖乘，百福掷遗轻。
不能昌贵胤，讵敢谲天功？
好乐多荒轶，旰云逝晚钟。
君非不贸利，市易仅自通。
贾欺无非己，是心乖本衷。
一日归大化，溘尽万事空。
天问难置对，仔肩辞必穷。
音容既没世，托体与山同。
有子若余羡，绍承君貌隆。

SONNET 5

Those Hours, that with gentle work did frame
The lovely gaze where every eye doth dwell,
Will play the tyrants to the very same
And that unfair which fairly doth excel;
For never-resting Time leads Summer on
To hideous Winter and confounds him there;
Sap check'd with frost and lusty leaves quite gone,
Beauty o'ersnow'd and bareness every where:
Then, were not summer's distillation left,
A liquid prisoner pent in walls of glass,
Beauty's effect with beauty were bereft,
Nor it, nor no remembrance what it was:
But flowers distill'd though they with winter meet,
Leese but their show; their substance still lives sweet.

荏苒迁风物，柔工冶貌形。
横波扬一睇，万目俱为倾。
竟亦披陵籍，不仁等物情。
美人悲貌改，天道论持衡。
迢迢逝永日，夏长历三庚，
严冬倏尔至，急景动心惊。
河汉降玄霜，杳然茂叶殊。
霰雪掩殊色，四野瘠且癯。
夏去轻遗念，菁华殆烬芜。
不惜碧玉盏，折水围瑛瑜。
隋珠与和璧，美色见播敷。
非此不能久，德音恐没衢。
洛花经寒岁，悴槁亦清癯。
貌色即凋萎，内质长美腴。

SONNET 6

Then let not Winter's ragged hand deface
In thee thy summer, ere thou be distill'd:
Make sweet some vial; treasure thou some place
With beauty's treasure, ere it be self-kill'd.
That use is not forbidden usury,
Which happies those that pay the willing loan;
That's for thyself to breed another thee,
Or ten times happier, be it ten for one;
Ten times thyself were happier than thou art,
If ten of thine ten times refigur'd thee;
Then what could Death do, if thou shouldst depart,
Leaving thee living in posterity?
Be not self-will'd, for thou art much too fair
To be Death's conquest and make worms thine heir.

凌冬若严掌，因劝避锯锋。
玄圃无积玉，九夏未摭菁。
将欲储隋珍，凝香碧玉瓶。
剑士怜服毙，芳华易凋英。
其用非揭利，子母坐相权。
世多齐国贷，民乐青蚨钱。
继体昌厥后，胄嗣永其年。
用一或得十，功十何欣然。
克肖君形貌，喜志倍以兼。
过庭多令子，则百有斯男。
去去百年外，一往形不还。
佳胤茂当世，盈缩不在天。
君颜如冠玉，幸勿自弃捐，
若敖无息子，虹蠹朽黄泉。

SONNET 7

Lo! in the orient when the gracious light
Lifts up his burning head, each under eye
Doth homage to his new-appearing sight,
Serving with looks his sacred majesty;
And having climb'd the steep-up heavenly hill,
Resembling strong youth in his middle age,
yet mortal looks adore his beauty still,
Attending on his golden pilgrimage;
But when from high-most pitch, with weary car,
Like feeble age, he reeleth from the day,
The eyes, 'fore duteous, now converted are
From his low tract and look another way:
So thou, thyself outgoing in thy noon,
Unlook'd on diest, unless thou get a son.

日月临下土，明辉出东方。
轩轩朝霞举，凡目仰天阳。
君子僩以瑟，孰不轼敬庄。
瞻韩谢万户，令仪何皇皇。
坡陀既升陟，重岭已攀跻。
中岁去绮年，韶貌与春齐。
花面曜俗世，争夸急景稽。
凡夫欲步趾，游香踵金泥。
疲驾伤虺隤，高巅远故蹊。
淑质原非固，年侵日以凄。
前缘见瞻瞩，后事徙长睽。
臻簇无复盛，早寻异枝栖。
日中则仄矣，君岁在日西。
洒扫乏令胤，死生无复题。

SONNET 8

Music to hear, why hear'st thou music sadly?
Sweets with sweets war not, joy delights in joy:
Why lov'st thou that which thou receiv'st not gladly,
else receiv'st with pleasure thine annoy?
If the true concord of well-tuned sounds,
By unions married, do offend thine ear,
They do but sweetly chide thee, who confounds
In singleness the parts that thou shouldst bear.
Mark how one string, sweet husband to another,
Strikes each in each by mutual ordering;
Resembling sire and child and happy mother,
Who all in one, one pleasing note do sing:
Whose speechless song, being many, seeming one,
Sings this to thee: 'Thou single wilt prove none.'

君何郁不展，闻兹萧韶音？
乐只唯君子，甜甘无厮侵。
所奉既不怿，苟悦多违心，
强或为颜笑，底事累烦襟？
琴瑟静在御，莫不久偕倡。
君竟嫌说喈，聒耳厌刑妨。
雅责诃大义，人世岂独徉，
卸肩不置室，鳏处老萧郎。
绸缪弦与丝，两心悦好伉。
弦丝故相弄，只凤愿随凰。
命禄永厥后，妻帑乐室房。
好合笃一体，盈庭诵令章：
是歌或无辞，其章永且长。
君若弃家室，殄世妄彭殇。

SONNET 9

Is it for fear to wet a widow's eye
That thou consumest thyself in single life?
Ah! if thou issueless shalt hap to die,
The world will wail thee, like a makeless wife;
The world will be thy widow and still weep
That thou no form of thee hast left behind,
When every private widow well may keep
By children's eyes her husband's shape in mind.
Look what an unthrift in the world doth spend
Shifts but his place, for still the world enjoys it;
But beauty's waste hath in the world an end,
And kept unus'd, the user so destroys it.
No love toward others in that bosom sits
That on himself such murderous shame commits.

人生忧百罹，孺泪恐弹珠。
岂君顾此意，鳏苦宁零孤？
若敖其馁矣，一旦奄迁殂，
举世哭哲萎，孤雌失乃夫。
倾国若杞妇，谁不泣君侯，
继体无承胤，光仪枉眷留。
嫠家屏门居，有子不牢愁。
子生得夫体，心目识鸾俦。
观彼浪荡子，千金散如流，
金散仍着世，贻厥以嘉猷。
盛貌奄末世，废湮万事休。
持楘不试玉，明珠黯抛投。
是心非衷襟，亲爱何从游？
君子竟戕自，论此怎无羞？

SONNET 10

For shame! deny that thou bear'st love to any,
Who for thyself art so unprovident.
Grant, if thou wilt, thou art beloved of many,
But that thou none lovest is most evident;
For thou art so possess'd with murderous hate
That 'gainst thyself thou stick'st not to conspire,
Seeking that beauteous roof to ruinate
Which to repair should be thy chief desire.
O! change thy thought, that I may change my mind:
Shall hate be fairer lodged than gentle love?
Be, as thy presence is, gracious and kind,
Or to thyself at least kind-hearted prove:
Make thee another self, for love of me,
That beauty still may live in thine or thee.

为君感羞恶，举世寄无怀。
奉己何草草，投迹放形骸。
吉士诚愿悦，掷果盈车街。
珠帘无着意，十里不留钗。
君固常萦恨，戕伐系意深。
规害非他物，逆图自废侵。
圮隳倾广厦，连屋华宇沉。
本合责营缮，垣毁谁期今。
欲吾敬改目，请君试革心。
置室姿柔爱，岂非胜恨襟？
君子美风仪，绰兮若璧金。
盍若反其本，证己以德音。
愿君体下情，玉树散琼林。
盛颜存乔梓，此彼见遗簪。

SONNET 11

As fast as thou shalt wane, so fast thou grow'st
In one of thine, from that which thou departest;
And that fresh blood which youngly thou bestow'st
Thou mayst call thine when thou from youth convertest.
Herein lives wisdom, beauty and increase;
Without this, folly, age and cold decay:
If all were minded so, the times should cease
And threescore year would make the world away.
Let those whom Nature hath not made for store,
Harsh featureless and rude, barrenly perish:
Look, whom she best endow'd she gave the more;
Which bounteous gift thou shouldst in bounty cherish:
She carved thee for her seal, and meant thereby
Thou shouldst print more, not let that copy die.

君今速衰飒，清标日减丰；
庭阶生宝树，哲嗣称阿戎。
令子君纯胤，青春赋好容。
仪形得君体，如见君年冲。
慧美由夙成，积玉住福缘。
无此将伤苦，朽愚冷残年。
世心皆若是，永岁滞流川。
周天花甲子，来者桑海迁。
彼苍多斯报，昧昧亦何偏。
骍驽令不嗣，庸昧没无传。
君禀本已厚，天意更独怜。
锡羡昌贵胤，明珠舞掌间。
君若金图书，凤篆出昊天。
以此将播美，不作邓攸愆。

SONNET 12

When I do count the clock that tells the time,
And see the brave day sunk in hideous night;
When I behold the violet past prime,
And sable curls all silver'd o'er with white;
When lofty trees I see barren of leaves,
Which erst from heat did canopy the herd,
And summer's green all girded up in sheaves,
Borne on the bier with white and bristly beard,
Then of thy beauty do I question make,
That thou among the wastes of time must go,
Since sweets and beauties do themselves forsake
die as fast as they see others grow;
And nothing 'gainst Time's scythe can make defence
Save breed, to brave him when he takes thee hence.

立表明官漏，晷度算昭回。
日景倏易逝，夜夕嫕欲摧。
我观紫兰花，美盛去无追，
鹤发侵膏首，皓皓见年催。
瞻彼凌云树，茂叶殄秋风，
牛牧尝息憩，伞枝旧葱茏。
翠微着九夏，烟萎束枯蓬。
霜华飞戟须，寄枢一衰翁。
翩翩怜貌盛，奕奕叹容丰，
短晷欻西驰，疲生自有终。
忍抛韶光去，芳意谢千红。
他苑仍郁郁，君园若丘垄。
严剑逼岁月，凡子必殚穷。
人间无令嗣，死去万事空。

SONNET 13

O, that you were yourself; but, love, you are
No longer yours than you yourself here live:
Against this coming end you should prepare,
And your sweet semblance to some other give:
So should that beauty which you hold in lease
Find no determination; then you were
Yourself again, after yourself's decease,
When your sweet issue your sweet form should bear.
Who lets so fair a house fall to decay,
Which husbandry in honour might uphold
Against the stormy gusts of winter's day
And barren rage of death's eternal cold?
O! none but unthrifts. Dear my love, you know
You had a father: let your son say so.

君生尚无造，既长患若身。
已躬既不阅，爰处以厝身。
绸缪为牖户，未雨且束薪。
继体传德业，赋形毙有伦。
借荷赌青岁，君今颜似花；
一旦零落去，短长任生涯。
奄忽随物化，再世寄八遐。
哲嗣绍丰貌，克肖承世家；
大室无中怠，广厦不令斜。
勤悴以黾勉，救弊或可嘉。
合冬风如诛，当此万物杀。
残岁知凡限，日促恨年赊。
方将此中意，枉作荡子嗟，
君既知有父，子道莫令差。

SONNET 14

Not from the stars do I my judgment pluck;
And yet methinks I have astronomy,
But not to tell of good or evil luck,
Of plagues, of dearths, or seasons' quality;
Nor can I fortune to brief minutes tell,
Pointing to each his thunder, rain, and wind,
Or say with princes if it shall go well,
By oft predict that I in heaven find:
But from thine eyes my knowledge I derive,
And, constant stars, in them I read such art
As 'truth and beauty shall together thrive,
If from thyself to store thou wouldst convert;'
Or else of thee this I prognosticate:
'Thy end is truth's and beauty's doom and date.'

未尝问星数，判自断知闻。
然我擅一事，官占识天文。
天命有休咎，宁勿语纷纭。
夭疫与岁季，象定非敢云。
短世过驹隙，纬时谢不能。
风雷作云雨，非我愿言称。
王孙卜流年，欲我筮佳征。
天机虽知妙，再四缄无应。
一自觑君目，我心既已明。
文采藏消息，流盼若恒星。
真美并茂世，德音见替兴。
但教知畜己，保艾用嗣承。
舍此君危矣，谶言劝惕兢：
立槁洛水上，使人叹抚膺。

SONNET 15

When I consider every thing that grows
Holds in perfection but a little moment,
That this huge stage presenteth nought but shows
Whereon the stars in secret influence comment;
When I perceive that men as plants increase,
Cheered and cheque'd even by the self-same sky,
Vaunt in their youthful sap, at height decrease,
And wear their brave state out of memory;
Then the conceit of this inconstant stay
Sets you most rich in youth before my sight,
Where wasteful Time debateth with Decay,
To change your day of youth to sullied night;
And all in war with Time for love of you,
As he takes from you, I engraft you new.

资始天地间，万物审知周。
何彼发秾萃，瞬息去难留。
云堂无一物，舞榭剩齐优。
撒天维箕斗，秘隐运转筹。
我观人之初，荄蔓若葛生。
彼苍时阻深，或又悦其情。
少年色力健，日仄未识倾，
金尽裘将敝，仍忆旧峥嵘。
百岁不坚牢，暂寓寄浮生，
君子其展矣，盛貌粲玉英。
急景凋残年，穷阴朽物形，
青年易永夜，韶光驰西行。
以此媚君意，回戈崦嵫横。
岁华任侵去，从头寿涓彭。

SONNET 16

But wherefore do not you a mightier way
Make war upon this bloody tyrant, Time?
And fortify yourself in your decay
With means more blessed than my barren rhyme?
Now stand you on the top of happy hours,
And many maiden gardens, yet unset,
With virtuous wish would bear your living flowers
Much liker than your painted counterfeit:
So should the lines of life that life repair,
Which this ,Time's pencil, or my pupil pen,
Neither in inward worth nor outward fair,
Can make you live yourself in eyes of men.
To give away yourself keeps yourself still;
And you must live, drawn by your own sweet skill.

君有勇可贾,作力奋更挥。
时岁既暴慢,何不伉劲威?
樗朽重凝坚,疲废起式微。
胜我觅枯句,天意怜亦归。
人生当嘉乐,君今在盛时。
芳园多室女,娇心未有持。
愿言为德配,为君散华枝。
小像拟行乐,克肖属阿谁。
短生若留迹,长世缮营基。
流年生化笔,拙椽亦有辞。
内外图君貌,德禀与丰仪。
难为赋永慕,周情乏孔思。
终须舍身色,方得元命遗。
君其试行道,长生自可期。

SONNET 17

Who will believe my verse in time to come,
If it were fill'd with your most high deserts?
Though yet Heaven knows it is but as a tomb
Which hides your life and shows not half your parts.
If I could write the beauty of your eyes,
And in fresh numbers number all your graces,
The age to come would say, 'This poet lies,
Such heavenly touches ne'er touch'd earthly faces.'
So should my papers, yellow'd with their age,
Be scorn'd like old men of less truth than tongue,
And your true rights be term'd a poet's rage
And stretched metre of an antique song:
But were some child of yours alive that time,
You should live twice,— in it and in my rhyme.

来日竟迟迟，谁其信我言；
岂伊图盛貌，因以废无传？
天实知我诗，鄙猥若坟阡，
未彰明德半，有讳懋绩宣。
倘我写灵眸，美盼转流瞋，
缘情悦淑美，思王赋感甄。
来者不能信，"诗家鼓言唇！
天阁出仙品，何迹蹈光尘。"
衰黄萎岁月，华章没沈湮。
鄙我若顽叟，煌言饰缤纷。
诗笔原直道，矜诬黜非真。
将谓托古曲，矫虚韵不匀。
但教佳嗣在，人间见眷存。
鲤庭与江笔，致君两元身。

SONNET 18

Shall I compare thee to a summer's day?
Thou art more lovely and more temperate:
Rough winds do shake the darling buds of May,
And summer's lease hath all too short a date:
Sometime too hot the eye of heaven shines,
often is his gold complexion dimm'd;
And every fair from fair sometime declines,
By chance, or nature's changing course untrimm'd;
But thy eternal summer shall not fade,
Nor lose possession of that fair thou ow'st,
Nor shall Death brag thou wander'st in his shade,
When in eternal lines to time thou grow'st;
So long as men can breathe or eyes can see,
So long lives this, and this gives life to thee.

怜欢好姿容,譬夏年如花。
含娇色无俦,持慎德益嘉。
五月吐稚蕊,劲风撼琼葩。
一夏如赁假,将去贷无赊。
甚灼天之目,时曜金乌家。
泥金幽苍昊,颜色暗云霞。
美好难常驻,凋落复乖离。
凌折或中变,枯荣从有期。
然欢历永夏,芳物弥季时。
青春无徂落,容色贞以持。
为歌悲蒿里,年矢不能眷。
修短无随化,明姿驻永辞。
凡目但流视,凡子但喙息,
只教江笔在,令名与仙齐。

SONNET 22

My glass shall not persuade me I am old,
So long as youth and thou are of one date;
But when in thee time's furrows I behold,
Then look I death my days should expiate.
For all that beauty that doth cover thee
Is but the seemly raiment of my heart,
Which in thy breast doth live, as thine in me:
How can I then, be elder than thou art?
O! therefore, love, be of thyself so wary
As I, not for myself, but for thee will;
Bearing thy heart, which I will keep so chary
As tender nurse her babe from faring ill.
Presume not on thy heart when mine is slain;
Thou gav'st me thine, not to give back again.

明镜谅无讽，或怜耋暮人。
以君尚燕好，未肯谢芳辰。
我见朱颜老，流光浚作皱。
千金不愿寿，宁速百年身。
玉貌盛明姿，还年驻永春。
此心何所譬？倾府饰宝珍。
君怀亦我抱，交好悦侣俦。
但愿合君老，厌说我岁秋。
弃捐勿复道，珍重远离尤。
为君方措意，一已何庸忧。
眷眷置君心，殷殷意未休；
乳保呵婴孺，可喻我心柔。
哀莫大心死，乞君勿践羞；
君心既我予，不作璧还谋。

SONNET 24

Mine eye hath play'd the painter and hath stell'd
Thy beauty's form in table of my heart;
My body is the frame wherein 'tis held,
And perspective it is the painter's art.
For through the painter must you see his skill,
To find where your true image pictur'd lies;
Which in my bosom's shop is hanging still,
That hath his windows glazed with thine eyes.
Now see what good turns eyes for eyes have done:
Mine eyes have drawn thy shape, and thine for me
Are windows to my breast where-through the sun
Delights to peep, to gaze therein on thee;
Yet eyes this cunning want to grace their art,
They draw but what they see, know not the heart.

寄目不暂瞬，摹形案翩鸿。
思心慕徽仪，刻画自精工。
我躬嵌妙肖，珍重碧纱笼。
宝绘夸明视，丹青擅玲珑。
必欲见神技，吴带既当风。
国色问无双，真容竟安在？
小像成行乐，置怀磐如岱。
明眸觑其牗，瞻瞩何采采！
顾盼承青看，中情生悦恺：
我目善图君，君眄形我彩，
窗轩开心府，朗日曜无碍。
愿为东墙邻，窥宋悦亲爱。
惜未具真艺，狡目惭善睐。
虽图东风面，未识心所载。

SONNET 49

Against that time, if ever that time come,
When I shall see thee frown on my defects,
When as thy love hath cast his utmost sum,
Call'd to that audit by advis'd respects;
Against that time when thou shalt strangely pass,
And scarcely greet me with that sun thine eye,
When love, converted from the thing it was,
Shall reasons find of settled gravity;
Against that time do I insconce me here
Within the knowledge of mine own desert,
And this my hand against myself uprear,
To guard the lawful reasons on thy part:
 To leave poor me thou hast the strength of laws,
 Since why to love I can allege no cause.

知岁感时适，将身卜存休。
未尝托松柏，见咎女萝羞。
挥土镪金尽，君心并口收。
云为谨覆算，桑土砌绸缪。
陌路逢君面，东西沟水流；
万般昕明盼，不复遇我游。
既已捐秋扇，从头论齐纨；
文君何惠好，寻故娇心迁。
譬诸东流者，我今立逝川。
已明决绝意，水覆泼马前。
此诚托皎月，冀手证我言。
将作千金辞，致君以周旋。
旧姻仍仳离，君德竟贰叁。
啮臂难为誓，无烦上邪篇。

SONNET 55

Not marble, nor the gilded monuments
Of princes, shall outlive this powerful rhyme;
But you shall shine more bright in these contents
Than unswept stone, besmear'd with sluttish time.
When wasteful war shall statues overturn,
And broils root out the work of masonry,
Nor Mars his sword nor war's quick fire shall burn
The living record of your memory.
'Gainst death and all-oblivious enmity
Shall you pace forth; your praise shall still find room
Even in the eyes of all posterity
That wear this world out to the ending doom.
So, till the judgment that yourself arise,
You live in this, and dwell in lovers' eyes.

王孙多刊刻，碑石天地贞。
生花看此笔，持胜勒燕铭。
徽音传千古，历久曜修名。
石上尘谁扫，岁月没峥嵘。
干戈动范阳，云碑或碾凌。
匠斫即有作，鼛鼓令无形。
雄剑兵炬后，不泯旧簪遗。
丹青濡翠墨，炯炯记明姿。
忘昧匪能阔，没存永在兹。
凌波步前路，身名容与栖。
斐然昭后世，百载慕容仪。
桑海虽三尽，江山周有思。
石劫经末造，重生再世时。
人间诸有情，两目为君羁。

SONNET 65

Since brass, nor stone, nor earth, nor boundless sea,
But sad mortality o'ersways their power,
How with this rage shall beauty hold a plea,
Whose action is no stronger than a flower?
O! how shall summer's honey breath hold out
Against the wreckful siege of battering days,
When rocks impregnable are not so stout,
Nor gates of steel so strong, but Time decays?
O fearful meditation! where, alack,
Shall Time's best jewel from Time's chest lie hid?
Or what strong hand can hold his swift foot back?
Or who his spoil of beauty can forbid?
O! none, unless this miracle have might,
That in black ink my love may still shine bright.

铜石归槁壤，沧海几桑田。
卫霍无千岁，萧曹亦殒涓。
物人皆殂谢，谁为乞朱颜？
名花相媚好，对此不能堪。
含芳属清夏，香氛持如兰。
何以当冬朔，雨雪雾其年。
固盘如石础，且与风云移。
铸铁成金间，晨昏例蠹夷。
忧生伤此念，一感致嗟欷。
何处藏行止？千龄世所希。
愿得擘掌劲，淹蹇流光驰。
任他凋芳岁，花貌貌冥期。
仙寿若恒昌，除非遇殊奇。
轻翰书子墨，千载曜韶仪。

SONNET 66

Tir'd with all these, for restful death I cry
As, to behold desert a beggar born,
And needy nothing trimm'd in jollity,
And purest faith unhappily forsworn,
And guilded honour shamefully misplaced,
And maiden virtue rudely strumpeted,
And right perfection wrongfully disgrac'd,
And strength by limping sway disabled,
And art made tongue-tied by authority,
And folly —doctor-like— controlling skill,
And simple truth miscall'd simplicity,
And captive good attending captain ill:
Tired with all these, from these would I be gone,
Save that, to die, I leave my love alone.

欢寡倦终日，愁殷期百年。
目回寻高蹈，行丐暮途间。
庸器当于道，驽骀自驱欢。
诚纯既不用，义信恚难宣。
俯仰要荣利，无行欲沐冠。
矜贞悲室女，陵藉见摧残。
愆咎何众著，周行辱式微。
跛奚嫉壮士，残体刖且危。
柄权挢乃舌，正音钳不讥。
狂夫出乡愚，好海蔽珠玑。
物本崇诚朴，简实披沮诽。
善为恶所庤，下首顺若归。
离离厌行路，私愿适乐畿，
非不轻一死，为君重暌违。

SONNET 73

That time of year thou mayst in me behold
When yellow leaves, or none, or few, do hang
Upon those boughs which shake against the cold,
Bare ruin'd choirs, where late the sweet birds sang.
In me thou see'st the twilight of such day
As after sunset fadeth in the west;
Which by-and-by black night doth take away,
Death's second self, that seals up all in rest.
In me thou see'st the glowing of such fire,
That on the ashes of his youth doth lie,
As the death-bed whereon it must expire
Consum'd with that which it was nourish'd by.
This thou perceiv'st, which makes thy love more strong,
To love that well which thou must leave ere long.

欢既蒙知见,九秋恰我时。
黄叶初凋碧,何木不栖危?
淅沥成萧飒,当寒摇素枝。
歌幽曾舞榭,鸟寂证桃蹊。
老暮如昏至,年时俱马驰。
斜辉相媚晚,夕景欲沉西。
永夜长暌违,小别最悲欢。
譬若归重壤,存没舍彭涓。
我年如爝火,不亦为光难。
欢正青春好,烬骨映婵娟。
终将合岁老,从化赴长眠。
三春生杨柳,相与葬南山。
欢觑此中意,情心允益坚。
愿言多眷爱,不久动离迁。

SONNET 98

From you have I been absent in the spring,
When proud-pied April, dress'd in all his trim
Hath put a spirit of youth in every thing,
That heavy Saturn laugh'd and leap'd with him.
Yet nor the lays of birds nor the sweet smell
Of different flowers in odour and in hue,
Could make me any summer's story tell,
Or from their proud lap pluck them where they grew:
Nor did I wonder at the lily's white,
Nor praise the deep vermilion in the rose;
They were but sweet, but figures of delight,
Drawn after you, you pattern of all those.
Yet seem'd it winter still, and, you away,
As with your shadow I with these did play.

自从别欢后,春事负阑珊。
四月生千卉,着衣盛若纨。
万般锡灵秀,风物正清欢。
土曜最威重,汉迴悦星翻。
徒为莺哢巧,枉费越香寒。
次第芳菲意,秾纤斗姣妍。
我怀知九夏,愿勿道其然。
茂苑多荣木,束观不采荃。
百合托皎洁,目惯难为惊;
玫瑰艳琼紫,谈扬懒作评。
花丛既取次,香色两谙形。
欢色冠群芳,百花效远诚。
别欢伤旷久,春在似冬仍。
花事如欢影,玩花聊慰情。

SONNET 116

Let me not to the marriage of true minds
Admit impediments. Love is not love
Which alters when it alteration finds,
Or bends with the remover to remove:
O, no! it is an ever-fixed mark,
That looks on tempests, and is never shaken;
It is the star to every wandering bark,
Whose worth's unknown, although his height be taken.
Love's not Time's fool, though rosy lips and cheeks
Within his bending sickle's compass come;
Love alters not with his brief hours and weeks,
But bears it out even to the edge of doom.
If this be error, and upon me prov'd,
I never writ, nor no man ever lov'd.

唯以两心一，燕好结情由。
感物成利害，固非许白头。
流离从世事，飘谢任春秋。
物迁常贰意，路转遽旁求。
情定譬恒灯，天老沧海流。
倾舍臻密雨，士德未尝游。
瞻彼北辰星，属明万户帷。
天高寻可问，珍贵不能知。
岁华虽无情，口朱笑两犀。
斧钺摧年老，不赋御沟诗。
情深重意气，岂与季时驰？
人世空石劫，三生无转移。
谓予言不信，请君置纷纭：
潮生不见尾，江淹未有辞。

SONNET 127

In the old age black was not counted fair,
Or if it were, it bore not beauty's name;
But now is black beauty's successive heir,
And beauty slander'd with a bastard shame:
For since each hand hath put on nature's power,
Fairing the foul with art's false borrow'd face,
Sweet beauty hath no name, no holy bower,
But is profan'd, if not lives in disgrace.
Therefore my mistress' brows are raven black,
Her eyes so suited, and they mourners seem
At such who, not born fair, no beauty lack,
Sland'ring creation with a false esteem:
Yet so they mourn, becoming of their woe,
That every tongue says beauty should look so.

幽色难为美，古来即已然。
或为道其名，固非许妙颜。
乃今出骊珠，谈羡崇黑黠。
纯美招谤誉，俗尚多渎言。
人着何郎粉，匹庶竞婵娟。
厚妆僭姣好，浓冶隐无盐。
洵美致失寄，沈沈竟无名。
况为罹言衺，近耻比偷生。
我欢眉若黛，鸦色远山横。
眸睐恰得宜，似哂东施行。
东施生而嫭，徒为美色营。
谣诼真西子，矫意致伪诚。
寒目觑俗花，俗花相与惊。
沓舌纷谓美，黝色遂成衡。

SONNET 138

When my love swears that she is made of truth,
I do believe her, though I know she lies,
That she might think me some untutor'd youth,
Unlearned in the world's false subtleties.
Thus vainly thinking that she thinks me young,
Although she knows my days are past the best,
Simply I credit her false-speaking tongue:
On both sides thus is simple truth supprest.
But wherefore says she not she is unjust?
And wherefore say not I that I am old?
O! love's best habit is in seeming trust,
And age in love loves not to have years told:
Therefore I lie with her, and she with me,
And in our faults by lies we flatter'd be.

我欢多言誓，皎心托月明。
非不识贰意，仍为输款诚。
私臆欢垂怜，谓我尚韶龄。
未尝经物变，寓世莫籍凭。
我竟作斯想，颜标自误青。
欢何不解我，此世既飔菁。
恩怨成两舌，我宁信巧簧。
覆翻皆作是，正道抑深藏。
平心论欢语，何事不允彰？
衰耄如我岁，岂不谓废荒？
叹欢惯做戏，似信语仍佯。
岁晏逢悦好，愿为龄无详。
阿瞒固善欺，解语燕商量。
好合不必信，行媚自情长。

SONNET 147

My love is as a fever, longing still
For that which longer nurseth the disease;
Feeding on that which doth preserve the ill,
The uncertain sickly appetite to please.
My reason, the physician to my love,
Angry that his prescriptions are not kept,
Hath left me, and I desperate now approve
Desire is death, which physic did except.
Past cure I am, now reason is past care,
And frantic-mad with evermore unrest;
My thoughts and my discourse as madmen's are,
At random from the truth vainly express'd;
For I have sworn thee fair, and thought thee bright,
Who art as black as hell, as dark as night.

我今疰苦热，身沸不能凉。
不愿轻瘳愈，但求绵惙长。
负疴饕一物，沉病驻永乡。
荒昧耽此嗜，相思乃清狂。
医家名理慧，济我于膏肓。
恚我不能持，枉为千金方。
痴人哲者弃，绝岸证此诚。
爱欲无良医，朝夕死败膺。
疾殃在腠理，理慧难痊平。
任诞无烦酒，痴云駃雨情。
臆言无章度，沈放过刘伶。
凑泊多浮辞，谈夸远正声。
为欢起重誓，谓子美而明。
将坠无间狱，始因暗夜惊。

SONNET 151

Love is too young to know what conscience is;
Yet who knows not, conscience is born of love?
Then, gentle cheater, urge not my amiss,
Lest guilty of my faults thy sweet self prove:
For, thou betraying me, I do betray
My nobler part to my gross body's treason;
My soul doth tell my body that he may
Triumph in love; flesh stays no farther reason,
But rising at thy name doth point out thee
As his triumphant prize. Proud of this pride,
He is contented thy poor drudge to be,
To stand in thy affairs, fall by thy side.
No want of conscience hold it that I call
Her 'love' for whose dear love I rise and fall.

良知竟何物，年少未省之。
悦情乃契义，其谁不道斯？
我非无善过，欢乞勿嗟咨。
铸我六州铁，愿欢无咎遗。
欢心既有贰，我岂无迁怀？
身转难从意，浊清自此乖。
意尝谓我身，贞好致无猜；
朝云翻暮雨，末事久阳台。
旦暮闻欢字，意言如洞开，
猎欢为其虏，骄志满长淮。
置此倾筐意，矜矜笑可哀；
屈折谁复道，颠仆委尘埃。
将欲呼欢字，我心自皎皑。
欢名作可憎，偃仰任其裁。

附录：桑籁，五步抑扬格与大国文字之兴

Assist me, some extemporal god of rhyme, for I am sure I shall turn sonnet. Devise wit, write pen, for I am for whole volumes in folio.
　　　　　　——William Shakespeare, *Love's Labour's Lost*, Act I, Scene II [1]

诗韵之于诗歌的重要性是不言自明的。我们的"新诗老祖宗"胡适，当年抱着试验的趟路心态写诗，在《新青年》上发表了第一批白话诗共八首，兹引其两首：

> 两个黄蝴蝶，双双飞上天。/ 不知为什么，一个忽飞还。/ 剩下那一个，孤单怪可怜。/ 也无心上天，天上太孤单。
> 　　　　　　——《朋友》

> 你心里爱他，莫说不爱他。/ 要看你爱他，且等人害他 / 倘有人害他，你如何对他？倘有人爱他，更如何待他？[2]
> 　　　　　　——《他》

《朋友》题下原有注："此诗天、怜为韵，还、单为韵，故用西诗写法，高低一格以别之。"新诗在筚路蓝缕阶段，其粗率不堪大率类此。其实从同辈和晚辈学者留下的回忆看，胡适对新诗不失为一位很有眼光的批评家。但是他自己的新诗创作，特别是在他所自许的"鸳鸯绣出凭君看，要把金针度与人"主张下的所生产的刻意求新之什，却往往淡然寡味，缺乏诗歌的基本美感。在格律诗上，胡适颇解韵律，他对旧诗词的鉴评甚有风力，在近人中独崇郑孝胥。[3] 他应王云五之邀为新学制高中语文选过《词选》，对旧体诗词

---

[1] 原文来自莎士比亚喜剧《爱的徒劳》第一幕第二景，意为"帮我吧！那即兴成章的韵律之神！因为我势将转向桑籁[而大写特写情诗]了。灵性已动笔欲书，我将写出累箧成筐。" William George Clark and William Aldis Wright (eds.), *The complete works of William Shakespeare*, New York: Grosset & Dunlap. p. 169.

[2] 胡适的这八首新诗皆刊于《新青年》第2卷第6号。其中《朋友》一诗在1922年3月收入亚东版《尝试集》时，又被改题为《蝴蝶》，文末注明写作时间为"五年八月二十三日"，并用西式标点断了句。此处从《尝试集》的格式。

[3] 胡适曾对唐德刚感叹："律诗难做啊！要做到像郑苏戡那样的律诗要下几十年的功夫啊！"这位"新诗老祖宗"居然这样赞美起旧诗来了，令唐德刚"听了真如晴空霹雳"。唐德刚：《胡适杂忆》，第131-132页。

的文学发展脉络还是有大局观的。[1] 就他留下的少量作品看，他在旧诗创作领域不太有灵气，但大致的诗感是有的，如其五言《秋日梦返故居》模古诗十九首，但缺乏后者那种真正直指人心的力量。

《蝴蝶》诗以"天、怜"为一韵，以"还、单"为另一韵。但若以旧诗格律论，"单"字属上平十四寒而"还"字属上平十五删，这两韵并不能串；若以现代语音论，则"单"（dan）与"还"（huan）明显又并不同韵。比他稍晚了一步的徐志摩，对诗歌的天生颖悟力或者说禀赋就好得多了。徐在韵律上没有过多着力，但既脱开了旧诗的窠臼，又保持了白话中清新的诗韵。

但是胡适的主要问题不在于错韵。十四寒十五删之不可通押，对唐人来说是语音的自然反映，对宋及以后的人，是强行规定，和语音感无关——不是他听或读不准。至于现代诗歌，对韵脚的要求本来就是宽泛的，只要是通近之韵都可，如 eng、ing、ong 等后鼻韵母之间的混押一例：

卑鄙是卑鄙者的通行证（eng），高尚是高尚者的墓志铭（ing），
看吧，在那镀金的天空中（ong），飘满了死者弯曲的倒影（ing）。

胡适的早年训练，受旧小说文本影响太深而受诗歌之影响反而不足。胡适也自承他的新诗像个缠足后又把脚放大的妇人，"总还带着缠脚时代的血腥气"。[2] 他的新诗没有脱略的白话气质，像个被送进新式学堂的旧家小媳妇一样，发型也许剪短了不再留髻，但面貌气度上却还没有时代的气息，好像随时可能会膝头一软去"待晓堂前拜舅姑"。他在"破"和"立"两方面的尝试，很多时候是一笔糊涂账。他的新诗反倒不肯放开每行限字的规矩，旧诗呢，用他自己的话说叫"带上两三白字又何妨？"——"白"得少了诗味。[3]

新诗走过一个世纪。在后来者中，超越胡适、徐志摩功力的能诗者大有人在，但在诗歌史上他们再不能取得胡、徐那般的一代媳妇、万世祖宗的地位了。新诗没有形成一个严格或相对严格的诗韵标准，对于新诗的评判，主观性很强，因此旧诗过去所曾承担的取士、自进、酬和等具抡才及博弈性质的社会功能，新诗多是不能胜任的。

此篇要介绍莎氏桑籁 (Sonnet, 又称十四行诗) 和五步抑扬格，却先说了与之无关的中国诗歌的话题，意在于此：一种文学体裁，必须有它自身的规范和

---

[1] 胡适：《词选·序》，上海：商务印书馆，1928 年，第 1—10 页。
[2] 胡适：《四版自序》，《尝试集》，上海：亚东图书馆，1922 年，第 10 页。
[3] 例如，胡的《虞美人·戏朱经农》一词："先生几日魂颠倒。他的书来了。虽然纸短却情长。带上两三白字又何妨。可怜一对痴儿女。不惯分离苦。别来还没几多时。早已书来细问几时归。"这"戴着脚镣跳舞"的作品，最后的效果就是不文不白，惨不忍睹。见刘东主编：《近代名人文库精萃·胡适上》，西安：太白文艺出版社，2012 年，第 10 页。

规矩。

其实，英诗中的特定体裁，其创作也是如中国旧诗一般有着"诗律伤严近寡恩"的要求的。不用特别介绍，一个人只要不是完全的外国文学门外汉，都至少了解这一事实：在英国诗歌的发展历程中，有位前无古人后无来者的集大成者——威廉·莎士比亚。本文将介绍莎氏桑籁的出版过程、桑籁的分类、西方莎学研究者对莎氏桑籁主角、题献人物与作者之间关系的考证，并从中分析莎氏桑籁的艺术性。接下来，本文将通过与中国格律诗的比对，来介绍桑籁的基本韵律形式——五步抑扬格，并阐释为何五步抑扬格会在大浪淘沙的过程中成为英诗格律的最优选。最后，本文要介绍桑籁的意大利起源，它作为一种诗歌体裁，是如何被介绍到英国并被英国诗人拿来反复试验、最终汇入英国文学的大江大河的。通过这一过程，本文拟稍事探讨民族主义兴起之后国家强盛与文学昌明及本国语文自信之间的关系。

一、"莎士比亚在恋爱"？

莎氏桑籁的创作，受到意大利诗人、文艺复兴三杰之一的彼特拉克的影响，但是这个影响不是直接加诸其身的。桑籁的英文 sonnet 来自意大利语 sonetto，原为"小曲儿"（little song）的意思。

莎氏传世的桑籁共 154 首，都作于 1592 年至 1598 年间，有编号记录，时间排序清晰。到底何人何事引发了这"大跃进"式的桑籁创作运动？现代学者们的看法，大致可以由一部电影的名字来总结表达："莎士比亚在恋爱"！[1]

莎氏桑籁的首次出版在 1609 年，出版人托马斯·索普 (Thomas Thorpe) 当时并未获得莎氏的同意。因为这一明火执仗的盗版嫌疑，索普一直被文学批评家、特别是研究伊丽莎白时期文学人物的近代文学批评家西德尼·李 (Sidney Lee) 所痛诋。直到近年才有研究者提出：莎氏因为在本·琼森 (Ben Jonson) 的戏剧《西亚努斯的毁灭》（*Sejanus His Fall*）里出演主角，已经与琼森交好，[2] 而琼森作为一名颇为挑剔的戏剧家，曾将他的五部作品交给索普出版。所以极有可能的是，经由琼森介绍，莎士比亚已经将所有桑籁卖给了索普出版，只是

---

[1] *Shakespeare in Love* 国内又译作《莎翁情史》或《恋爱中的莎士比亚》，它是一部由环球影片公司 1998 年出品的爱情电影，由约翰·麦登执导，托德·斯托帕德和马克·诺曼联合编剧，约瑟夫·费因斯、格温妮丝·帕特洛、杰弗里·拉什等联袂主演。

[2] 当然，莎士比亚与琼森的本质关系是文学上的竞争者，这一点不能否认。琼森尽管是个泥水匠之子，却是同时代诗人剧作家中最为博学的，他曾对他的朋友嘲笑莎士比亚："莎士比亚写作了一个在波西米亚发生的沉船故事，而波西米亚周边几百英里都不靠海，哪来的沉船？" Ian Donaldson (eds.), *The Oxford Authors*, Oxford: Oxford University Press, 1985, pp. 596–599.

他不肯走到前台来而已。[1]

但是索普为莎氏代行出版至少造成了一个问题，那就是题献 (Dedication) 人物的不明。所有的桑籁都是题献给一位名叫"W. H."的。这个 W.H. 到底是莎氏自己要献的，还是索普代献的？此事现在已经很难考证清楚。作品的题献一般都是给贵族或相当重要的政治人物的。索普在1600年出版克里斯托弗·马洛 (Christopher Marlowe) 的《卢肯第一书》(*The First of Lucan*) 时，却径自将题献给予了他的好友、另外一位伊丽莎白时期的出版家爱德华·勃朗特 (Edward Blunt)。这种"乱规矩"的做法，也不是不可能再次发生在索普身上的。当然，勃朗特虽不是贵族，却也不是默默无闻之辈。他自己亦能执笔写作及翻译，是"一位真正的文学爱好者，口味既有偏嗜又大气"。[2]他之于17世纪初的英国出版业，是个相当于我国明末冯梦龙式的人物。事实上，索普出版的许多稿本都是从勃朗特那里拿到的。勃朗特最著名的出版物乃1623年的莎氏《第一对开本》，这个大部头的著作全称为"威廉·莎士比亚先生的喜剧、历史剧和悲剧"，包括共36部作品。[3]莎氏既已于1616年驾鹤西去，所以当1623年的《第一对开本》出版时，题献是由勃朗特自定的。按照当时的风气，被题献的贵族人物常常同时也是作家、艺术家、诗人、剧作家的赞助人、庇护人。比如索普于1558年出版马洛的长诗《英雄与勒安得耳》[4]时，马洛已死，索普就径自将题献给了马洛生前的赞助人弗朗西斯·沃尔辛厄姆。[5]《第一对开本》的题献给了兄弟二人——第三代彭布罗克伯爵威廉·赫伯特 (William Herbert) 和他的弟弟第一代蒙哥马利伯爵菲利普·赫伯特 (Philip Herbert)，二人都是嘉德骑士团的成员。[6]我们都知道，莎氏桑籁的第1首到第126首都是写给一位年轻男子的，通常译作"美好的年轻人"(Fair Youth)。由于William Herbert的名字对上了缩写"W.H."，而他也确实算得上是莎氏生前的庇护人之一，故彭布罗克伯爵一直是桑籁中的莎氏男性恋人

---

[1] Katherine Duncan-Jones, "Was the 1609 Shake-Speares Sonnets Really Unauthorized?" *Review of English Studies*, Vol. 34, No. 134 (May 1983), pp. 151–71. 又见 Leona Rostenberg, "Thomas Thorpe, Publisher of Shake-Speares Sonnets," *Papers of the Bibliographical Society of America*, 1960, 54(1), pp. 16–37.

[2] Phoebe Sheavyn, *The Literary Profession in the Elizabethan Age*, Manchester: University of Manchester Press, 1909, p. 67.

[3] 《第一对开本》与1611年出版的詹姆斯一世版《圣经》(*The King James Bible*) 被视为是英语民族文学史上的两部最重要的作品，它们对近代英语语言的形成有着规范化和标准化的作用，这一点是后世的任何名著都无法比拟的。马丁·路德翻译出版的德语《圣经》促进了德语的标准化，倒是与其有异曲同工之妙。

[4] 此处根据《英国文学通史》的翻译将"Hero and Leander"翻译作"英雄与勒安得耳"，见侯维瑞主编：《英国文学通史》，上海：上海外语教育出版社，1999年，第112页。其实在这里，Hero是一个人名，不应该做"英雄"解，而应该被译为"希洛"才是。

[5] Charles Michaels Jr., "Thomas Thorpe: Adventurous Publisher," *Marlovian newsletter*, 1994.

[6] William Shakespeare, *Mr. William Shakespeare's Comedies, Histories and Tragedies*, New Haven: Yale University Press, 1954. 见其题献页。此书基于1623年版的《第一对开本》影印，字母的铅印习惯亦保持着十七世纪的印刷特色，比如"V"和"U"的相反使用，"s"如果不在字母尾，则被排印成一个极为窄长的"ʃ"。

的一大热门猜测。[1]

不过，正如《红楼梦》中的钗黛二人构成了"双峰对峙，双水分流"的双女主格局，在莎氏桑籁的考证学中，有关"美好的年轻人"的真实身份，竟也有着难分伯仲的双男主猜测。彭布罗克伯爵之外，另一热门猜测是南安普顿伯爵亨利·里兹利(Henry Wriothesley)。莎士比亚曾将《维纳斯与阿多尼斯》与《露易丝受辱记》两部长诗题献给他；[2] 他的名字的缩写如果反转过来，也对应得上"W.H."。若要讨论这两位伯爵的惊人相似性，就得从桑籁的前17首谈起。

在莎氏的前17首桑籁里，作者只专注做了一件事：劝这位"美好的年轻人"赶紧结婚生娃："一定要成家啊！一定要生一大堆漂亮的娃啊！一定啊！"——莎氏在多处悲叹着如下的主题：剩男可耻；单身有罪；你的容颜是如此美貌，但是青春是经不起挥霍的，如果你不能把基因传给娃，你就是对生命、对这个世界、对你的亲人、对等待被耕耘的女性的子宫犯下了可耻的罪行。[3] 由于这前17首都是同一个主题，莎氏桑籁作品中的这一部分由是获得了一个极为奇特的名字："生殖桑籁"(Procreation Sonnets)，尽管第15首没直接叨叨生娃的问题，稍稍地有那么点儿跑偏。鉴于莎氏本人他是个男儿身，又不是女娇娥，美男结婚生娃肯定也得另外找个异性，无论从逻辑的哪个层面上看——莎氏与此美男有无暧昧关系，都很难很难解释为何他会如此兴师动众、一连17首地劝生。研究者Anton M. Pinkhofer注意到，在"生殖桑籁"1—9中，甚至压根都没有第一人称的"我"(I)出现。[4] 在第一个"我"字被写出来之前，"生殖桑籁"已经推进了134个诗行。另外一位研究者则感慨说："134个诗行是很多很多字数啊！在这样的一个朋友甲劝朋友乙生孩子的亲密话题里，居然要在这么久之后才开始出现第一人称，实在是太奇怪了！"[5] 那么，是莎氏本来就觉得劝男生生娃的主题与己无关呢？还是他刻意摆出淡然的姿态以免除读者亦即他的劝生对象的戒心呢？还是他本与美男殷殷关情，但是迫于社会戒律，

---

[1] 有关伊丽莎白时期剧作家、诗人及出版商的全面性研究，参看Leona Rostenberg, Literary, *Political, Scientific, Religious, and Legal Publishing, Printing, and Bookselling in England, 1551 - 1700: Twelve Studies*, New York: Burt Franklin, 1965.

[2] 莎氏在《维纳斯与阿多尼斯》长诗前的题献辞，经由张若谷先生译出，极为雅驯，兹录于下："仆今以鄙俚粗陋之诗篇，献于阁下，其冒昧干渎，自不待言；而仆以此荏弱之柔条纤梗，竟谬欲缘附桢干栋梁以自固，其将招物议之非难，亦不待言。然苟阁下不惜纡尊，笑而纳此芹献，则身待仆之为荣，亦已过当，且誓将以有生之暇日，竭其勤恳之微力，从事差可不负阁下青睐之作以自励。"见张若谷译：《维纳斯与阿多尼斯》，朱生豪等译，《莎士比亚全集》第6卷，北京：人民文学出版社，1994年，第366页。

[3] 桑籁第三首有这样的句子："如果你不赶快为它重修殿堂，就欺骗世界，剥掉母亲的幸福。因为哪里会有女人那么淑贞，她那处女的胎不愿被你耕种？哪里有男人那么蠢，他竟甘心做自己的坟墓，绝自己的血统？"见梁宗岱译：《莎士比亚十四行诗·第三首》，刘志侠校注，《一切的峰顶》，北京：中央编译出版社，2006年，第125页。

[4] Anton M. Pinkhofer, "The Dramatic Character of Shakespeare's Sonnets," in Hilton Landry (eds.), *New Essays on Shakespeare's Sonnets*, New York: AMS Press, 1976, p. 121.

[5] Robert Crosman, "Making Love Out of Nothing at All: The Issue of Story in Shakespeare's Procreation Sonnets," *Shakespeare Quarterly*, vol. 41, no.4 (1990), p. 481.

不得不以隐晦的方式传递他的爱的信息呢？好在英国的莎学界也正如我们的红学界一般，最不缺的就是钻天入地的考据家，一番分析比对之后，我们看到了一点头绪。

彭布罗克伯爵和南安普顿伯爵都是到处留情的花花公子，两人的偷情记录有70%的相似度。时年20岁的彭布罗克伯爵致使伊丽莎白女王的女侍玛丽·费顿（Mary Fitton）怀孕，但是他宁愿被投进臭名昭著的"舰监狱"（Fleet Prison）[1]也死活不肯娶后者。女王当了一辈子老姑婆，平生最恨侍女背着她偷情，盛怒之下将费顿逐出宫廷。伯爵后经上书女王宠臣罗伯特·塞西尔（Robert Cecil）而从狱中获释，但他永远失宠于女王了；费顿不久后生下一个男婴，但孩子没有成活。其事发生在1600—1601年间。费顿其后非正式和正式地跟过好几个男人，生了好几个孩子。她的婚恋记录之不堪，使她的亲生母亲都以她为耻。尽管没有证据说明她曾与莎士比亚交往，却颇有几个莎氏研究者将她和伯爵、莎氏三人圈成一组三角恋，费顿也就成为桑籁第127-154所写的黑女郎（Dark Lady）的化身。持这一观点的研究者，特别是英裔美国批评家弗兰克·哈里斯（Frank Harris）认为，"美好的年轻人"彭布罗克伯爵背叛了友谊，插足了莎氏和黑女郎之间的恋爱，致使莎老到死都"为黑女郎之爱而心碎"。[2]

南安普顿伯爵亨利·里兹利比彭布罗克伯爵大7岁，他也偷情偷到了伊丽莎白的宫廷。1598年，他私通女王的侍女伊丽莎白·弗农（Elizabeth Vernon），导致后者怀孕。当弗农的"情况"（Condition）——英国社会对女人怀孕的婉辞被发现后，上流社会的唾沫星子几乎把她淹死。弗农"把她美丽的眼睛都从脑袋里哭了出来"，但她信誓旦旦，相信她的恋人会"搞定此事"。弗农毕竟是个美人儿，南安普顿伯爵当时追求她也是花了一番心思的。现在美人梨花带雨婉转欲死，伯爵走投无路，遂在弗农怀孕7个月时娶了她。婚讯随即为女王所晓，女王将小两口关进监狱。其后他们虽然获释，但亦终生在女王面前失宠了。南安普顿伯爵后来又参与埃塞克斯伯爵的著名叛乱，险些掉了脑袋。[3]

尽管两位伯爵的风流事迹相似，但考虑到桑籁的创作时间和二人的年龄差别，还是南安普顿被劝生的可能性更大些。但是也有研究者认为，彭布罗克伯爵尽管年轻，但他母亲见丈夫去世后偌大家业无人承继，儿子又放浪不羁，故此她给了莎士比亚"一袋子金钱"，嘱他写诗进行规劝，好令儿子尽快诞子

---

[1] "舰监狱"因建在舰河（River Fleet）东岸而得名，它既关押经由"星室法庭"（Star Chamber）申判的重要政治犯，也关押欠债不还者及普通的蔑视法庭者。Walter Thornbury, "The Fleet Prison," in *Old and New London*, Volume 2, London: Cassell & Co, 1878, pp. 404–416.

[2] Sunil Kumar Sarker, *Shakespeare's Sonnets*, Atlantic, 2006, pp. 101–102.

[3] Henry Brown, *Shakespeare's Patrons & Other Essays*, London: J. M. Dent & sons, 1912. 亦见专门研究莎士比亚的网页：http://www.shakespeare-online.com/biography/patronsouthampton.html.

延宗，不想莎氏见到这年轻貌美的伯爵后却对他产生了暧昧的情感，当然劝生诗他还是尽责地写了——这也是生殖桑籁由来的假说之一。[1] 其实彭布罗克伯爵老伯爵夫人玛丽·西德尼（Mary Sidney Herbert, Countess of Pembroke）绝不是一位简单的贵族老封君，而是被看成那个时代全英国除伊丽莎白女王之外文学教养最高的女性。

假如生殖桑籁确实是为南安普顿伯爵写的，那么从这位伯爵的结局上看，他可算是被莎老念咒得有了娃，螽斯衍庆了——不过竟是以这么灰头土脸的方式，完全违反中古社会贵族缔婚的那套仪式，而且失去女王的欢心就等于在贵族圈里成为弃民。他一直等到詹姆斯一世登基，才重新找回了廷臣的风光。值得一提的倒是他与弗农生下的那个长女长大后，嫁与斯宾塞先生——斯宾塞是英国已故王妃黛安娜的娘家姓氏，如此推来弗农是黛安娜的始祖之一。又由于南安普顿伯爵与莎士比亚的特殊关系，德国美因茨大学有一位思维发散的研究者，甚至指伊丽莎白·弗农就是黑女郎，而她怀的孩子是莎氏的，南安普顿伯爵出于义气为朋友顶包云云。引导出来的结论就是，黛安娜乃莎士比亚后裔，[2] 故大英帝国的威廉和亨利两位王子，血统上不光拥有王室的光荣，还能上溯到本国的文曲星哩！[3]

从什么时候开始，莎老决定开始浪漫了呢？这个可爱的转折发生在桑籁第18首《我是否可以将你比作夏日》(Shall I compare thee to a summer's day)。进入第18，生命的沉重话题搁置，诗文赞美恋人的美好容颜，并期之能够在时间的长河中永浴，一读之下，确实有种色调明媚起来了的感觉：你侬我侬，两情燕好。这也就是第18成为莎氏桑籁中公认的名篇的原因。"Shall I compare thee to a summer's day?" 这个英文句子据说在网络上被引用多达500万次。

桑籁127-154是写给黑女郎的，风格比之前面又是一变，主要是明显具有性的意味了。这位"眉毛像乌鸦一样黑"[4] 的美人，头发黑、眼睛黑、皮肤也黑。莎氏明确表示他的美人儿不是传统型的。但"黑女郎"的"黑"，还不是字面之意，仅指她的头发眼睛皮肤的颜色而已。"黑"字可以对应英文"dark"和"black"两词。"Dark"在英文中本来就有阴沉之意。而"黑"颜色的"黑"，"black"，在其对应的拉丁文"ater"的字义里，常常与残忍

---

[1] 这一假说最终形成一部名为《耻辱的浪费》(A Waste of Shame) 的小说，并被BBC四台制作成一部电视剧。

[2] 莎士比亚的独生子小时候就死了，两个女儿虽曾结婚生子但再下一代没有子嗣，所以莎氏没有孙辈以后的血亲后裔。

[3] 该研究据称动用了文学资源 (literary scholarship)，肖像学 (iconology)，法医学 (forensic science)，植物及医学等手段 (botanical and medical expertise) 综合而成的。作者通过对莎士比亚多幅肖像的分析，甚至考证出来莎氏患有米库利奇 (Mikulicz) 综合征，即慢性泪腺及腮腺肿大。作者声称，她所使用的高科技手段来自德国的 Bundeskriminalamt（简称 BKA，相当于美国的 FBI 联邦调查局）。Hildegard Hammerschmidt–Hummel: *The secret around Shakespeare's 'Dark Lady'*（德文: Das Geheimnis um Shakespeares 'Dark Lady'），Darmstadt: Primus Verlag, 1999.

[4] 原文 "my mistress' brows are raven black" 见桑籁第127。

(cruelty)、暴虐 (brutality) 和恶魔 (evil) 相连。英文的"残暴"(atrocity) 一词就使用了"ater"这个拉丁字根，黑女郎的黑，其实是取其性格中的刁蛮残忍之意。黑女郎红杏出墙搭上了美好的年轻人，但莎氏摆脱不了对她的肉体迷恋，于是在这段关系中不断天人交战。他责备自己"病态的欲望"，渴求着"对罪恶的救赎"。因为黑女郎这翻云覆雨的性格，莎老一会管她叫"我的女魔头"，一会又管她叫"我的坏天使"。

据现代研究者的解读，这一部分桑籁处处充满着"色情双关"(erotic pun)。如第 138 首第 13 行"Therefore I lie with her, and she with me"，按上下文的字面意思应为"所以我欺骗她，而她也欺骗我"，但其实也可理解成"所以我与她睡觉，而她也与我睡觉"。[1] 第 151 首在中古时期已经被斥责为"下流"(bawdy)，因为它直写了灵肉交战的迷惘和困惑。但若是了解伊丽莎白时代和詹姆斯一世时代的文字隐晦语的读者，看这首诗还会觉得它更 bawdy。在第 151 首反复出现的词语"conscience"（良知），可被分解为"con + science"来读。"Con"是法语中的"阴户"，"science"来自拉丁语"scientia"（专门知识）。莎诗翻译家曹明伦先生认为，第 151 首如果把第 1—2 行的"爱神太幼小，他不懂什么是良心，/ 但谁不知道，良心正是爱所产生"[2] 解读为"爱神尚年幼，不懂性是什么，/ 可谁不知晓性欲是由爱情唤醒"，读者就不难以意会其后的内容了。[3]

二、何为五步抑扬格？

五步抑扬格英文叫 iambic pentameter。"iambic"作为形容词是"抑扬的"或"长短格的"的意思，而"pentameter"可译作"五步格"，或"五步韵"。我们都知道"penta"作为字根用是代表数字"五"的，美国国防部五角大楼就叫 Pentagon。那么，什么是 meter 呢？

"meter"这词来源于希腊语"metron"，原本是希腊古诗歌中的最小韵律单位，由一组长短音节组成。我们在此不关心"meter"作为一个英文单词的其他义项，如"米""仪表""度衡"等，只诠释它作为"韵律"的含义。

meter 是最小的韵律单位。为了有个全局感，我们还是得先从一首诗的整体来细说从头。一首诗是一个 poem，诗里的一个独立段落叫一个 stanza，称为"诗节"。能够构成完整意义的一个段落就可被视为一个诗节了。中国的对联（couplet），一共就两行，如"座上珠玑昭日月，堂前黼黻焕烟霞"，但其

---
[1] James K. Lowers, *Cliffs Notes On Shakespeare's Sonnets*, Lincoln: Cliffs Notes Lnc., 1965, p. 37.
[2] 金发燊译：《莎士比亚十四行诗集》，桂林：广西师范大学出版社，2004 年，第 113 页。
[3] 曹明伦："莎士比亚十四行诗汉译疑难探究"，《四川外语学院学报》2007 年第 3 期，第 79-85 页。

意义完整了。所以对联就是以一个诗节来构成一首诗的。五律七律，因为可以拆解为首联、颔联、颈联和尾联四部分，所以也就相当于有四个诗节。诗节是由一行一行的诗组成的，每一行是一个 line。英文的诗节之间有空格，line 和 line 之间不空。中国旧诗在排版上不太讲究分段，我们如果对"stanza"的概念仍不是很明晰，参看一下中国新诗就应该比较清楚了。诗节可以有不同的行数，"couplet""tercet""quatrain"这些术语虽说看上去很唬人，其实就是两行、三行、四行的意思。以次递进的五行到八行诗节分别为 quintet、sestet、septet 和 octet。这些名称都是遵循着从拉丁字根衍生出的数字命名法来的。

每个诗行都是由若干音步 foot 组成的。而音步是由重读与非重读的音节组成的。一个音步，最起码要有两个音节，两个音节中要有一轻一重。"iambic meter"也被翻译做"弱强格"或"轻重格"，但最常见的仍然是"抑扬格"。"抑"顾名思义就是要"压"着发音；"扬"顾名思义就是要"突出强调"着发音。在一个最基本的二音节抑扬格里，"抑"是轻音节，"扬"是重音节。抑先扬后，轻先重后。同样是二音节，如果重先轻后，就会变成与抑扬格相反的扬抑格（强弱格）了。中文将"meter"翻译成"韵律"，实则是有点误导的，因为中国旧诗的韵律是由平仄构成的，重在调；而英诗的 meter 是由音节的轻重音形成的，重在强弱。

但是无论用"平仄"还是用"强弱"，中英诗歌读音的第次嬗变，都是为了产生刺激我们听觉审美的节奏感。英文单词，根据元音（vowel）的数量不同，可产生不同数量的音节数，音节的切分点就在于元音：

po-' ta-to(马铃薯) 是三个音节，po-pu-' la-tion (人口) 是四个音节，con-gra-tu-' la-tion (祝贺) 是五个音节，te-le-com-mu-ni-' ca-tion (电讯) 是七个音节。

英诗的音步，除了刚才列举的二音节的抑扬格 (iamb) 和扬抑格 (trochee) 之外，还有如下几种可能：anapest（抑抑扬，又名轻轻重）；dactyl（扬抑抑，又名重轻轻）；spondee（扬扬，又名重重）；pyrrhic（抑抑，又名轻轻）。

再通俗点说，扬抑抑格 (dactyl) 就像是舞场里的华尔兹，俗称"三步舞"是也；抑扬格 (iamb) 和扬抑格 (trochee) 可被视为平步舞，或"两步舞"，不过一步重一步轻，有前后不同的区别而已；抑抑格 (pyrrhic) 像情侣步，一共两拍，都是罗袜生尘般轻柔；扬扬格 (spondee) 则像节拍不变的迪斯科，每一次落步都在重鼓点上。一句诗行里面，有可能存在多少个音步呢？常规为一到八不等。用中诗打个比方，这就相当于一个句子的构成可能有如下的长度：

一个字，如"陟彼北芒兮，噫"句子中的"噫"字。（梁鸿《五噫歌》）

两个字，如"得敌，或鼓，或罢，或泣，或歌"。（《易经·中孚卦·六三爻》）

　　三个字，如"有蝉鸣，无鸦噪。黄叶落，白云扫"。（寒山《三字诗》）

　　四个字，如"昔我往矣，杨柳依依"。（《诗·小雅·采薇》）

　　五个字，如"床前明月光，疑是地上霜"。（李白《静夜思》）

　　六个字，如"枯藤老树昏鸦，小桥流水人家"。（马致远《天净沙·秋思》）

　　七个字，如"三顾频烦天下计，两朝开济老臣心"。（杜甫《蜀相》）

七个字以上的，不是找不到，但对于中诗的构成来说，就不是常规句式了。我们可以轻易在李白的《蜀道难》中找到八字句"黄鹤之飞尚不得过"和十一字句"嗟尔远道之人胡为乎来哉"，但它们不再是一种标准。一字诗和二字诗也不能算作标准，只能被视为偶然会出现的诗句形态。

英诗也同理：一个诗行可以由一到八个音步构成，八个以上，就非常不现实也不容易操作了。音步的可能性虽众多，但最常用的，实则也只有抑扬格一种，因为前抑后扬、前轻后重最符合英文单词的音节组成规律。而一句诗行，过长了不好，过短了也不好，只有五个音步、每音步两个抑扬音节、共十个音节是最理想的长度。艺术形式也是个大浪淘沙、适者生存的领域，在英诗中，五步抑扬格超越了其他的诗韵形式胜出而成为千锤百炼的优选，自有其道理。据20世纪70年代的一个统计，自乔叟以来产生的英诗的四分之三都是以五步抑扬格写作的。[1]

除五步抑扬格外，第二流行的英诗格律为四步扬抑格(trochaic tetrameter)。即四个音步、每音步两个扬抑音节、共八个音节。

这里又很像我们中诗里的情形：只有五言和七言才是我们恒定使用的格式。早期在诗经、汉赋、乐府中被频繁使用的四言，由于单句信息承载量不够大的缘故，随着岁月的流逝就让位给五言了，而五言的信息承载量还是不够大，因此又出现了七言作为补充。

莎氏桑籁的结构可做这样的划分：14行中的前12行分为三个段落，每段落是一个四行诗节quatrain。这三个段落的尾韵押作如此这般：abab，cdcd，efef。最后两行couplet则有提神及总结之作用，尾韵为gg。莎氏的154首桑籁中只有3首，结构特异，不完全符合14行的标准定式。第99首有15行，第126首有12行，而第145首虽然一行不缺，但却是以四音步抑扬格(iambic tetrameter)写作的。

---

[1] John Frederick Nims, *Sappho to Valéry: Poems in Translation*, Princeton：Princeton University Press, 1971, p. 18.

下面我们来看几个莎氏桑籁的五步抑扬格的例子。小写表示"抑",大写表示"扬","/"是音节区分线:

When I / do COUNT / the CLOCK / that TELLS / the TIME(桑籁 12)
Shall I / com PARE/ thee TO / a SUM / mer's DAY?
Thou ART / more LOVE / ly AND / more TEM / per ATE(桑籁 18)

也举一个莎氏桑籁中四步扬抑格的例子:

I hate/FROM hate/A way/ SHE threw,
AND saved/MY life,/SA ying /'NOT you.'(桑籁 145)

四步扬抑格由于重音在前、整个句子更短小,形成的效果更有力,特适合于表达激扬的情绪。《麦克白斯》里的女巫诅咒就是有名的四步扬抑格代表作。莎氏戏剧的文字主体,细细分析的话,绝大多数的句子也都符合五步抑扬格。这是一种惊人伟大的文字创作能力。莎氏的不可复制性也就在此。硬要上个类比的话,这就像是我们清朝的才女陈端生写的弹词《再生缘》。随便摘上一段,必然是这般押韵的:

公子闻言紧皱眉,含羞连道莫为媒。纵然生得苏张舌,难把良缘一力为。顾公闻得微微笑,贤甥不必锁双眉。尔言母舅无能事,不肯相求再做媒。[1]

莎氏戏剧的五步抑扬格与桑籁的不同有两点。一是戏剧文字不押尾韵,故称 blank verse,常见译法叫"无韵诗"或"素体诗"。[2]但还是有少数的名章隽句,是押 abab 韵格的,例如著名的理查二世独白"Let's talk of graves, of worms, and epitaphs"的第一段。[3]二是戏剧文字不分段为诗节。

---

[1] 陈端生:《再生缘全传》第一卷第三回"为求婚挟嫌构祸",厦门文德堂藏版,道光五年。
[2] 有关素体诗应该如何汉译,我国翻译家卞之琳提出的翻译策略是"诗散兼译",即"不仅行数相同,而且亦步亦趋,尽可能行对行翻译。遇到跨行(enjabment),也尽可能在原处'跨行',以求符合一收一放,一吞一吐,跌宕起落的原有效果。"见卞之琳:《<哈姆雷特>的汉语翻译及其英国改编电影的汉语配音》,《莎士比亚悲剧论痕》,北京:三联书店,1989年,第116页。
[3] "让我们说说坟墓,蛆虫,还有墓志铭吧"这段文字,在英国文学中常被称为"The quotable quote",即"名章隽句"。英国 BBC 广播公司为 2012 年伦敦奥运会而精心制作的 4 部莎士比亚剧集《空王冠》,即是以此段独白开头的。

三、五步抑扬格进入英诗及英语的地位提升

十四行诗原本起源于 13、14 世纪意法交界处的法南普罗旺斯地区 (亦即今日我国小资意乱情迷找寻薰衣草之爱的地方)，作为民间诗体被传唱。由于入乐的需要，它对行数、音节、韵脚等都有严格的要求。彼特拉克家族旧属佛罗伦萨的名门望族，但他在教皇驻跸的法国南方城市阿维农长大，其后又在教廷供闲职多年。阿维农正属抒情诗的故乡普罗旺斯，好山好水好风光。彼特拉克又格外喜欢外出览胜和游历，这"采风"般的个人经历，必然会使他大量接触到原生十四行"小曲儿"的内容、形式和韵律。[1] 我们这样假定：设若孔子不是生长在春秋的鲁国而是郑卫间之桑濮，则我们今天不见得有《论语》可读，但没准儿《诗经》就会由三百篇变为三千篇了。

彼特拉克一生的挚爱，乃他青年时代于阿维农城惊鸿一见的一位丽人。她芳名劳拉，当时已是罗敷有夫，丈夫为一名骑士。彼特拉克从此一生都眷眷不绝，不停为劳拉写诗，一直到佳人死于 14 世纪中叶的黑死病。这爱情更经升华，进入了永生的境界。[2] 彼特拉克的《歌集》共 366 首，其中 317 首为十四行诗，全部为劳拉而写：喻其形质之美，譬其风神之貌，从头发形容到罗袜，无不详研。其诗集又以劳拉之死分为上下两部分，分别写对在生之日女神的爱慕和女神亡后诗人的悲悼。[3]

以形式论，彼特拉克的十四行分为两部分：第一部分是一个八行体，由两个四行体构成，韵脚是 abba、abba；第二部分则是一个六行体，韵脚可以有不同形式，但严格起来论的话，应该押 cde、cde。尽管尚有文艺复兴时期其他的意大利诗人为十四行诗的发展做出了贡献，但由于彼特拉克对这种诗体的框架性建构，日后意大利十四行诗即以他的名字命名，被称为彼特拉克十四行 (Petrarchan Sonnet)。[4] 彼特拉克如他的同时代的多数诗人一样，仍然视拉丁文为载道之正体，万世之嫡音，这是因为，当时的方言文学，无论意大利语、英语、法语等等，都根本不被视为入流的文学载体，而德语当时还未成为标准语言。拉丁文学的两大巨人，维吉尔能诗不能文，

---

[1] Morris Bishop, "Petrarch", in J.H. Plumb (eds.), *The Italian Renaissance Chapter XI*, New York: American Heritage Publishing, 1961, pp. 161–175.

[2] 但其实，彼特拉克一头做着闲教士，一头想着劳拉女神，另一头也没耽误，跟两个女人生了俩私生子。马齿渐长之后，他也开始对青年时代沉溺女人肉体的做法倍感追悔，一天要忏悔七次；在跟他弟弟的通信中，彼特拉克承认，尽管他现在仍然"时常地、严重地受到诱惑"，但他已经"惧怕与女人相关联，比惧怕死亡本身更甚"，而当年他曾认为自己是"离开女人就根本不能活的"。Barbara Tuchman, *A Distant Mirror: The Calamitous 14th Century*, New York: Random House, 1978, p. 490.

[3] 现在比较常见的两个彼特拉克译本为：James Wyatt Cook, Petrarch's songbook: *Rerum vulgarium fragmenta*, Center for Medieval and Early Renaissance Studies, State University of New York at Binghamton, 1995. 以及 Mark Musa, Petrarch: *The Canzoniere, or Rerum vulgarium fragmenta*, Translated into verse with notes and commentary, Bloomington: Indiana University Press, 1996.

[4] Michael R. G. Spiller, *The Development of the Sonnet: An Introduction*, London: Routledge, 1992, p. 10.

西塞罗能文不能诗，唯彼特拉克两者兼美。但他恐怕不能意料到，自己的身后名，由自其"不入流"的意大利语十四行诗所赢得者，竟甚于自《阿非利加》的拉丁长诗所赢得者——尽管后者在他生前就给他带来"桂冠诗人"之誉。

英国爵士托马斯·怀亚特(Sir Thomas Wyatt)首先在他的意大利之行期间被彼特拉克十四行诗所吸引，遂于16世纪初将其大量译介，传至英国。在译介传播的过程中，彼特拉克十四行的抑扬格对尚在探索格律中的英国诗人产生了很多启迪。怀亚特改变了意大利十四行的结构，他所使用的三个四行体外加一个两行体来收尾的做法，最终成为英诗十四行的定式。[1] 怀亚特最有名的十四行乃为美丽的安妮·博林而作。在诗中，他说："怎能追到你呢？这犹如用丝网来捕捉清风。他表达了无奈的暗恋情节。而在诗的结尾他写道："铭刻在金刚石上是这清楚的字句 / 她戴在她优美的脖颈上 / 别碰我(注：原文 Noli me tangere 为拉丁语，突出安妮·博林的古典文化教养)，因为我是恺撒的人 / 尽管我看似温顺，却是野性难驯。"这首诗高度暗示，安妮·博林已经走入亨利八世猎艳的视野。[2]

英诗的韵律最早是从希腊文和拉丁文学来的。最著名的希腊和拉丁长诗，如《伊里亚特》《奥德赛》和《埃涅伊德》，又都是用六步韵(hexameter)写成的。在当时，拉丁文的地位更高一筹，是中古欧洲——而不仅仅是英国——的标杆文字。进入启蒙运动以后，它的无上地位才逐渐为法文所代替。当然，英国宫廷的法文传统是从1066年诺曼底征服起就一直存在的。这样看来，文学的崇古倾向，并不是仅仅为"非三代两汉之书不敢观"的中国韩文公及其追随者所独有的。欧洲国家在民族主义兴起之前，其中古社会和近古社会的文化崇古现象主要表现为以本国文字为鄙俗，以大众竞相追逐的娱乐形式为市俚，高端文化圈迟迟不愿对其进行接纳。那时受过教育的体面人，使用的通行书写语是拉丁语。不要说莎士比亚这拨人，就算是比他们再晚生了半个世纪的弥尔顿，其诗歌写作也是英文、拉丁文对半分的。一种新文化之兴，为它张旗树帜的领军人物，往往同时也是旧文化的精英。这种现象在中国文学史中我们也是熟悉的。如鲁迅、郁达夫这两位新文学家，虽然以白话文创作名世，但如果要认真地论一论民国以来谁的格律诗写得最优秀，这两人恐怕也要排上前十。

怀亚特将意大利十四行介绍到英国，并非出于一时之雅兴。他做了大量

---

[1] M. H. Abrams, Stephen J. Greenblatt (eds.), *The Norton Anthology of English Literature: Sixteenth/Early Seventeenth Century*, Volume B, New York: W.W. Norton & Co, 2012, p. 647.

[2] 原文为："And graven with diamonds in letters plain/There is written, her fair neck round about,/Noli me tangere, for Caesar's I am/And wild for to hold, though I seem tame." 见 Thomas Wyatt, "Whoso list to hunt," in *Great Sonnets*, Mineola: Dover Publications, 1994.

的翻译与创作，并且声称他的目的就是要拿英语做试验，用创作将其"文明化"，提升它的地位，使它不输于其他周边国家的语言实力。[1] 但是彼特拉克十四行被引入英国之后，并没有解决英诗中原来存在的问题：无论是希腊、拉丁还是意大利语诗歌，它们的韵律基础都不是轻重格，而是音量韵 (quantitative meter)，即通过长短音节之间的变换取得节奏感。这与英国语文的本质是不符的。因为对英文的发音规律来说，更重要是其重音 (accented or stressed) 和轻音 (unstressed) 的区别，而不是音节长短的区别。

英国 16 世纪诗人群星中的托马斯·沃森 (Thomas Watson)、斯宾塞 (Edmund Spenser)、西德尼 (Philip Sidney)、弗莱彻 (John Fletcher)、丹尼尔 (Samuel Daniel)、德雷顿 (Michael Drayton) 等人，都在彼特拉克的语风和韵律影响下写诗，因此统统被后世人称为"彼特拉克主义者"(Petrarchist)。其中，沃森做了很多十八行的十四行诗"——这听起来很怪异——沃森不肯放弃他惯用的六行体一个诗节的写作方法，每首诗他要写一个诗节，结果当然就是拖成十八行了。丹尼尔和德雷顿都曾改编罗马诗人奥维德的长诗《变形记》：采用第一人称，将长诗拆分成短诗系列以吸引读者。菲利普·西德尼是第二代彭布罗克伯爵夫人玛丽·西德尼的哥哥、第三代彭布罗克伯爵威廉·赫伯特的母舅。他创作了《阿斯菲尔和斯特拉》(又译作《爱星者和星星》)——这是首次以长诗的形式、将意大利十四行进行本地化的一次大型尝试。[2]

斯宾塞的成就比他们都大。他与莎氏的主要不同在于：第一，斯宾塞十四行使用的韵脚为：abab，bcbc，cdcd，ee；[3] 第二，斯宾塞十四行不完全是关于爱情的，有相当多的其他成分，如神话传说、哲学等。另外斯宾塞仍然不脱彼特拉克将最后六行抢做一堆的格式，十四行中的整整六行都被用来作总结中心思想了，相当于"太史公曰"、"异史氏曰"。这个超强的"赞曰"总结能力，固然能在中学生作文大赛中胜出，但在十四行中一下侵掉六行的篇幅，也会造成诗感低弱而哲学性增强，与诗歌审美的诉求背道而驰。

玛丽·西德尼本人擅三种语言，既能诗又能翻译，本已是蔡文姬、李清照式的扫眉才子。[4] 她家的威尔顿庄园是英格兰最精美的豪宅之一，依托其产生的"威尔顿圈子"(Wilton Circle) 社交沙龙，"谈笑有鸿儒"，往来的常客有

---

[1] E.M.W. Tillyard, *The Poetry of Sir Thomas Wyatt, A Selection and a Study*, London: The Scholartis Press, 1929.

[2] Danijela Kambasković-Sawers. "'Bugbears in Apollo's Cell': Metamorphoses of Character in Drayton's Idea and Daniel's Delia", *Parergon*, vol. 25, no.1 (2008), pp.123–148.

[3] 但斯宾塞在他的《仙后》长诗中，又独创了一种"斯宾塞诗节"(Spenserian stanza)，共 9 行，前 8 行使用五步韵，最后一行用六步韵，韵脚为 ABABBCBCC，从而形成一种"连缀着的四行诗和尾联"的效果。Richard A. McCabe, *The Oxford Handbook of Edmund Spenser*, Oxford: Oxford UP, 2010, p. 213.

[4] 莎学研究中有一种假说，认为莎士比亚是玛丽·西德尼的化名。Robin P. Williams, *Sweet Swan of Avon: Did a Woman Write Shakespeare*, Peachpit Press, 2006. 为了争议莎士比亚的作者权及纪念这位著名的女作家，网络上甚至有"玛丽·西德尼协会"的成立，成员已达 200 多人。其网页在 http://www.marysidneysociety.org/。

斯宾塞、丹尼尔、德雷顿、本·琼森和约翰·戴维斯（John Davies）等。这又使她成为一位名动全国的文学赞助。[1] 不夸张地说，威尔顿圈子正是当时英国文学界的麦加，是英式彼特拉克十四行诗的实验室，也是其后詹姆斯一世钦定版《圣经》（King James Version of the Bible）的构思产生地。

威尔顿圈子的文士诗人志在振兴英国语文，用切实的创作将其升入文学的圣殿，其做法是历史的大潮流决定的。1543年，亨利八世通过《至尊法案》与罗马教廷决裂，确立了英国国教的独立地位；1588年，英国击败西班牙"无敌舰队"，全国上下民族主义情绪激扬焕发；1598年，古文物专家约翰·斯道 (John Stow) 出版《伦敦概说》，以伦敦城为中心考察了英国城市和各阶层的变迁，展示了英国这个国家日新月异的发展风貌。在都铎王朝治下，英国逐渐成为世界的中心之一，英国人开始形成自己的民族国家意识，英语也就从英国下层人民使用的语言变为各个阶层的通用语。[2] 当然，形势有时比个人的努力更强。当威廉·卡姆登 (William Camden) 于1586年出版伟大的《不列颠志》时，这部旨在"复不列颠古之荣光，复古之荣光于不列颠"的前无古人的综合性英格兰地志居然是用拉丁文写的，而直到1610年才出现英文译本。[3]

但威尔顿诗人的最大问题是，他们太博学、太熟悉经典了，以致甩脱不开经典的桎梏。现代英语诗韵学研究者常把他们和比他们早一个世纪的拉丁式英诗的创作者归类为 versifiers，意为将"将散文改为韵文的拙劣诗人"。他们的共同问题是：他们把此前的经典文学看得太神圣了，认为那些写出了伟大的拉丁语、希腊语、意大利语诗歌的作家都是"真理的拥有者"；他们认为经典诗人早已掌握了诗歌韵律的真谛，而英国诗人所需要做的，只是在英语语言中对其模仿、重新焕发而已。[4] 沃森在他的第一本英语爱情诗集《深情的爱的世纪》(Passionate Centurie of Love) 中，每每郑重否认自己的原创性。在这个有100多首诗的集子里，沃森几乎在每首诗前面都加有小序，声言他写此诗的灵感是得诸某拉丁语、希腊语或意大利语诗，而不是他自己的。[5]

---

[1] Douglas Brooks-Davies (eds.), *Silver Poets of the Sixteenth Century: Sir Thomas Wyatt, Henry Howard, Sir Walter Ralegh, Sir Philip Sidney, Mary Sidney, Michael Drayton, and Sir John Davies*, Rutland, Vermont: Everyman's Library, 1992, p. 290.

[2] 李艳梅：《民族主义、爱国主义与历史意识的交融》，《莎士比亚历史剧研究》，北京：中国社会科学出版社，2009年，第79-86页。

[3] 他的《伊丽莎白时期的英格兰及爱尔兰编年史》(*Annales Rerum Gestarum Angliae et Hiberniae Regnate Elizabetha*) 也是1615年先出拉丁文版，1625年才有英文版的。卡姆登一生唯一写作的英文作品《不列颠拾遗》(*Remaines of a Greater Worke, Concerning Britaine*)，初版于1605，却极大地提升了英语的学术地位，因为此书以字母排序、首次系统地拾缀了英语谚语。

[4] Sharon Schuman, "Sixteenth-Century English Quantitative Verse: Its Ends, Means, and Products." *Modern Philology*, vol.74, no.4 (1977), pp. 335-349.

[5] A.W. Waller, "Thomas Watson," in A. R. Ward (eds.), *The Cambridge History of English and American Literature in 18 Volumes (1907-21)*, Cambridge: Cambridge University Press, 1933, p. 15.

斯宾塞和西德尼试验音量韵约十年，都没有成功；此后斯宾塞转向，投入了抑扬格的怀抱，但是他始终不能甩开希腊诗和拉丁诗的六步韵。六步韵对同期诗人的格式铸模作用是非常巨大的，不可否认，也确实有极优秀的作品出产其间，但六步韵总的趋势是在走向衰微，其后逐渐让位给五步韵。这个转型期的特有现象，与建安风骨的曹氏父子堪有一比：曹操的《短歌行》《碣石篇》等四言篇，千古高蹈，无人不识，五言如《薤露》《蒿里》反较少为人知；到了他的两个儿子，则是五言作品广为传诵，四言又寂寂无闻了。

不仅在形式上，而且在内容上，威尔顿诗人亦不能远离其情诗教父彼特拉克所灌输给他们的女性审美范式。彼特拉克的时代去古未远，中世纪骑士文学的影响依然强劲，女性形象往往女神化，翩若惊鸿，矫若游龙。彼特拉克对彼特拉克主义者的影响，有以下若干是肯定的：理想化的女（男）神形象，姑射仙子般的至高存在。丹尼尔在他的诗歌中，永远亦步亦趋地模仿着彼特拉克：他让他的长叹回响在空荡的山谷；他苦苦地历数他爱慕女神的年头，以期她玉手一抚，给他以久久渴望的怜悯；他的写作是为了让她在时间的长河里永生；他哀哀地怨憎着，为何她照镜子的功夫多于注视他；他迷恋着她的金发髻——这美丽的发网捕捉他一如情网。[1]

尽管研究者相信，莎氏对意大利语的掌握是不成问题的——如其不然，则很难解释为何至少有十四部莎剧都来自意大利题材，但他之接受彼特拉克的影响，研究者们认为多半是通过"彼特拉克主义者"而行的。莎士比亚对"彼特拉克主义者"有扬有弃。桑籁21明显源自西德尼的《阿斯菲尔和斯特拉》之第3首；桑籁23的主题，有关爱的难以表达，如我们《子夜歌》中"恃爱如欲进，含羞未肯前"般的情怀，又是来自彼特拉克的第41首，怀亚特对此进行过译介。而这种"爱你在心口难开"的主题，更是在普罗旺斯情诗中反复传唱的经典。

但是，莎氏毕竟不同于寻常诗人，他总能够在定式外另辟蹊径。例如，前面提及的金织发网，是将精美的金线编入精美的发网而成，伊丽莎白时期的贵族女性多佩戴，因此"金线"(golden wire)一词也就成为女性审美的代名词——这就如我们的古文修辞中赞美女子"眉如远山，鬓若鸦翅"一般常见。但莎氏在桑籁130中赞美他的黑女郎时却偏偏说，头发若合该是金线，那么她的头上生的就是青丝(If hairs be wires, black wires grow on her head)。莎氏不拘于定式的女人的美，更不会拘于定式的情爱描写模版，因此他写出的诗歌，更贴近着真实而复杂的人类情感。

---

[1] Samuel Daniel and Henry Constable, Martha Foote Crow (eds.), *Elizabethan Sonnet-Cycles Delia-Diana*, Project Gutenberg Ebook #18842, 2006, pp. 4-5.

四、国家剑号巨阙，语言珠称夜光

毋庸置疑，莎氏一生的主要成就不在诗歌创作。但是，倚天不出，谁与争锋？！伟大的原创者就是伟大的原创者。在莎氏之前的伊丽莎白诗人群落，尽管筚路蓝缕、历经曲折，但都没有产生出足够的原创数量和上乘的质量，能够真正昭明后世、资为经典。莎士比亚的154首桑籁于1609年横空出世，从此一举奠定了五步抑扬格、十四行作为英诗韵律的标准。英式十四行遂与莎氏等名，Shakespearean Sonnet 也就成为 British Sonnet 的同义词。五步抑扬格对英诗被提升、从而进入文学殿堂的意义，正如英格兰舰队之于1588年英、西海战对决的胜利意义一样。六音步音量韵如同西班牙无敌舰队从此一蹶不振，希腊诗、拉丁诗、意大利诗如同西班牙从此交出了至高无上的权柄（但不是马上就衰落了），英诗与英国从此走向繁荣和富强。

伊丽莎白盛世创造了英国的文化辉煌。从五步抑扬格来看，就连这样一个小小的诗体的形成、发展和兴盛的过程，都反映着民族国家崛起后，其语言文字亦将发轫继起，取代既有权威的势头。语言，的的确确是会跟国家的力量俱兴而并进的。一个强国剑号巨阙了，它的语言自会珠称夜光！这其兴也勃焉之势，能够给我们汉字使用者带来什么样的启示？让我们以什么样的心态来看待目前通行世界的既有权威语言？这正是本文于介绍知识之外，希望能在读者心中有所引发的思考。

莎士比亚戏剧片段中译

Shakespeare's
Plays

THE TRAGEDY OF KING RICHARD THE SECOND
Let's Tell Sad Stories of the Death of Kings

Let's talk of graves, of worms, and epitaphs;
Make dust our paper, and with rainy eyes
Write sorrow on the bosom of the earth;
Let's choose executors and talk of wills:
And yet not so-for what can we bequeath
Save our deposed bodies to the ground?
Our lands, our lives, and an, are Bolingbroke's,
And nothing can we can our own but death,
And that small model of the barren earth
Which serves as paste and cover to our bones.
For God's sake let us sit upon the ground
And tell sad stories of the death of kings:
How some have been depos'd, some slain in war,
Some haunted by the ghosts they have depos'd,
Some poison'd by their wives, some sleeping kill'd;
All murder'd: for within the hollow crown
That rounds the mortal temples of a king
Keeps Death his court; and there the antic sits,
Scoffing his state and grinning at his pomp;
Allowing him a breath, a little scene,
To monarchize, be fear'd, and kill with looks,
Infusing him with self and vain conceit
As if this flesh which walls about our life
Were brass impregnable; and, humour'd thus
Comes at the last, and with a little pin
Bores through his castle wall, and farewell, king!
Cover your heads, and mock not flesh and blood
With solemn reverence; throw away respect,
Tradition, form, and ceremonious duty,
For you have but mistook me all this while:
I live with bread like you, feel want,
Taste grief, need friends: subjected thus,
How can you say to me
I am a king?

《理查二世》之
《且听孤寡道先王》

拟把蠹茎说残碑,
撮尘作简泪两垂。
坤后写承江东句,
乾心传谕衣带辞。
败绩皇舆能无论?
粉骨糜身尚有咨。
秦皇辟土寻归汉,
商纣征夷尽与姬。
古道荒凉野冢陂,
能收枯骨葬吾尸。
列坐班荆苍在上,
且听孤寡道先王。
降君走车强王死,
丕莽清眠婴汉皇。
春秋弑君三十六,
半由妾妇半臣纲。
缀旒莫夸登高庙,
阎君自古坐王堂。
笑他寰域致重仪,
夕惕贪忧心可伤。
只因天威颜咫尺,
遽令骄幸满严廊。
六尘绵剧绕吾身,
百炼不销误柔钢。
从来针芥入纤微,
一夫能教七庙隳!
囚首莫嗔凡躯病,
危心唯肃殊棋时。
服章既污抛诸度,
误我至今是汝痴。
天子拂席亦黍稷,
清风玄度辄有思。
穷途莫论君王事,
晋主从亡共路歧。

HAMLET, PRINCE OF DANMARK
To Be, or Not To Be

To be, or not to be- that is the question:
Whether 'tis nobler in the mind to suffer
The slings and arrows of outrageous fortune,
Or to take arms against a sea of troubles,
And by opposing end them. To die: to sleep;
No more; and by a sleep to say we end
The heartache, and the thousand natural shocks,
That flesh is heir to. 'tis a consummation,
Devoutly to be wish'd. To die: to sleep;
To sleep: perchance to dream: ay, there's the rub;
For in that sleep of death what dreams may come
When we have shuffled off this mortal coil,
Must give us pause. There's the respect
That makes calamity of so long life;
For who would bear the whips and scorns of time,
The oppressor's wrong, the proud man's contumely,
The pangs of despis'd love, the law's delay,
The insolence of office, and the spurns
That patient merit of th' unworthy takes,
When he himself might his quietus make
With a bare bodkin? Who would these fardels bear,
To grunt and sweat under a weary life,
But that the dread of something after death,
The undiscover'd country from whose bourn
No traveller returns, puzzles the will,
And makes us rather bear those ills we have
Than fly to others that we know not of ?
Thus conscience does make cowards of us all,
 And thus the native hue of resolution
Is sicklied o'er with the pale cast of thought,
And enterprises of great pith and moment
With this regard their currents turn awry,
And lose the name of action.

《哈姆雷特》之
《生，抑或死》

浮沤生灭，置对孔艰。
百炼绕指，砥德砺坚。
儒忍暴酷，或谓义渊。
椎秦博浪，易水寒燕。
与日偕亡，向死长眠。
既往不复，睡国息止。
病心遂已，千罹散亡。
凡骨逃劫，重德无两。
翘企待望，死眠是乡。
栩栩未觉，是蝶抑庄。
方其大梦，其适茫茫。
六尘绵剧，烦苦暂忘。
憩偃锡予，祗敬是谢。
寿则多辱，长世愆业。
鞭楚夷陵，穷年累劫。
无道刑世，悖傲暴桀。
痴爱忝羞，矩法误阙。
官门惰慢，人情轻怠。
柔懦谨愿，必为俗欺。
难为锥矢，决断抱一。
负荷沉重，倦旅斯羁。
短生疲役，茶然怨讥。
生寄死归，谁无恐栗。
一赴冥国，天人界际。
往者无反，中肠惑臆。
不若苟生，志慨偃息。
重壤未卜，复路行迷。
明哲致身，惟自保全。
依其本色，明决能斩。
蕙悃多思，临机无断。
君子建业，立旨图先。
悖天逆时，壮心误愆。
迟旌于行，名信无传。

THE FIRST PART OF KING HENRY IV
Herein Will I Imitate the Sun

I know you all, and will awhile uphold
The unyok'd humour of your idleness:
Yet herein will I imitate the sun,
Who doth permit the base contagious clouds
To smother up his beauty from the world,
That, when he please again to lie himself,
Being wanted, he may be more wond'red at,
By breaking through the foul and ugly mists
Of vapours that did seem to strangle him.
If all the year were playing holidays,
To sport would be as tedious as to work;
But when they seldom come, they wish'd-for come,
And nothing pleaseth but rare accidents.
So, when this loose behaviour I throw off,
And pay the debt I never promised,
By how much better than my word I am
By so much shall I falsify men's hopes;
And, like bright metal on a sullen ground,
My reformation, glitt'ring o'er my fault,
Shall show more goodly and attract more eyes
Than that which hath no foil to set it off.
I'll so offend to make offence a skill;
Redeeming time when men think least I will.

《亨利四世·上》之
《我将效尚太阳》

这是当时尚为亨利四世王太子的小亨大清早从福斯塔夫的污秽妓院出来后的一段内心独白……

小试行道，与汝污戏。
笑喜不庄，空言妄意。
效尚曰何？羲和之车。
优容玷秽，云翳是积。
黯日蔽世，失视真容。
君子之过，日天之食。
其能更新，人愈仰之。
日出云开，浊雾搴离。
虽婴霾郁，终解羁縻。
流连荒亡，终年卒岁。
肉林酒池，何异劳疲。
日晦星暗，民乞其明。
偶出新霁，欣与主迎。
迁善黜恶，摒绝嬉行。
季布未诺，千金无凭。
聂政一言，破面自刑。
今我洗心，庶民惑听。
同与瓦砾，金石置地。
迁志改操，纷结未离。
倾心向善，众目以拭。
刘仲谨愿，业何如季。
简慢轻黩，手熟吾艺。
国人猜讶，德辉赎济。

THE TAMING OF THE SHREW

Thy Husband is Thy Lord and Craves No Other but Your Fair Looks

Thy husband is thy lord, thy life, thy keeper,
Thy head, thy sovereign; one that cares for thee,
And for thy maintenance commits his body
To painful labour both by sea and land,
To watch the night in storms, the day in cold,
Whilst thou liest warm at home, secure and safe;
And craves no other tribute at thy hands
But love, fair looks and true obedience;
Too little payment for so great a debt.

《驯悍记》之
《我负责挣钱养家,你负责貌美如花》

汝夫为汝主,为汝生,为汝之所属隶,
为汝首,为汝君;为汝之所存养。
彼以需存养汝之故,动乏其身,
或渔事于风海,或躬耕于畎亩,
夜蹈深涛,日冒严寒,
而汝憩于暖室,四体舒齐。
彼之欲得之于汝者,
无非爱悦,美貌和真正的卑顺而已;
汝以此微小之本,质之子母而贸此大利!

THE FIRST PART OF KING HENRY IV

Falstaff Stands for Henry IV to Examine Prince Henry upon the Particulars of His life, in a Style of Northeastern Twosome Comedy

Falstaff

Harry, I do not only marvel where thou spendest thy time,
but also how thou art accompanied:
For though the camomile, the more it is trodden on, the faster it grows,
yet youth, the more it is wasted, the sooner it wears.
That thou art my son, I have partly thy mother's word,
partly my own opinion;
but chiefly, a villanous trick of thine eye and a foolish hanging of thy nether lip
that doth warrant me.

If then thou be son to me, here lies the point;
why, being son to me, art thou so pointed at?
Shall the blessed sun of heaven prove a micher and eat blackberries? A question not
to be asked.
Shall the son of England prove a thief and take purses? A question to be asked.

There is a thing, Harry, which thou hast often heard of,
And it is known to many in our land by the name of pitch:
This pitch, as ancient writers do report,
doth defile;
so doth the company thou keepest;
For, Harry, now I do not speak to thee in drink,
but in tears,
not in pleasure, but in passion,
not in words only, but in woes also.
And yet there is a virtuous man
whom I have often noted in thy company,
but I know not his name.

《亨利四世·上》之
《福斯塔夫扮亨四审小亨之二人转》

福斯塔夫：

亨利啊孤的儿，孤在这儿五脊六兽地犯寻思儿，你说你成天这是嘎哈啊破马张飞地！
不光寻思这，你成天都跟些什么人胡掺啊这到底？
虽说是跑马地的草越踩越旺相儿，
可你这把年纪就这么不着调儿，再好的日子也搁不住你给豁愣稀了！
你是孤的个儿，这事儿孤心里就跟明镜儿似的：一半儿是因为你妈给孤过了准话儿，
一半是因为孤心里也自有个老主意儿，
更要紧是你自个儿挺争气儿，瞧你那眼长那邪楞、还那下嘴唇那出溜儿，
跟孤这么像的磕碜样儿让孤心里有了底儿。

既然你是孤的个儿来咱没有闲话讲，孤别楞就别楞在这档子事儿上：
你是孤的个儿，你咋还老让人给念秧？
谁要说天上那贼老亮的大日头会鼓捣乌莓子吃，那可不是扯犊子的谎？

可是大英国的王子成了个偷包贼，你这到底是要闹哪样儿？

亨利啊，你可曾听说有这么个玩意儿：
在俺们这疙瘩都管叫沥青。
沥青这行行子，上古的老先儿们都说得蝎虎在理儿，
沾上包洗不掉它埋汰死个你，
跟你混的那些王八犊子也是一个糙理儿！
亨利啊，要知道你爹我不是灌了二两黄汤就跟你玄天二地；
孤说到这儿都犯鼻涕拉瞎地。
咱爷俩儿唠嗑儿对孤来说啊，简直是贼闹心巴拉地。
可这又不是片汤儿话儿，不秃噜出来孤就针扎火燎地：
有个贼老好的人啊，
他经常在你身边可劲儿磨悠，
他叫啥名儿孤还真说不上来地。

Prince Hal:

What manner of man, an it like your majesty?

Falstaff:

A goodly portly man, i' faith, and a corpulent;
of a cheerful look, a pleasing eye, and a most noble carriage;

and, as I think, his age some fifty, or, by'r lady ,

inclining to threescore; and now I remember me,
his name is Falstaff.
If that man should be lewdly given, he deceiveth me;
for, Harry, I see virtue in his looks.
If then the tree may be known by the fruit, as the fruit by the tree,
then, peremptorily I speak it, there is virtue in that Falstaff:
him keep with, the rest banish.

And tell me now, thou naughty varlet, tell me where hast thou been this month?

亨利王子：

这伙计长啥样儿啊陛下？

福斯塔夫：

大马金刀的一个福胖子，贼立正儿的个好人儿，往那儿一站，富态整庄儿；人那胖脸，那叫一个喜相儿！人那眼神儿，那叫一个火旺儿！人那体面，那叫一个值当儿！

孤还脚着吧，他的年纪吧，得在五十上下；得得，你们这些老娘们儿（这时外场有些老娘们儿给他起哄）少咋呼，
奔六张了行了吧？噢，现在孤想起来了！
他的名字叫福斯塔夫！
要有人告孤说那人是个下作黄子，丫这肯定是在忽悠孤！
因为，亨利啊，孤打外场儿就瞅明白了这人贼贴谱。
真章儿的啊，是啥树就结啥果子，结啥果子就是啥树，
孤这话可不是扬了二正：福斯塔夫那伙计真是贼贴谱。
他呢，你就留着他吧；其他的那些个祸祸儿你的，通通他妈的给我滚犊子！

现在，你小子别绕挠给孤透个实在话儿，这个月你又狼窜到哪疙瘩去啦？

学诗琐言

Random Thoughts on
the Learning of Poetry

名实相求意绪茫

到底什么叫诗？这是个很难说的话题。按照文学教科书的向例，总要从"诗言志，歌永言"谈起，然后迤逦行去，累幅计章。然而关于什么叫诗的问题至今也没见个准话。这主要是因为，先哲们往往舍其体而奢谈其用了。诗之用易言而诗之体难言，一对其较真的话，肯定会起大大的麻烦。

这不是诗的罪过，而是语言的罪过。人，终究还是一种比较笨的动物，在没学会心灵感应之前，只能先凑合着使用语言。人类打从巴别塔立，就没心没肺地造了 n 种语言，可不管是哪种，都既无法涵盖世间的万事万物，也不可能完全跟上人的心思。语言就是这样，既不好用，又不能扔了不用，就像是渔民家里唯一的破船，日复一日将就着用，三天两头修修补补。别忘了，诗是言字旁的，它本身就是语言大家族中的一个成员。语言的本职工作就是说，可它连诗这个自己家的成员都说不清，也真够不中用的了。

那么，诗，到底有什么说不清道不明的呢？

最大的问题就在于，诗是对一类事物的表述。如果仅仅是表述一个事物，麻烦就会小得多。比如写诗的那位杜甫，在人类掌握克隆人技术之前，绝对不会提出"到底什么叫杜甫"这样的问题。诗就不成了。从理论上说，"诗"这个单音节字，作为词根语素可以与无数其他语素相结合，从而无限地扩大诗这个大家族的内涵。表述一类事物的词，其词义只能靠描述来进行来定义，穷举是不可能的。这样一来，就有了类别分野的问题——当语言把万事万物分类定义的时候，就已经注定了会出这个麻烦，因为天生万物时，并不像美国人切割科罗拉多州那样，干脆给切割出一块四角平整的豆腐块来。有一个类，就必会有一个类的边缘，处于类边缘的事物到底该往哪头归置，不免要受到各种因素的左右。前一阵子闹得很凶的"梨花体"，便是个高度边缘化的例子。它想挤到诗的名下，更多的传统力量不想让它挤进来，但谁也没有很硬的道理去折服对方。

对诗进行定义的努力，古人前赴后继，也着实做了不少，但怪谲的是，他们往往是反着说"什么不是诗"，而不是直言"什么是诗"。古人之所以这样做，自然也是有苦衷的。

> 作诗不可句句相承,如此则太直,似文字,非诗矣。即文字太直亦未为佳。(清李光地《榕村语录》卷二十九)
>
> 汉人碑铭亦云是诗,其体相涉也。然古人文字自有阡陌,终是碑文,非诗也。(清冯班《钝吟杂录》卷四)
>
> 三百年间虽人各有集,集各有诗,诗各自为体,或尚理致,或负材力,或逞辨博,少者千篇,多者万首,要皆经义策论之有韵者尔,非诗也。(宋刘克庄《竹溪诗序》)
>
> 咏物诗齐梁始多有之,其标格高下犹画之有匠作、有士气,征故实,写色泽,广比譬,虽极镂绘之工,皆匠气也。又其卑者,饾凑成篇,谜也,非诗也。(清王夫之《姜斋诗话》卷二)

文不是诗,碑也不是诗,经义策论不是诗,谜语也不是诗。举凡文字,都先说它是个什么,然后跟上一句"它不是诗"。这是发议论者的常态,却苦了一心要给诗下定义的人——这也不是,那也不是,诗到底是什么啊!

> 此非诗也,家书也。弟归检校草堂,乃令数鹅鸭,闭柴荆,趁腊月栽竹,可谓隐居之趣矣。(宋张戒《岁寒堂诗话》卷下,论杜甫《舍弟占归草堂检校聊示此诗》)
>
> 《咏怀古迹》诗"伯仲之间见伊吕,指挥若定失萧曹",议论既卓,格力矫然,自是名句,世所同讽。然吾谓此是论断,非诗也,老笔横溢,随兴所至,偶然超轶寻常,原非正格。(明唐元竑《杜诗攟》卷三)

这两位的段位更高:拿诗圣的作品说事,虽没有贬词,但终究是又给诗树立了两个对立面——家书和论断。如果连老杜的诗都不算诗,这诗还能有个准星吗?

> 右五言三百首,石塘林子真所寄也。超伦绝类,出人意表,始若可骇,徐而爱之。曰,是诗也,非诗也,真诗也。诗之所以为诗,不如此也,然而必如此也,何为而不如此?(宋林希逸《题子真人身唱酬集》)

林希逸是研究道家的,注过老、庄,用玄学的语言来说诗,也真是一道风景,不过这么表述肯定是不会让问题变得更清晰的。

> 不能诗者,联篇累牍,成句成章,而无一字是诗人语。然则诗

> 虽小技，亦难矣哉！金溪朱元善，才思俱清，遣辞若不经意，而字字有似乎诗人。虽然，吾犹不欲其似也。何也？诗不似诗，非诗也；诗而似诗，诗也，而非我也。诗而诗已难，诗而我尤难。奚其难？盖不可以强至也。学诗如学仙，时至气自化。（元吴澄《朱元善诗序》）

吴先生说了半天的绕口令，终于给出了一句判断：诗和"仙"是一码事。想说清什么叫诗，你就先试试能不能说清什么叫"仙"吧。想要厘清什么是"仙"吗？先试试感觉一下这几个概念吧：神祇、上真、大士、真宰、浮屠、魑魅、天、佛、妖、精、怪、魂……绕来绕去，还是得求助于语言这个不彻底的工具，以"农村包围城市"的方法，从周边词汇出发去攻陷主词。这样说来，吴先生借"仙"来喻诗，虽非妙谛，也还不算太违离解释的正道。

也有人试图将问题简单化，想来个一言以决之。

> 夫诗者，本发其喜怒哀乐之情，如使人读之无所感动，非诗也。（元刘祁《归潜志》卷十三）

这个法子又拙了，不但回到了"否定法"，而且又回到了功用的层面上。但这一定义又自有其令人汗出如浆的缺德劲儿：噢，我写了，算不算诗却要看他感动不感动？那你把我这个写作的主人翁搁哪儿啊？

> 诗须有形式，要易记，易懂，易唱，动听，但格式不要太严。要有韵，但不必依旧诗韵，只要顺口就好。（鲁迅《书信集·致蔡斐君》）

这位大师傅倒是和颜悦色的，只是他说的怕也不是诗，若只是这点要求，诗就根本不用学了，因为以前小姑娘跳橡皮筋的时候，那记数法便是诗："二五六，二五七，二八二九三十一……"

打破那些框框吧，别以为学诗的第一课必定就是要搞懂"什么是诗"。《论语》里"仁"字共出现了109次，孔子本人提到"仁"的次数，低于这个次数但也不会相去太远。但合上《论语》，哪个大儒敢说他能一句话把"仁"给定义了？我们倒不如把"仁"看成一只有着多个截面的钻石，孔子的每次定义，只击其一面。化零为整地整合起来，我们对于什么是"仁"，才有了立体感。"诗"这个复杂的多面体也是同样。让我们在此先做个约定吧：后文中少不得也要使用到"诗是××"的修辞方法，但这不意味着诗的全部就必须是那个"××"，请您把每一次的定义都看作对诗的一个横剖面的界定。

据德而游庸何伤

诗是游戏。

什么是游戏？我们再次陷入语言的罗网。欧化的理论、定义都不难找，却总觉得不免挂一漏万。干脆抛开词典或维基给的定义，就按我们自己的理解想啥说啥：所谓游戏，不就是玩嘛！从小，我们人人都贪玩，贪玩就怕上学，上学就怕贪玩。游戏和学习，简直一个是小人一个是君子，泾以渭浊，美恶昭然。那些怀着神圣理想、端然欲诚心正道学诗的人，一听说诗是游戏，恐怕先要着急了。

着急大可不必。再伟大的事业或人物，总不免有遭人轻蔑的时候，圣人神佛一样都会挨骂。孔子被长沮、桀溺骂，孔门高弟里，"卜商疑圣,纳诮于曾舆；木赐近贤,贻嗤于武叔"。小小的诗又算什么呢？更何况，说它是游戏，也算不上贬义，圣主雄君、耆儒通学，谁没有偷闲放佚过？从某种心理分析的角度，说他们的煌煌伟业本身都是游戏也不为过。我们自幼被灌输游戏可荡人心性的观念，但是否深思过：游戏是以取得成就感为目的的活动，而成就则可以外化为名、利及艺术领域里很难定义的各种指标。游戏总有竞争性，而竞争性的标尺又不一而足。诗，很重要的一个功能就是要把大家聚拢到一起玩，因此它又是一个带有竞争性的团体游戏。

刘皇帝的前辈项英雄在打了几个胜仗之后，产生了一些老同志的腐败思想，叹曰："富贵不回故乡，如衣绣夜行。"他弃关中要地，又大事封王，失去统一天下的机会。然而刘皇帝在赢了天下后，还是跟项英雄一样，觉得要"常回家看看"。他这一趟返乡之旅，不仅产生了著名的《大风歌》，也催生出了后世元人睢景臣的《哨遍·高祖还乡》。曲为韵体，故也可在宽泛的标准下被视为是诗。后者大概是中国文学史上最早的搞怪诗了。两者说的是同一个历史场景，咱们看能不能把两者杂糅到一起。

刘皇帝回家见到老乡们，想起自己当年提着头颅闹革命，前半生过得很惊险、很暴力，遂发出了一名老革命的慨然唱啸：

"大风起兮云飞扬。"

睢景臣往下接：

"那大汉下的车，众人施礼数；那大汉觑得人如无物。众乡老展脚舒腰拜，那大汉挪身着手扶。猛可里抬头觑，觑多时认得，险气破我胸脯。"

刘皇帝继续：

"威加海内兮归故乡。"

睢景臣：

"你身须姓刘，你妻须姓吕，把你两家儿根脚从头数：你本身做亭长耽几杯酒，你丈人教村学，读几卷书。曾在俺庄东住，也曾与我喂牛切草，拽坝扶锄。"

刘皇帝：

"安得猛士兮守四方。"

睢景臣：

"春采了桑，冬借了俺粟，零支了米麦无重数。换田契强秤了麻三秤，还酒债偷量了豆几斛。有甚胡突处？明标着册历，见放着文书。少我的钱，差发内旋拨还；欠我的粟，税粮中私准除。只道刘三，谁肯把你揪摔住？白甚么改了姓、更了名，唤做汉高祖！"

要是这么驴头马嘴地接下去，就成了"没法唠嗑了"，刘皇帝不恼才怪。作诗接不上茬儿，也大抵若此。诗这个语言的游戏，需要参与者进入相同或相近的上下文语境。刘祁那句死活赖着要人感动的话不是没有道理的。"因为爱着你的爱，因为梦着你的梦"嘛，才有可能"感动着你的感动"——注意，这里说的只是"有可能"，你感动了，对方死活就不感动的概率还是非常高的。

之所以要作诗，就是冲着那点成就感——用一种别样的方式说话，说得还挺好，挺让人佩服去的。从日常会话的角度来看，诗呢，无非就是"有话不好好说"。喜怒哀乐多种多样，人心深处的潜流与幽思，有很多东西是自己都说不出来的。所谓感动，又未必都是反应激烈的痛哭歌啸，有所感、有所动就是感动。张爱玲老来写了部自传体小说《小团圆》，写幼年时带她的几个老女佣们。她有段回忆：

> 余妈识字。只有她用不着寄钱回去养家，因此零用钱多些，有一天在旧书担子上买了本宝卷，晚饭后念给大家听。黯淡的电灯下，饭后发出油光的一张张的脸都听呆了，似懂非懂而又虔诚。最是"今朝脱了鞋和袜，怎知明朝穿不穿"这两句，余妈反复念了几遍，几个老年人都十分感动。

这两句诗，其实就是以其说透了人生无常的劲道，打中了几位老女佣的心了。她们或不识字，或仅识巴斗大的几个字，但这不妨碍她们对形容人生无常的文字具有感知力。

那么，诗就可以被定义为是这样的一种游戏：它通过语言，达到触动人心的目的。达不到，它就输了。

要学任何游戏，首先要学的就是这游戏的规则：如何判断输赢，或好坏。有的游戏是非对抗性的，一定要分出优劣，只能靠评委。既然写诗是为了触动人心，那么，在学习写诗之前，一个人首先要弄懂什么是"触动"，进而掌握那些能触动人的诗句大致都具有什么样的特色，倒过来，再去揣摩如何以同样的特色去触动人。倘若读了一些诗作，并没有真正被触动，只是觉得能写诗挺风光的，这样的学诗者，最后多半学不好了。只是这一点又要话分两头：如果有足够的利益驱动，学不好但能"学像"的也会不乏其人，因为"学像"仅涉及对规范的掌握，而规范既然有例可援有本可依，就不会脱出勤奋者的手心。

过去作诗是科举的必考项目，秀才举人进士都是打小自题海战术里滚出来的，其基本功就是能写、"写像"。至于像了以后是不是还能让读者叫好，说玄点，那就要看他叩拜大成至圣先师的时候，那位祖师爷除了功名外，有没有再额外赏给他"藻思"了。而就算祖师爷赏了他"藻思"，没赏在写诗这个行当上专款专用，也还是白瞎。

曹魏家的二少爷曹植（曹植实为曹操第四子，除曹丕外，尚有庶长兄曹昂与同母兄曹彰，兹从俗说）与杨修很要好，要好到可以敞开心扉、讲点对别人都不能讲的私房话。他们老曹家，爷仨儿都被祖师爷开过光，因此眼光够狠够准。曹幕几乎一网打尽北方所有才子。于是有这么七位朋友，被后世称为"建安七子"的，曹植在给杨修的信里一一点评："仲宣独步于汉南，孔璋鹰扬于河朔，伟长擅名于青土，公干振藻于海隅，德琏发迹于大魏，足下高视于上京。"然而他对"鹰扬"的那位——陈琳，字孔璋——颇有些不屑，因为"以孔璋之才,不闲于辞赋,而多自谓能与司马长卿同风,譬画虎不成反为狗也"。陈琳的名气,主要是从檄文里出来的。官渡之战前,陈琳为他当时的钧座袁绍写了篇《檄豫州文》骂曹操。后者其时正缠绵于病榻,患着他那著名的头风病,因卧读陈琳檄文,不由惊出一身冷汗,"翕然而起,头风顿愈",连华佗大夫的特供药都不用了。所以陈琳在官渡之战后就很自然地被统战进曹幕了。不幸的是,曹二少的朋友圈不太看重写檄文的本事,他们重的是"辞赋"。二少有个小苦恼,上次他去信把陈琳嘲笑了一通,结果陈琳反以为他在盛赞自己。二少的《与杨祖德书》等于将陈琳踢出他们共同的朋友圈。他跟杨修的抱怨就如说:老友你要注意啊!鹰扬兄不光是写不好诗,他还有阅读障碍哪!

每个人都有学习某种技能的经历。有些运气的人,因为环境就摆在那儿,耳濡目染,看也看个差不离。如果没有基础环境,从头去学一样技能,那就先要自我审视一下了。以学写旧诗而论,现代人都是要白手起家的,条件比百年前可恶劣了不少。旧时随便一个书香门第,长辈作诗、论诗都是家常便饭,晚辈只消有个"无小无大,从公于迈"的谦虚态度,就不会太跟不上队伍。现在这样的环境已不可得了。虽说是游戏,最终还是要自己忖度一下,没有很强的动力,不学也罢,缓学也可,唯独按指标上马,非以大炼钢铁的速度去学诗、作诗、出诗不可,这就有违于诗的特性了。

要毁掉一个游戏,最好的办法不是禁止人去学,而是往游戏规则里兑水,让好多人都能飞快地"学会"和"玩上手"。

作诗,在向往和掌握之间,还有很多事要做。最重要的是,模仿的过程中不能不讲规矩。传统诗歌离我们远了,这不可怕;认为它高雅,值得一学,这是好事。但不能不求机理,徒然按着字数诌,以为只消最后一字押上韵脚,自己就是诗家了。这样的"诗家"越多,整体的局面越糟糕。规矩被玩坏了,旧诗想不式微也难。

风积不厚鹏难翔

诗是建立在深厚的文化积淀和语言直感之上的一种文字游戏。自古以来，有许多非华夏的外族人或外国人在中国生活、游学、做官，他们中的语言高手，花上个几年的时间，就能做到生活交流无碍，甚至可以用汉语翻译出相当深奥的外国著作。尽管如此，非母语者要真正把华夏的文字游戏玩精，总还是欠些火候。鸠摩罗什这样的胡僧算是极其厉害的了，他翻译出来的佛经遍布中华大地，其中也不乏类似诗的文字，佛家称为偈。他翻译的《金刚经》的末句为：

一切有为法，如梦幻泡影。如露亦如电，当作如是观。

这四句，仅论其流传之广，影响之大，或许可与汉魏六朝的任何一首诗一争高下，可是要拿诗的眼光来衡量，它实在是生涩。华夏语言与世界其他国家的语言有极大的不同，它的口语和书面语是两根不同的弦子。汉语的书面语体系，龟鹤遐年地一直活到了白话文运动。然而他老人家不能算是寿终正寝的。他仙去的时候，也没几个孝子贤孙悲悼他齿德俱享的一生。那是因为在他老人家"君不禄"之前，颇经历过一段灰溜溜的时期，时人都看他是"老而不死谓之贼"了。那么，我们就以1905年废科举为限吧。理论上说，直到该年之前，官方的书面语用的还都是《左传》《史记》的语体。清朝人写了文章，若把司马迁叫来让他读，他至多打听一下不了解的新名词就能看明白全文；如果这个清朝人恰好写的是规矩八股文，里面不允许出现汉朝以后的任何词汇典故，那司马迁什么都不用问就能读懂了。口语则不然，同一地方的语言，在一个人从小到老的几十年间，都会经历莫大的变化，几代过后听着便会很费力，几百年下去很可能会听不懂。不仅中国语言如此，全人类的语言都是如此。字母拼合的语言，以音符记录发音，书面语会忠实地跟着口语跑。唯独汉语，一直是书面语走书面语的路，口语走口语的路，双峰对峙，双水分流。

书面汉语能够屹立两千年不倒，与汉语的早熟有关，与中国人崇古薄今的文化心态有关，恐亦与农耕社会需要以语言和文字的分流来实现社会分工有关。后二者属于过于复杂的话题了，在此无暇详议，这里单说汉语的早熟问题。唐德刚先生的不朽名作《胡适杂忆》，其最精彩的一章叫"国语·方言·拉丁化",他的老同事夏志清称之为"立言之作"。唐先生幼年进过私塾,打有经典启蒙的底子,他的文字受诸子辩风的影响,起伏跌宕有奇气,与他胡老师那一平如水的白话文风格全然不同。唐德刚在这一章里,谈及中国书面文字的早期辉煌兼小谑其师道:

> 经过千年以上"学者文人"的不断努力和创造,我国文字到东周末季可谓已登峰造极!论书法艺术之美妙,古今中外之文字,孰比大篆?论人类情感表达之深沉,孰比《诗经》《楚辞》?论说理之透察,文法结构之严密,叙事之明白流畅,先秦诸子之成就,亦远迈后人!他们那时对"方块字"和"文言文"之运用,真是如鱼得水,初无不便!倒霉的留学生胡藏晖,拾洋人牙慧。忽然看书流眼泪,替古人担忧,岂不是自作多情?

人的观念与其文化背景是相辅相成的。中国人崇尚过去,对现在和未来的态度非常谨慎。先秦时代,平地拔起了汉语言的伟峻高峰,这又反过来支持并不断强化着人们的崇古心理,于是就有了人类历史上这一仅有的、连绵两千多年不断的书面汉语传统。秦汉时代的读书人固以五经为本,到了唐朝,《昭明文选》里有那么多好诗文,士子读书还是从十三经读起;到了宋朝,读书人手里握着那么多的好唐诗,但一仍其旧,儿童发蒙还是要从经文的老三篇开始。自打朱熹铸出了"四书五经"的概念,这个范畴就更为明确和清晰了。一直到清代,偏执点的读书人还常振振有词地说"非三代两汉之书不敢观"呢。

等到把先秦典籍读熟了,书面汉语也就算学会了,那时候想读什么就读什么,想写什么就写什么。然而这个过程绝不仅限于简单的语言习得。在学语言的同时,人们会接受大量的常识、理念和价值观。原因很简单:先秦书面语的教材是恒定的、有限的,把这些教材读熟,读到你也会使用这种语言之后,教材里的内容当然就能融成你思想里的元素了,你会不假思索地认定,风是习习地吹的,鹿是呦呦地叫的,周文王是圣人、克己复礼就是仁……这就是语言里的文化积淀。

近百年来,国人为了与世界接轨,把书面语和口语合并了。只是这样一来,汉语的学习变得简单了——唯独汉字没有拼音化,学起来还要下不少工夫——只要掌握了常用字,就可以开始写文章了。从功用的角度上说,所有的中小学生都可以腾出时间来,去学习数学、英语、物理这些社会更需要他们去学的知识了。但就一个人的语文掌握而言,偷工减料和豆腐渣工程的关系,谁都明白,不必多言。

民国初年,曾有很多中国学者认为,汉语太难学了,难学到耽误了"开民智"

的田地，故此大力提倡汉语拉丁化。那位性急的吴稚晖老，一想到"日本以江户之音，变易全国。德奥以日耳曼语，英以英格兰语，法以法兰西语。而九州岛四国、萨克森、苏格兰、赛耳克、勃列丹诸语，皆归天然之淘汰"，简直恨不能立即将文言文投入历史的垃圾桶中。他老将文言文视同西方那"缺失甚多之死文""野蛮无统之古音"的拉丁文一般。在一片滔滔中，瑞典汉学家高本汉(Bernhard Karlgren)倒说了些反话，他道："一个中国人，下上几年功夫，读懂文言文，则他祖国三千年的文化遗产，尽在他的掌握之中。"唐德刚将高本汉所许的"读懂文言文"诠释为"达到像以前高中毕业生的国文程度"。实在地说，唐先生的这个要求不低。

又称"格律诗"的近体诗，其特有的游戏规则只是显性特征，平仄粘对平水韵等，说上个两三节课就差不多了，一点都不难。但近体诗并不等同于中国旧诗，而旧诗也只是书面汉语的一个有机组成部分——因为《诗》是五经之一。孟子曰："王欲行之，则盍反其本矣！"如果对书面汉语这个"本"学诗者都只掌握了个半吊子，那又如何玩得好基于这个语言所制作的游戏呢？

想学诗吗？可以。但是不要舍本逐末，不要倒果为因。所谓本末，掌握书面汉语、登上这个游戏平台是本，格律、技巧那都是末，你把平仄韵部背得烂熟，却不致力突破口语的现代汉语语感，就那是挑雪填井，画脂镂冰；所谓因果，学习书面汉语是因，熟悉传统文化是果，把现代版的《中国文化史》倒背如流，那确实不能小瞧你的知识仓库，只是这样的储备很难直接兑换为诗才。

现代中国人都已经错过或终将错过正规的书面汉语训练了，那么，要学诗，就必须自发地去接受非正规的书面汉语训练。

英雄欺人谐亦庄

雅和俗相对。作诗要雅，俗人是做不来的。雅俗和美丑差不多，人们大致都有个"不知子都之姣者，无目者也"的通感。但具体到某一个对象，各人的判断也未必就没有出入。

能分出雅俗的，大多是衣食住行、言谈举止中的寻常事。这些事体，若论其发端，本却是无所谓雅俗的。先民在天地山水之间劳作、游走，兴之所至，发出些特异的声音，他们彼时没有雅俗的概念。到后来逐渐形成了歌曲，于是和思想、审美有了固定的联系，才从内容、音调诸方面区分高下，于是才有了雅歌俗曲的区别。

《论语·述而第七》里记载："子所雅言，《诗》《书》、执礼，皆雅言也。"雅言就是中国最早的普通话，以周朝的国都丰镐（今西安西北）地区的语音为基础。周以后，雅言多随政治经济中心的迁移而转徙，历代的汉族王朝，都会不遗余力地推广雅言。设想，若是北宋一直没有灭亡，则我们今天的新闻联播主播，开口就会是"李大哥说窝窝——话——花花花——，理依依依——呀——太——偏——安安安"的调儿，然而你我仍然会坚定地认为，他雅得惊天地泣鬼神。之所以今人不再觉得这个调调雅了，是因为作为国都的文化中心迁移了，于是我们对于何为雅言的认知也迁移了。

笔者曾为普林斯顿大学科举史汉学家本杰明·艾尔曼（Benjamin A. Elman）翻译过一篇名为"晚期帝制中国科举考试下的政治、社会和文化再生产"的长文，收录于伊佩霞和姚平所编著的《当代西方汉学研究集萃·思想史卷》。艾尔曼这人很有意思。他认为明清科举成功的人家，是要世代对子弟进行投资的，也就是"文化再生产"。这个观点在汉学界倒也谈不上什么新颖。新颖的在这儿：艾氏反复强调，这"再生产"过程里有很重要的一项，那就是要投资子弟去"学习纯正北京官话"。在这一项上，一定要很舍得、很舍得"下本儿"才行。艾老的这个看法，倒不能不说是有点创新性的。

笔者又尝为牛津大学出身的两位新生代女汉学家博格（Daria Berg）和司马懿（Chloë Starr）编著的《在中国寻求风雅：超越性别与阶级的商榷》(The Quest for Gentility in China: Negotiations Beyond Gender and Class) 一书分别写过中英文书评。编者在书序的第一段，就以隽永的文字淡淡着墨，将历史的坐标指向永和九年的暮春之初。这一天群贤毕至，少长咸集，谢安、孙绰、王羲之等人都来到会稽山阴之兰亭，"修禊事也"。将要在《世说新语》中大放异彩的许多人物都聚向这个历史的坐标。这一天，群贤悦赏茂林修竹，清流激湍，不免对景抒怀，各有歌咏。于是产生了《兰亭集》，王羲之为这个文集写了篇序，遂留下《兰亭集序》这篇名墨。他的"固知一死生为虚诞，齐彭殇为妄作""修短随化，终期于尽"的轻喟回响在历史的永恒。以两位编者的观点，这一天所发生的事情还不止于此。在她们看来，正是兰亭佳会勾勒出了"中国式风雅"的初始轮廓，从而铸就了后世文人精英的景从。

然而"风雅"毕竟是一个唯可"内化"而感受的"质"，不能喻于形物。它既然不能被名物制度所营建和存贮，也就不可能被物理化地承载。说得玄一点，它就像高等俱乐部的会员规则一样，只有"里头人"才懂得。但是"外头人"似乎也能看到。若将文化与社会的资本注入到个人的风雅身份中去，就能使其人不致泯然于俗众，注入到家族的风雅身份中去，往往亦能使其书香传世、历久不衰。既然如此，两位编者认为，人们对风雅，或者说风雅的高等俱乐会员身份的追求，就贯穿了整个历史，一点也不亚于对财富和官职的追求。

雅俗之辨既然是人造的评价指标，也就不可避免地带有独裁性。前人称水仙为"雅蒜"，如果大蒜有知，恐怕要发出强烈抗议："我是我，她是她，各生天地间，不过相似而已，凭什么用我的名字称她还要给她安上个'雅'字？我怎么就俗了！"

与所有动物一样，人，也是好斗的，但以勇力称雄只是初民社会的现象。人类社会自有文明以后，就出现了比拼智力、权力、魅力的各种竞技场，雅俗之争也是这些竞技场中的一个。文人大多缺乏勇力，去格斗场展示肱二头肌显然容易败落下风，但自从诗歌开始获得竞技意义的那一天起，没有体力优势的文人也就找到出人头地的路径了。诗的好处是既可以表达情感也可以表演学识，对诗的评价又很灵活，你吟一首诗出来，只要别太不像话，旁人大可一致叫好："雅作，雅作！"若是比武呢，明明被对手撂倒了，旁人想夸你都无法开口。于是，作诗和评诗又成为一组不可分离的搭档。

诗的产生虽然很早，但一般认为，赋诗成为文士生活的常规组成部分，进而用之于从容平和的角逐，是汉代之后才开始的。当然，这个观点很可商榷。早在春秋时期，诸侯国君、夫人公子、卿大夫在"聘""盟""会""成"等场合为发表意见、表白态度，就进行了大量即席赋诗活动。先秦文献学者董治安先生在其《从〈左传〉、〈国语〉看"诗三百"在春秋时期的流传》一文中，统计《左传》中"赋诗见志"计有68条。赋诗，以及依乐吟唱的"诵诗""歌诗"活动，在贵族人士的社会生活中发挥着重要作用，普遍存在于外交媾和、君臣应对、人际交往、信息沟通、表情达意等方面。但先秦时期的诗歌创作，因很少有纯粹竞技的性质,故其游戏性也低。

爰逮后世,诗歌被文士竞以用作炫才的工具,于是这游戏便要开始设置门槛,提升难度了。它不能不在遣词和造句上提些要求,也不能不旁涉到音律和用韵问题。雅俗的区分,从此就在这些范围内进行。后世作诗基本已与音乐剥离,平仄用韵的常规并不难于掌握,于是雅俗之辨就更往遣词上去下功夫。在诗歌的摇篮期,当人们还没有太多心思去区分雅俗的时候,很多"俗词"也是随意入诗的。《诗·齐风·鸡鸣》里就有饱含着"起床气"的一段男女对话:"鸡既鸣矣,朝既盈矣。""匪鸡则鸣,苍蝇之声。"看,"苍蝇"这种"不雅"的词,不是照样也被写到诗里来了吗?

但雅俗意识确立起来之后,情况就不一样了。传说唐诗人刘禹锡有次过重阳节,吃着重阳糕,想作诗却无从下笔,因为想来想去,儒家的六经中从来没有出现过"糕"字。虽说这刘禹锡也有点太迂了——后人笑他"刘郎不敢题糕字,虚负诗家一代豪"——但他的思维定式大致是合乎当时的习惯的,即作诗一定要排除俗字。

在很多时候,俗就等同于"低档",譬如今日常用的"搞"字便不宜入诗,还有如闯荡的"闯"、喝水的"喝"、戆大的"戆"之类也被视为俗字,但这些字取其他音义时,也许就不算俗字。扩展开来,又有一些双音节的"俗词",如月亮、耳朵、老鼠之类,它们是极少能入诗的。总的来说,将俗字俗词摒除于诗外,无非是诗人的私心作祟,他为了胜过俗人,便竭力去玩同义置换的把戏,这与王夷甫口不言钱却呼婢"举却阿堵物"的心态机理有些相似。"月亮"被摒弃了,但表示月亮的各种各样双音节词却近以百计,巧妙地采用其一,诗人便从一般人中脱颖而出了,雅和俗的区分也就由此成形。诗的竞技性玩法流行后,参与者多了,人们也就慢慢习惯了,视写诗的这些手段为天经地义,不再纠缠当时刻意争胜的初心。我们今日去田径场看那背跃式跳高,并不会觉得有什么奇怪,但仔细想想,背跃式跳高对人类来说,实在是一个极不实用的动作,除了比赛,真没别的用——你逃生的时候,碰到需要跳跃的沟沟坎坎,你会背跃式地跳过去吗?

单这一个雅字,已经注定了诗就不是那么好学的。想脱俗入雅,起而行之开始诌句子不难,但要学会、"学像"却并非谁都能轻易做到。有些文学大家,本着循循善诱的宗旨,会说学诗如何如何容易,那最多只算一种鼓励的论调,反过来看,则实不乏英雄欺人的味道。前文引鲁迅谈诗,所设标准那般浅易,就是一例。鲁迅作为启蒙思想家,本就持有激烈的反中国传统文化的态度;中国文化当然是以中国古书来承载的,于是他把哪吒式的"剔骨还父、剔肉还母"的激烈发泄到了中国古书上。

> 我以为要少——或者竟不——看中国书，多看外国书。(《青年必读书——应〈京报副刊〉的征求》)
>
> 我看中国书时，总觉得就沉静下去，与实人生离开；读外国书——但除了印度——时，往往就与人生接触，想做点事。中国书虽有劝人入世的话，也多是僵尸的乐观；外国书即是颓唐和厌世的但却是活人的颓唐和厌世。(出处同上)
>
> 来书问童子所诵习，仆实未能答。缘中国古书，叶叶害人，而新出诸书亦多妄人所为，毫无是处。为今之计，只能读其记天然物之文……而说故事，则大抵谬妄，陋易医，谬难治也。(1919年1月16日《致许寿裳》)
>
> 我以为我倘十分努力，大概也还能够博采口语，来改革我的文章。但因为懒而且忙，至今没有做。我常疑心这和读了古书很有些关系……(《写在〈坟〉后面》)
>
> 我想，唯一的方法，首先是抛弃了老调子。旧文章，旧思想，都已经和现社会毫无关系了……所以，生在现今的时代，捧着古书是完全没有用处的了。(《老调子已经唱完》)

时至今日，我们论及近现代的格律诗家，仍然不能不把鲁迅排到前三。鲁迅也是唯一在西方享有完整旧诗译文集和专门研究者的现代旧诗写家——澳洲美裔汉学家寇志明(Jon Eugene von Kowallis)早在1996年就将他的有关鲁迅旧诗的硕士论文修改出版，成书为《诗人鲁迅：关于其旧体诗的研究》。虽然鲁迅传世仅有64首旧诗，但这些诗的文学和思想成就之高，却是毋庸置疑的。鲁迅的旧诗创作能力，当然与他接受过整套的旧式教育有关。他的朋友郁达夫留下的旧诗数量十倍于他。这两者的巨大差异，只能用二人对待传统中国文化的态度有别来诠释。

郁达夫在与王映霞结婚、荷尔蒙指标降落到正常值之后，"心情微近中年"，愤怒青年的身段不再。这可以从他的一首《登杭州南高峰》诗中得到表达：

> 病肺年来惯出家，老龙井上煮桑芽。
> 五更食薄寒难耐，九月秋迟桂始花。
> 香暗时挑闺里梦，眼明不吃雨前茶。
> 题诗报与霞君道，玉局参禅兴正赊。

从情趣到行为，这个中年人已经开始皈依传统了。"霞君"原作"朝云"，典出东坡侍妾之名，这不经意的风流自许，激怒了本来就对身份敏感的新式女性王映霞，最终种下了二人后来“毁家”的种子。而鲁迅虽欲对旧文化剔还骨肉，但古诗文实在是他那支锋利如匕首投枪的椽笔的旧闾。他到死也是传统文化的逆子；然而对于古诗文，他其实亦只不过是一位忍心的游子。羁旅愈久，怀抱中的云树之思愈甚，鲁迅的旧诗，每一首都可以被解读为对故国文字的乡愁。

有点扯远了。文字，自不应为一个国家民族的落后背黑锅。唐德刚说得好：

> 文字本是反映文字用户思想的工具。如果它的使用者，一肚皮“诗书礼乐”和“清明时节雨纷纷”，你又怎能怪文字表达上水果树木之不分呢？如果你一旦丢掉传统农业社会里三家村冬烘学究的老包袱，而搞起工业文明里的民主、科学和法治来，它自然能帆随湘转，和你一起顺流而下。

对于脱离书面汉语已久的现代人，眼前的问题是如何补上古汉语的语感这一课。而抓古汉语的语感，还是要通过阅读，就算穿越回古代，也未必能自然获得这一能力。袁枚的《随园诗话》中有这样的一段：

> 少陵云：“多师是我师。”非止可师之人而师之也。村童、牧竖，一言一笑，皆吾之师，善取之皆成佳句。随园担粪者，十月中，在梅树下喜报云；“有一身花矣！”余因有句云：“月映竹成千’个’字，霜高梅孕一身花。”

粗粗看来，袁子才是说挑粪老农也能诗，作诗又有何难？可仔细想想，姑不论袁枚补了一句、凑成对仗，即便是担粪者的原话“有一身花矣”五字，也不太像是没读过书的清代老农的口语，他至多是说了个 “一身花”而给了袁枚一个提示，而“霜高” “梅孕”等表达，更是非熟于诗句者所不能道。今人不妨平心想想，“秋高气爽”这个词，我们都会用，但在认真遣词造句时，你可能够想到“霜”字也能连用“高”呢？没经过任何训练的人，口中偶尔冒出一些能用于诗的零件不稀奇，冒出整句来，虽不是说就不可能，但概率已低；而一下能冒出整篇来则近于天方夜谭，因为诗自有它的一套方圆规矩，趋雅避俗这样的进阶要求，正是保证了中规中矩的诗句非经训练不能道出。

曲曲道来兴味长

任何一种游戏，都固有它自己的旨趣理念，即以什么为"上"，以什么为"好"，以什么为"胜"。既然游戏并非普通人生活之必需，而且游戏也有各种各样的，想玩游戏的人实不必非在一颗歪脖树上吊死，那么加入这旧诗游戏之前，应该切实地判断一下：自己是否能有意愿成为一名合格的 player。对诗的旨趣的认同，是学诗的重要前提。在没有人为压力的情况下，谁会愿意去死记硬背，谁会愿意去查韵书，谁会愿意去做阅读储备呢？学诗者若是不认同诗歌写作的高度规范化、高雅化和避免被直接理解的旨趣，恐怕很难熬过最初辛劳而不见功效的积累阶段。

"有话不好好说"造成诗在很大程度上又具有隐语的性质。专业的隐语就是谜语，它的特点是通过拐弯抹角、迂回曲折的语言来暗示另一层内容。一般的诗还不到那个程度，但诗的旨趣却和谜语很相似。作诗就是要让有的人明白，有的人不明白，生产出让所有人都明白的篇什，于诗家不是件可贺的事。那些不明白的人，未妨可能认得诗中的每一个字句并且能解读出其义。这些义是显性的，但他们不知道诗中的部分或全部的隐形信息。这就是难度。不管是说还是写，要做到让谁都明白，不难；要做到除了自己，让谁都不明白，也容易。难就难在只能让一部分人明白、一部分人不明白，而且事先不许通风，事后不许报信，其效果仿佛一群操着难懂方言的老表们在北京的大饭店里旁若无人地大声谈笑，这些老表们相互之间人人心通意明，而其他顾客则如坠五里云雾。老表们靠的是他们共同稔听的方言读音，诗人们靠的则是他们共同熟读的书。当诗中的词句关联到他们读书得来的相关信息，就形成一种群体的"意会"，这就把没读过书或没读过那些特定书的人排除在外了。

唐人王昌龄有一组《长信秋词》诗，其中第三首最有名：

奉帚平明金殿开，且将团扇共徘徊。
玉颜不及寒鸦色，犹带昭阳日影来。

这首诗里有三道坎。一是寻常的辞藻，如"平明"、"金殿"、"玉颜"、"寒鸦"，读者起码要知道大概意思。这些词，在口语里有的用得多些，有的用得少些，不过总的来说不难。二是专门术语。这里的"奉帚"，不知道的人常会读错。"奉"通"捧"，更常见的说法是"奉箕帚"，也就是捧着畚箕和扫帚，过去用来专指女人干家务。三是难度最高的两处："团扇"和"昭阳"。由于这两个词的出现，先前的"奉帚"也成了特指。这背后有个比较复杂的故事。汉代班婕妤是著名的才女，貌美而贤良，深得汉成帝宠爱。后来汉成帝得到了赵飞燕姊妹，每每在昭阳宫与之厮混。于是班婕妤便自请到太后的长信宫去干杂务——扫地擦桌子之类，故而说"奉帚"。她还写了一首著名的《团扇诗》，感叹自己的身世，说犹如一把团扇，到秋天就被弃置了。因班婕妤的典故，"奉帚"一词又获得了"嫔妃失宠而被冷落"的意义。这三道坎都过了，才算是读明白了。这"读明白了"的标尺，往严处要求，是要事先读过《汉书》原文并记住相关内容。往宽处要求，是要在其他阅读中偶得过这段有关班婕妤的记录，而且所有关键词——"团扇""昭阳""奉帚"都必须是原样的。现代人读诗常在旧诗选注里用相关注释把诗读通。然而这么一折腾，虽说你能声称自己最终"弄懂"这首诗的意思了，但读诗的趣味早已被浇灭泰半，跟第一时间就读明白的效果不可同日而语。

多数诗都存在着三道坎：辞藻，术语，典故。某些作品虽不一定三样俱全，甚至偶会有浅显的作品三样俱无，但整体上说，不管是读诗还是作诗，都必须要迈过这三道隐语的坎。这也没什么速成的办法，只能老老实实读书——作诗的那些读书人普遍读些什么，我们也得跟着读些什么，要不然终是不能真正进入他们的畛域。

光是设好了坎还不够，并非有了隐语，一首有韵脚、够字数的短章就算是诗了。姑且不谈有点分量的思想或感情应怎样表达，那些尚还达不到思想高度，或于人的情感仅能引起纤微摇动的小题目像刮风了、下雨了、牙掉了、眼花了、栀子开花了、鹦鹉说话了等等我们到底该怎么处理呢？其实，这些题材都能入诗。写什么不重要，但总要有点意思，必须得有个巧劲。这个巧，具体情况可就太多了，一下子无法说齐全，单说在字词上动脑筋的一个情形。

多音多义是汉字的特点之一。在诗的游戏里，这个特点可以被充分利用。人们多喜欢用"东边日出西边雨，道是无晴却有晴"来说明诗可以用一字同时表达两个意思，然而这个例子是诗人故意为之，修辞上称其为双关。更多的诗句是在不经意的时候用字便带有多义，只要不是南辕北辙，往往就能出好句。

　　黄沙百战穿金甲，不破楼兰终不还。

这个"穿"是"穿着"的"穿"还是"穿透"的"穿"？

石破天惊逗秋雨。

　　这个"逗"是"逗乐"的"逗"、"逗点"的"逗"还是"逗留"的"逗"？随你怎么解释，只要你感觉好，没有标准答案。而且，在文字的有限空间里，互不冲突的一字多解，往往意味着用五个字、七个字达到了几十个字也未必能完成的表达效果，何乐而不为呢？

　　还有一种多义，其巧妙并非系于一个字词，而是如青藤绕树缠绕在整个句子中。

　　江枫渔火对愁眠。

　　按理说，"愁眠"者当指人，那么，这个人是作者抑或渔人？若是把"江枫""渔火"也拟人化，说它二者相对而愁眠不行吗？还可以把"愁"做个具化理解，"江枫""渔火"对着"愁"，三者共眠……巧妙的语感带来的这些发散思维，恰恰就是诗的趣、诗的韵、诗的"仙劲"儿。

折冲樽俎柔克刚

诗,本来并不功利,但在历史上,人们一度曾经把它用得很有功利色彩。前文已道及先秦时代贵族社会生活中的赋诗活动。为了让效果更直观一些,此处我们不举枯燥的《左传》文本或其白话译文,而是直接使用孙皓晖的历史小说《大秦帝国》中的一段描写:

> 吕不韦看范雎焦躁不安,便是哈哈大笑:"来!辘辘饥肠,先吃先喝,大梁菜讲究得便是个热鲜。"说罢便给范雎打满了一碗香冽的大梁酒笑道:"先干一碗,范兄再开鼎了。"范雎干得一碗兰陵酒笑道:"分明商旅,却老儒一般礼数周章,没有钟鸣,还要开鼎!"便用铜盘中一支铜钩钩起了厚重的鼎盖,炖麋鹿的异香顿时弥漫开来,煞有介事地拱手一礼:
> "我有佳宾,示我周行。请。"
> "四牡騑騑,周道倭迟。"吕不韦也煞有介事地吟诵了一句。
> "嘻!你也来得?"
> "有礼无对,岂非冷落了东道?"

诗是温柔的语言,却蕴含着巨大的力量,前提是会用、用得恰到好处。在庙堂上宣讲议论,引诗可以使言论大为增色;在外交活动中,引诗可以为己方赢得对方的尊重。上文中吕不韦和范雎两人的吟诵应对,大致是符合先秦时候贵族间吟诗酬答的礼节的。范雎所吟诗句的意思是:我尊贵的客人啊,请你为我指出路径。吕不韦作答的诗句意思是:虽有驷马高车如飞,这条路也太遥远了。范雎原是觉得吕不韦礼数太细,索性以古礼难他一番,不想吕不韦应声作答,范雎自然大是惊奇。这番情节虽是作者构想出来的,但当时用诗的情况大抵就是如此。在这朋友饮宴的轻松场合,不过是双方过上两招玩玩,到了正式的政治外交场合,往往就是见真章、决胜负了。

《左传》人物赋诗引诗共 187 次,。其中宣公之前 44 次,而从成公到昭公的 80 年间就有 135 次,从定公即位到哀公 14 年间数量大大减少,只有 6 次。赋诗活动最集中的百年,在昭、襄之间,晋有范、韩、赵三卿,鲁季孙氏有文子、武子、平子，叔孙氏有穆子、昭子，郑有七穆子孙，集世卿公族风流文雅之盛。会盟燕享为诗礼风流所提供的平台，莫盛于襄公二十七年（公元前546年）的"垂陇赋诗"盛会：主人为郑伯，主宾为赵孟，郑国派出了浩大的"七子从君"陪客团——子展、伯有、子西、子产、子大叔、二子石从，每人都应赵孟的要求赋了诗，而赵孟则一一为之点评，誉而不谀，谦而不卑，以礼自持，应对如流。是故乾隆年间的学者劳孝舆称誉此会道："垂陇一享，七子赋诗，春秋一大风雅场也。"

为什么诗在当时会有这么大的功用呢？这主要是因为先秦时候文化还很不普及，与后世完全不可同日而语。那时候的人也知道读书识字是好事，可物质条件不济，没有纸张，更没有批量复制书籍的技术，竹木简已经算比较廉价的文字载体了，但还是不能进入普通百姓的生活。读书是贵族的事，而贵族又是世袭的，所以，嘴里能冒出点诗句，本来就是身份高贵的体现，如果能把诗句运用得体，就更能表现博学与智慧。《左传》中所记的引诗赋诗活动，很像是两个或多个武功高手之间的过招，说话者固然是公卿世家中的博学者，聆听者也绝不会是学力浅的。偶有对方一句诗丢过来己方听不懂的情况，就会落下国际笑柄。《汉书·艺文志》里所说的"古者诸侯卿大夫交接邻国，以微言相感，当揖让之时，必称诗以谕其志"，正是这种情形。襄公二十八年，"叔孙与庆封食，不敬。为赋《相鼠》，亦不知也"。《相鼠》篇说的是："相鼠有皮，人而无仪！人而无仪，不死何为？"叔孙骂庆封无礼，还不如快点死了算了，可庆封太蠢，听不到弦外之音，他因此而贻讥百世。

然而，"春秋之后，周道寖坏，聘问歌咏不行于列国，学《诗》之士逸在布衣，而贤人失志之赋作矣"。汉朝以后，读书更是不再为贵族所垄断，在察举制和征辟制下，平民黎庶也有了"阶级上升的阶梯"（何炳棣语），社会流动性加强。晋皇甫谧的《高士传》，记有"自三代秦汉，达乎魏兴受命"的历代高节人士共七十二人，其中汉隐士为数颇不少。这些隐士很多都有辟而不仕的经历。从反向来说，他们既然被辟，就说明他们的才具符合察举或征辟制下的人才录用指标。汉隐士里有一位张仲蔚，"与同郡魏景卿俱修《道德》，隐身不仕。明天官博物，善属文，好诗赋。常居穷素，所处蓬蒿没人"。此人的情况就颇具代表性：博通又专精，文章诗赋都来得。另外一位更为有名的隐士梁鸿，也就是丑女孟光之夫，在中国诗歌发展史上更是占有一席之地。他所作的《五噫歌》被称"楚歌变体"，代表着楚辞与民歌结合的新发展倾向。要言之，写诗的活动自汉以降已经成为文士的日常，会作诗的人一多，就不再可能像先秦时那样，随便冒出两句便令人肃然起敬并可进而获得许多隐性利益了。对读书人群体而言，这可绝对不是件什么好事。

唐设科举，虽沿隋制，实则在科目上有着极大的变革。武德四年开进士科，起初仅试时务策五道。至调露二年，考功员外郎刘思立奏请改制，遂加试杂文二道，并帖小经，从此形成了杂文、帖经和时务策三场的考试规范。杂文泛指诗、赋、箴、铭、颂、表、议、论之类。开元年间诗赋的比重已经成为压倒多数的大头，至天宝间则杂文专用诗赋。中国诗歌史上的两大巨头李白和杜甫都出于开元天宝间，实非偶然。自中唐起又有变动，第一场试诗赋，第二场试帖经，第三场试策问，但诗赋考试的内容越来越多，首场终压余二场。唐代的进士科因诗赋能起决定性作用，故又称"词科"。

诗歌格律化的倾向，在六朝时已见端倪。沈约的"永明体"讲求声律、骈偶、对仗，将句式尽量定型到五言四句或五言八句，已开武周时沈、宋酾定律诗的滥觞。诗歌为什么会走向格律化，这背后的机理值得我们探讨。

上古时期，能诗者凤毛麟角，人们作诗少，引诗多，会盟燕享中，只要能得体地引用《诗经》中的句子，就已是出尽风头。然而后世华夏一统，外交上诗的利用率大为降低——跟匈奴倭寇引诗那肯定是对牛弹琴。庙堂唱赞么，平民出身的精英也难挤进去。赋诗活动的参与者多了起来，引诗和作诗于是就兵分两路；作诗的人多了起来，原创作品就必须得有个出路。庙堂诗逐渐演变为奉皇帝之命而作的应制诗——这也算是皇帝给文人们找了个作诗的由头。邦国外交中诗歌不再能派不上用场了——李太白醉中被唐明皇请去，却也不是请他作诗而是要仰仗他的外语能力破译蛮书，于是就变通为用于私人外交。生活中不是还有送友远行、请客吃饭之类场合吗？正好可以大写特写。形成互动的就叫作唱和之作，犹如书信之往来，只不过以诗的形式罢了。这两类改造，基本上完成了对诗歌的"圈地运动"，使得作诗仍然具有相对的独立性。不管是否令人不满，这作诗，终究还是俗子所不能予的雅事。然而读书人越来越多，也确实是个愁事儿，犹如通货膨胀下的纸币——这能诗的本事，怎么渐渐变得不那么值钱了啊？！

诗既然是文字游戏，其规则就是可以修订的。把规则订得严一点，把一部分人挡在门外，那门里的人不就显得更有价值些了吗？这一想法是好的，但在实现的过程中，也曾走过弯路：规则一度修订得太严，弄出了四声八病之类的烦琐禁忌，使得诗人作诗犹如戴着手铐脚铐跳舞。后来人们又不得不把规范再次调松，直到唐朝中期，才大致找到了一个合适的度。

唐代以诗赋为国家抡才标准，以及诗人们维护本行当高门槛的自发努力，对诗歌的规范化、格律化都起到了巨大的推动作用。

荆山有玉石中藏

即便是一位专治诗歌的大学者，指望他读遍全天下的诗也是不可能且没必要的。说不可能是因为诗的总量太多，且每天都在大量产生中；说没必要是因为并非所有的诗都是佳作。事实上多数诗都不是佳作。现代人与原生态的诗歌阅读隔绝了，不知不觉中植下了很多对诗歌的误解。非专业研究者、非旧诗爱好者的今人所知的古诗，多数来自中小学语文课本。在课本记忆的加持下，我们往往只认"月落乌啼霜满天""朝辞白帝彩云间"为诗，而没有达到这般知名度的，旁人不知我亦不知，即使在别的场合见到，我们内心深处也不认它们是诗。

在未被今之课本所影响过的古人眼里，诗又是怎么样的一个存在呢？套用一句唐诗的句子来回答，"司空见惯浑闲事"也！诗，就是这样的一个文字的容器，有法度、有高下、每天用，如是而已。凡读书人，从小总会在各种场合接触到诗，连住个客店，都会在墙上见到题壁，而师长友朋么，谁又不会个"口占""即席"的？你赠我我赠你，都是纯有机原创、没经过任何选家的筛子筛过的。

1909年，在上海读书的少年胡适，在经历了中国公学与新公学的合并风潮后，颇感心灰意懒，"在那个忧愁烦闷的时候，又遇到一班浪漫的朋友，我就跟着他们堕落了"。（胡适《四十自述》）这班少年朋友都没有什么钱，故此"赌博到'吃馆子'为止，逛窑子到吃'镶边'的花酒或打一场合股份的牌为止"。吃花酒要讲凑兴，客人陆续抵达坐定后，若想起相熟的倌人，主家妓女会动笔写"局票"，分送各家堂子去邀请，这个做法称"叫局"。比较风雅的客人，会亲自在"局票"上写诗词相邀。时年18岁、中学毕业文凭还没有拿到的胡适之，学诗才不过一两年，已经能写这种"局票"。他在《四十自述》里所记录的那次震动到他灵魂的事件，就发生在某次吃花酒之后。他本已大醉，可是凭着潜意识，仍然"能谈话，能在一叠'局票'上写诗词"，于是朋友们以为他"没醉"，就放他走了。结果大雨中碰到车夫抢劫，厮打起来进了警察局。这是1910年2月的事。胡适经过那次事件，迷途知返，一番发愤后考取庚款留学，回国后即成为新文化运动的风云人物。然而18年后的1928年5月12日，胡适看到《晶报》上一则有关他年轻时相与的妓女花瑞英的消息，不由唤起回忆，遂在日记里写道："宣统二年（1910年）春间，我和林君墨都叫过花瑞英的'局'，那时她还是初出来的第一年。我曾为集一联云：'倚槛观花瑞，攀林搴落英。'上许敬宗，下谢灵运。"胡适的经历，足以说明当日诗歌写作之深入社会生活的程度。你能想象今日你与朋友相约去 KTV 吼两嗓子，还非得有写诗的能耐而不能成行吗？

在古人看来，诗大抵就像字，从小自己学着写，也看着长辈朋辈写。有人擅书法，能写一手妙肖的王体、颜体，但更多的人不过尔尔，工整匀称美观也就是了。当然也不排除有实在写不好字的怠懒人物。至于字的用途，写信、写文章才是常规，去给别人写斗方、对联、条幅之类的机会，毕竟没那么多——除非你是宝二爷。苏轼在贬官黄州期间，写出了《新岁展庆帖》《人来得书帖》《一夜帖》《职事帖》《京酒帖》《啜茶帖》《梅花诗帖》《前赤壁赋卷》等代表着他一生最高书法成就的作品，其中前三种都是给好友陈季常——河东狮柳氏的丈夫、中国历史上的头号"气管炎"的书信，有些地方他絮絮叨叨说着什么"知壁画已坏了，不须怏怅，但顿着润笔，新屋下不愁无好画也"的家常话，十分接地气。《职事》《京酒》《啜茶》三帖都是与亲友通音问、谈起居、赠酒的短笺小札，《梅花诗》《前赤壁赋》则是录写自己的作品。苏轼落笔写这些书法时，放松随意，根本没去想到过它们离了自己的手之后会漂到故宫博物院还是苏富比。

现代人写字越来越少，毛笔用得更少，大凡提笔，就已是端然进行艺术创作了，默认值是要被裱起来、挂出去的。如此看待写字，不消说是荒谬的。如此看待作诗，同样也是荒谬的。古人作诗，实用第一，讲求规矩，因此古人的诗作，大多是平而不庸。平，是说其内容；不庸，是就其技法而言。

唐宋以后，诗主要是作为交际工具存在。随便找位唐宋大诗人的作品集，翻翻其篇目名称，就能大致了解个八九不离十。有人统计过，在苏轼的 3458 首诗词中，最高频词为"子由"，共出现 229 次，其次依次为"归来""使君""不见""故人""平生""人间"等，其诗的社交性质可见一斑。

我们再找个介于一二流之间的诗人全集为例。刘长卿的编年诗集目录，共 500 多首，随机抽样，前 20 首中，寄赠、送别、饮宴的作品得 18 首。我们再从中随便挑一首《别陈留诸官》看看。

  恋此东道主，能令西上迟。
  徘徊暮郊别，惆怅秋风时。
  上国邈千里，夷门难再期。
  行人望落日，归马嘶空陂。
  不愧宝刀赠，维怀琼树枝。
  音尘倘未接，梦寐徒相思。

其诗大意无非说，对众人依依不舍，此去一别我会想你们的。诗写得有板有眼，绝非不知所云或浅显鄙陋的庸作，但内容绝对平淡。待到陈留诸官读罢点点头，这诗的使命也就完成了吧？这就是平而不庸，这就是古代诗人作品的常态。

诗的题目不能代表其艺术价值或口碑，《芙蓉楼送辛渐》《闻王昌龄左迁龙标遥有此寄》《别董大》等都是赠别作品中涌现出的名篇，但究其创作本意，却与《别陈留诸官》无二。一样的创作动机，作者灵犀一至，得了好句好篇。这就像王羲之给会稽山下三月三那天一起"修禊事也"的小团体编文集，本是为完成任务写了篇序，不想喝了点酒进了状态，居然写出了天下第一行书。他要是一本正经地去进行书法创作呢？恐怕就……

写诗写字都是如此。原本各务事体，并非为艺术而艺术。今人作诗写字都成了稀罕事，教科书那边呢，又单挑着几首千古绝唱给你读，初学者一入门，先端上语不惊人死不休的架势，或又过于诚心正意，为了学好这门技艺而眠食皆废。这是上路伊始就错了。古来并没有职业诗人，养着文人、进行职业创作的机构建制更是阙然，即使被称为"词馆"的翰林院，本质上亦不过为一种扈从秘书机构，其人员负责的是起草机密诏制、经筵日讲、论撰册史，而并不负责职业写诗。李白、杜甫也各有各的工作和生活，只不过爱写诗、爱用诗与人打交道并且比较有天赋罢了。今人上手学诗，不求"不庸"，先想"不平"。一旦不得鹏举万里，反怨怅"诗书误我"，这种情绪作用下，罕有能将作诗这个平凡事业坚持下去的。

古人接受了与我们迥异的训练，除非严重缺乏天赋者——其概率大致相当于天生残疾，一般读书人总能做出中平的诗作。读者呢，若想欣赏到好诗，就一定要在他们的作品中慢慢淘。笔者有次向业师郑训佐先生请教应如何评判杜甫。郑师道："若拿掉他最佳的七八十首，杜甫也就不再是文学史上的杜甫了！"这振聋发聩的论断让笔者意识到，即使面对最伟大、声誉最卓著的诗人，我们也需要做排沙拣金、石中求璞的工作。辨识力的养成，只能在大量阅读中慢慢积累。这又成了今人学诗的一个悖谬处。可怜我们现在这些人，真不知该读些什么才是：对于同时代人编纂的某某诗选，我们常怀疑选编者的眼光，心有不甘；对于原版的某某全集，数十首读下来没找到感觉，则又不免怀疑自己是否学力不足。殊不知，这"没找到感觉"就对了，因为全集的收录，一定是细大不捐、泥沙与真玉同存的。泥沙的产生，往往就是因为诗歌被滥用于应酬场合了。针对此，钱锺书曾经在《宋诗选注》里发过一大段牢骚：

> 应酬的对象非常多。作者的品质愈低，他应酬的范围愈广，该有点真情实话可说的题目都是他把五七言来写"八股"、讲些客套

虚文的机会。他可以从朝上的皇帝一直应酬到家里的妻子——试看一部分"赠内""悼亡"的诗；从同时人一直应酬到古人——试看许多"怀古""吊古"的诗；从旁人一直应酬到自己——试看不少"生日感怀""自题小像"的诗，从人一直应酬到物——例如中秋玩月、重阳赏菊、登泰山、游西湖之类都是《儒林外史》里赵雪斋所谓"不可无诗"的。就是一位大诗人也未必有那许多真实的情感和新鲜的思想来满足"应制""应教""应酬""应景"的需要，于是不得不像《文心雕龙》《情采》篇所谓"为文而造情"，甚至以"文"代"情"，偷懒取巧，罗列些古典成语来敷衍搪塞。

钱锺书立意不选有模仿痕迹的平庸之作，立下了"六不选"的规矩：押韵的文件不选；学问的展览和典故成语的把戏也不选；大模大样的仿照前人的假古董不选；把前人的词意改头换面而绝无增进的旧货充新也不选；有佳句而全篇太不匀称的不选；当时传诵而现在看不出好处的也不选。

为省时间计，我们可去阅读钱锺书这样的过硬选家的选本，直接获得不注水的精品。然而，为培养判断力计，我们倒真不妨去挑些玉石兼存的本子读。宋秦观诗云："白衣苍狗无常态，璞玉浑金有定姿。"那"定姿"就是真范儿，优秀作品的标准是不变的。海量阅读之后，我们的眼力自然就会长进，也就能挑看出诗里的"璞玉浑金"了。

未有桑麻难为裳

诗的审美标准的形成，经历了漫长的演进过程，也经历过翻转和倒退。《诗经》以降，诗歌从形式到内容，一直都在不断的变化调整之中，直到唐代，诗歌盛如中天之日月，相对统一的模式形成，李杜彪焕，成为诗歌文学上不能超越的丰碑。明李贽有《咏古》诗谓："李杜文章日月高，有身如许厌糠糟。"就表达了李杜在前、自己难免产生的一种自弃感。

唐代因用辞赋为国家抢才，必然要将诗歌格律化，从而获得稳定的判卷标准。毛奇龄在《唐人试贴·序》中，道破此中缘由：

> 律者专为试而设，唐以前诗，几有所谓四韵、六韵、八韵者，而试始有之。唐以前诗，何尝限以五声四声三十部一百七部之官韵，而试始限之，是今之所谓诗律也，试诗也，乃人曰为律，为限官韵。

律诗流行以后，古体虽然仍不乏创作，《诗经》《楚辞》或两汉六朝那样款式的作品仍在不断问世，但毕竟大势已去。这个现象可拟于秦始皇统一六合。诗歌领域车同轨、书同文了，产生了被称为近体诗的格律诗。唐朝诗人作为一个整体，成了后人制度化模仿的对象：宋元明清随便哪朝的文人作品集，其诗歌部分，总是和唐人面貌相似；一部分近体诗——绝句、律诗，在形式上绝对逼真，连押韵都是按照唐朝人的口音；另一部分则是古体，唐人如何仿乐府或《古诗十九首》写作，他们也如何仿唐人。这样的事业进行了千年之久。这也就决定了诗歌在创作本质上是一种临摹活动，所谓江山代有才人出，也不过是在固有的框架内进行改良或创意发挥，绝非颠覆性的变革。人类的竞技活动进入到成熟阶段之后，必然会显示出独立性、封闭性、排他性，这并不能一概被称为保守与消极。写诗这个相对封闭而独立的活动也是如此：千年以来，它自形成了一套评价体系，深入到了每个"懂规矩"的参与者的内心。具体到评价某一首作品，一个隐而不言的标准就是，它必须"像唐诗的那个样子"。

对于初学者而言，这就带来一个应如何给自己定标尺的问题。既然李杜都不能做到件件精品，我辈模拟者又该何去何从呢？在创作实践中，我辈应如何把握作品的质与量的关系呢？

陆游活到了80多岁，传世诗作9000多首，我们就算他能诗的生命时间是70年，那么也是平均两三天产生一首。不难想象，像陆游这样的人，闲下来的时候，几乎总是在吟诗的。他任何时候都在"口角噙香对月吟"么？那却未必。他的生活应该不会每时每刻都充满"香"呀"月"的。他写了这么多诗，很自然地会有质量损耗，不喜欢他的人，也大可指责他无病呻吟。但事实上，这就是古人写诗的常态，虽未必人人都写到九千首，但题材一般都鸡零狗碎，打个盹啊，生个病啊，下个雨啊，换个季啊，散个步啊，想个事儿啊，生活中的"小确幸"，或如张爱玲所抱怨的"生命是一袭华美的袍，爬满了虱子"的"小确恼"，反正逮到就能写着玩。现在我们要学诗，也先要有这种写着玩的心理准备，且先别管写多了是否就变不稀罕了——反正咱家的诗就算减产个两三首，也不会让现有的每首都变成限量版兰博基尼的对不？庄子曾讲过一个寓言说，冶炼师傅碰上一块铜，它大呼小叫地说："我要成为干将、镆铘！"那它就是妖怪，不是铜！一个读书人写首诗，还没动笔就先琢磨着要来首震古烁今，那也是心里长了个妖。

　　然而一不小心就来了首震古烁今，这样的事也是有的。唐朝有个张若虚，《全唐诗》里只有他两首作品，其中的《春江花月夜》现在是家喻户晓的名作。可是，此诗不仅在唐朝的记载中没什么响动，就连宋元这三四百年间，好像也没什么人关注，直到明朝，人们才渐渐将其当回事。王闿运给了它以极高的评价，闻一多将其评作"以孤篇压倒全唐"。然而张若虚一生真的只写了两首诗吗？非也。《唐诗别裁》载："若虚开元初人，与贺知章、张旭齐名。"《明皇杂录》载："天宝中，刘希夷、王昌龄、祖咏、张若虚、孟浩然、常建、李白、杜甫，虽有文章盛名，俱流落不遇，恃才浮诞而然也。"张若虚的文名，已达到与李杜诸人比肩的高度。他的"文章盛名"必由大量的篇章创作积成，只不过他运气不好，除那两首之外，其他作品都没有传下来而已。

　　今人学旧诗，技术层面上并不难。从工具上说，古人里的初阶者也要使用韵书、辞藻书作为辅助，我们现在比起古人来，所能拥有和使用的工具，只有更多、更便捷。

　　作诗应先从描摹涓埃风物写起。我们就先举个写平淡生活的例子吧。古代女人的社交圈窄，尤其是宋以后礼教设防羁严，富贵人家的女眷若逢着个太平世道，可能一辈子连个出门的机会都没有。但话又不能这么说死了。江南兴盛的文风，世家间累代通婚而形成的家族网，又造成了闺秀琼英不可能被湮没的特殊现象。明清闺秀群作为一个写作群体，不仅自身留下了大量的日记、诗文和游记，而且她们的存在，又被同时代的男性文人记录了下来。两者之间除了形成互动性质的唱和之外，还有男性文人为之收编和刊刻文集、撰写序跋、予以揄扬；对既已亡故的才女，男性文人往往以回忆录、诔文等形式予以纪念；

如袁枚这样的风雅文人,更是留下了收闺秀琼英为女弟子的风流轶事。明清闺秀群以此而完成了她们在历史上的"不朽"定位。曼素恩（Susan Mann）依据胡文楷《历代妇女著作考》一书做了统计,清代女作家共有3684名,其中有籍贯可考的3181名,远胜前代之规模,而长江下游占了70%以上,苏、松、常、杭、嘉、湖及周边各府,更是才女汇聚。

清代乾隆时候,有一对著名的诗人夫妻,男的叫孙原湘,女的叫席佩兰,二人都是袁枚的弟子。席佩兰有《长真阁集》七卷,姑取其卷一,做个样本分析。

此卷共有116首诗。从内容看,主要是对日常景物、事件的吟咏,如《梅花》《刺绣》《读杜少陵入蜀诗》等,如果连外出旅行时所作的《旅窗听雨》《曲阜》《上太行》之类也算进来,大约有80首左右。其他的30余首,则为多少带点实用性的作品,如题画、送别、祭悼、唱和等。

这里有一首席佩兰的《蜂》。这个题目令人想起罗隐的"为谁辛苦为谁甜",罗隐确实写得好,他是就蜜蜂的总类立意,发出了他自己的讽喻。席佩兰则给了一只小蜜蜂以特写,但是,若只描写它长什么样、在干什么,那就未免平淡了——虽然纯粹的咏物诗也有这么做的,但终究是少了趣味。作诗的趣味在哪里呢？且看她的作品。

> 渴蜂窥砚墨痕濡,染得余香上短须。
> 尔欲寻花过墙去,柴门春色向来无。

一只小蜜蜂掉到砚台里了,染了一头的墨汁。喂,兄弟,有没有搞错啊？要找花上外头去,俺们读书人家没有"春色"的哦！事情小而有趣,诗人选词造句又特有灵性,借题发挥,道出读书人家的质朴清淡——不要小看"春色"一词,这可是诗中最有感觉的词汇啊！

东西或事件很小、很常见,这不是不能入诗的理由,但看能不能从中找到机趣,令人有所触动。至于这个机趣,可以是小小的双关歇后,也可以是事理心境的比拟,甚至可以是很有深度的哲学思考,随宜而定。如果这样有机趣的作品放在科举考试里,便会得到一个高分。只是描摹到位、格式不错,那也能拿个底分。

再来看席佩兰笔下一件稍微大一点的家事。在那通讯极不发达的年代,没什么电话,没有网络,于是人们就生出别离、相思、相逢带来的种种复杂情感。老公外出有些日子了,说好前几天就该回来了,也没见人影,好担心啊！结果,这一天到家了,便有了这么一首《喜外竟归》。

> 晓窗幽梦忽然惊,破例今朝鹊噪晴。指上正抢归路日,耳边已

听入门声。纵怜面目风尘瘦,犹睹襟怀水月清。好向高堂勤慰问,敢先儿女说离情。

律诗比绝句长一倍,所以节奏也必须相应拉长,不能像绝句那样最后闪个富于机趣的亮点就收场,前面也要好好打理。一般常规,首联是个预热,中间两联是主干,尾联则是压分量的重心。就这首来看,先说个由头作为开场:今天兆头不错。接下来做个切换:老婆正在算着日子,老公已经进门了。切换完毕,镜头对准老公:风尘仆仆,精神不错。最后,用尾联压个分量,稍微说点大道理:回家了,先去给父母请个安,两口子说话可以往后放放。

这一首便是标准的"照章办事",完全没有摆弄什么技巧,也没有刻意设置机趣。夫妻久别重逢,这事件本身就自有它的动人之处,用白描手法和律诗格式来写就成。这样的家常事,谁也不缺。这样的题材写成诗,不太可能成为万口相传的名篇,因为它无关深刻的思考或感情,只是私人化的记忆。对作者来说,它是亲切的,至于能不能产生出一个庞大的共鸣读者群,并不是她要关心的事——这诗,是写给自己作纪念的。

一个清朝女人的生活,远比我们今人要单调得多。但作为一个诗人,春花秋月、聚散离合,无一不能用诗的语言加以演绎。我们要学诗,大可不必担心下锅的米在哪里。

我爱其礼尔爱羊

在科举时代，诗是考试项目，内容很简单：一首五言排律，十二句或十六句两种规格最多见，其他体裁一律不问。考法也不算复杂：随便给个题目，成语也行，诗句也行，格言也行，反正是句大家都熟悉的话，少则两三个字，多则七八个字，诸如《千字文》里的"行端表正"、《论语》里的"春服既成"、《周易》里的"谦受益"、《后汉书》里的"老当益壮"都可以当题目，甚至说不清来历，临时拍脑袋想出来的什么"麦浪""和田玉"都可以。另外，还要给个韵脚，可以在题目里选个平声字，比如"谦受益"，选"谦"做韵脚字，题目的整体就是："谦受益（得'谦'字）"。意思就是写一首题为《谦受益》的诗，用"谦"字所在的"十四盐"韵。

如果题目中没有平声字，或者不愿意用题目中的字限韵，也可以另找一个字做韵脚，和题目有没有意义关联皆可，比如："麦浪（得'翻'字）"。

粗略分析，题目大约是三类：物、事、理。物最好写，因为诗本来就长于描摹，存一些相关的典故，充分发挥想象，就可以了，难度在要扯得足够长。抽象的理最难，一方面要搞清这个理论本身，一方面又要尽量做具象还原的工作，像什么"大衍虚其一""学然后知不足"之类的题目就很让考生头大了。只不过大家都做同一个题目，难易是相对公平的。

至于科举律诗中一些细节的规矩，比如如何照应题目等，这里姑且不细说，清人有不少相关的论著，也有许多自己练习或课徒的诗稿，纪晓岚的《庚辰集》等还有详细的点评。如果想学这门技术，现代人也并非没有资料，只是世间再无科举考试，学了屠龙技，满世界找不到龙，也怪可惜的。先看一篇习作，大致领略一下吧。

人迹板桥霜（得"霜"字）

月色鸡声里，征途带晓霜。
板桥行独早，人迹印来刚。
大野烟凝白，边程草折黄。
冷初封雁齿，渡欲问渔梁。

> 雪影迷三径，沙痕认一行。
> 泥看鸿爪透，冻入马蹄僵。
> 翠竹沿村接，青鞋过客忙。
> 剧怜春梦者，犹自话黄粱。
> （朱伸林《古月轩试贴偶存》）

再看一首王维19岁参加京兆府试得解头的诗。有天分的诗人，即使是答考卷也拦不住灵气逸出啊！

赋得清如玉壶冰

> 藏冰玉壶里，冰水类方诸。
> 未共销丹日，还同照绮疏。
> 抱明中不隐，含净外凝虚。
> 气似庭霜积，光言砌月馀。
> 晓凌飞鹊镜，宵映聚萤书。
> 若向夫君比，清心尚不如。

科考试诗赋，至宋神宗熙宁时一度停止，直到乾隆二十二年朝廷功令试诗始复。考试中使用的五言排律叫"试贴诗"或"试律诗"。"试帖"的叫法虽流行，但其实是清代才有的。纪晓岚在乾隆朝的身份，非常像民国时期的"中央研究院"院长。他以文坛祭酒的身份，竟连续写出了《唐人试律说》《庚辰集》和《我法集》三部试帖诗学的畅销书，可见当时的市场需求之盛。这种情形，大概唯后世的《许国璋英语》可比吧。

科举考试保留律诗的项目，并非没有道理。在限定的时间内，用格式化语言表述一个题目，可以综合考量考生的知识储备、组织安排能力、思维敏捷度等多种素质，它比八股文涉及的范围宽泛得多，几乎可以触及传统文史的任何一个角落。在命题阅卷标准化与考生个性发挥的矛盾中，它也显得比八股文或策问更有合理性。当然，"试帖一体，特便于场屋，大手笔多不屑为"（管世铭《读雪山房唐诗凡例》），"试贴诗"毕竟是不能预诗歌创作的主流的。

科举制废除之后，律诗乃至整个旧体诗文都与进身毫无瓜葛了。今日，即便是中文系的古代文学博士，也不闻需要仰赖作诗而取得入学资格或毕业文凭。考试消失了，考生自然也消失了，考官就更是毛将焉附。但千百年传下来的这个文学样式，却仍是鲁殿灵光，也不妨有一个很大的人群仍可能为之倾倒。最近这些年来，随着传统文化的复兴，关于作诗的考试或竞赛活动又渐渐复活了。不管是打着传承国学还是提高文化修养的旗号，做这件事，本身并不坏。但是在操作层面上存在的问题，却令观者感到困惑。

科举时代考作诗，那是一代代人坚持下来的，是成熟的、制度化的活动，从国家到地方，都有充足的技术人员去组织，有充足的参与者投入到各个级别的考试中去，因为那是国家行政运作中的大事，更是平民百姓突破社会阶层、爬向青云的梯子，它的背后自然会积聚足够的势能。我们现在考作诗，则是为了鼓励人们亲近古典文化，然而基础教育本身就青黄不接，又到哪儿去找那么多考生和考官呢？事情本末倒置了。若按照科举的要求去考，有本事答卷和阅卷的人都不够用。拿着国家抡才的做法去培养大众兴趣，如牵着羊去耕地，完全不对路数的。

现在的诗歌大赛，几乎可以被看作为旧体诗续命的一种形式。参与者的基本功与当年的士子相比，差了好几个数量级。照理说，竞技性的文科比试，应该选拔那些掌握了基本技能（比如平水韵、对仗）的选手。但实际上，赛事举办者为了聚拢人气，往往不管格律要求，甚至不管字句通顺与否，只要字句数凑对了就普降甘霖，一律美评。这看似鼓励了更多的人积极参与，实则是从根本上毁了这个项目。任何文化的、精神的东西，都必须有一定的形式、仪式作为载体，形式和仪式会随着时代发生变化，但是不可以被颠覆，一旦被颠覆了，它一定会演变为非驴非马之物，即使我们再努力想维持刻鹄类鹜亦不可得。这也就是为什么孔子不肯拯救饩羊的道理——杀一头羊，是告朔之礼的仪式，不杀这羊，也就无所谓告朔之礼了。不是吗？我们有两千多年不杀这样的羊了，所以，就算今人熟读《论语》，也再也搞不清到底什么叫告朔之礼了。

任何事物，都不能逃脱"生、住、异、灭"的规律，文学形式亦然。不必否认，旧体诗当下已是活在它的末世。也不必否认，世上有很多人，出于不同的心态和志趣，其实完全乐见旧体诗这一文学形式尽早地被丢入历史的垃圾桶。然而拥护它的人，至少在这一点上，都会达成共识：旧诗的血脉，已经永远地注入了华夏文字的腠理，掌握好了它，会有助于文字工作者在语文上折冲樽俎，从容出入。哪怕就基于这一个小小的信念，旧诗支持者也都愿竭诚尽力地为它续命。然则，"君将哀而生之乎？"要想让旧体诗活下去，作诗、读诗的人少一点不要紧，但李代桃僵炫玉贾石，给老干部体以头条位置，给四六不通的诗作者发奖章，则旧体诗"君不禄"那一天的到来还会远吗？

置身燠暑愿秋凉

　　江上一笼统，井上黑窟窿。
　　黄狗身上白，白狗身上肿。

　　这是一首众所周知的打油诗。之所以叫它打油诗，是因为传说中这种诗体的创始人名叫张打油。有人说他是唐朝人，有人说他是明朝正德年间人。这些细节都不打紧了。

　　旧体诗断档后，未经训练者出于某种需要，在必须冒两句形似的韵体的时候，往往就自谦、自黑地说，自己写了首"打油诗"。冤哉张打油！完全的外行偶然秀一下内行的活儿，自谦自黑是必需的，但取譬不当，那就不仅坏了人家的名头，也真的会把自己黑进去了。在旧体诗仍然正常流行的年代里，打油诗的封号可不是信口说上两句七字五字的无味白话便可得到的，明清人绝无以此自谦者，而称某人作打油诗也绝非贬词。

　　可被称为打油诗者，至少要符合三个条件：其一，像诗；其二，俚俗；其三，搞笑。姑以张打油这首招牌作品论，像诗，仅仅是四五二十个字看着像五绝的样子，那是不够的。钱锺书忆儿时听过的"一二一，一二一，香蕉苹果大鸭梨，我吃苹果你吃梨"，便只道是童谣，未许像诗。张打油的这四句，句句写雪景，取景、思致都是寻常作诗的模样，这才是像诗。既然是"像"，那就万不能真的是诗了。这也不局限于按格律的平仄韵脚之类的条条杠杠而言，而是从雅俗上做文章——诗是雅的，我给你来点俗的，这便刷眼球了。"狗"非不可入诗，但雅一点说总是称其为"犬"。《随园诗话》有落第诗："不第远归来，妻子色不喜。黄犬恰有情，当门卧摇尾。"这是作诗求雅的常态。直呼黄狗实在不雅，还再接上个白狗身上肿，更不像话。若是就冲着鄙俗无忌，这诗也就没意思了。但仔细想想，黄狗白，白狗肿，这确实是雪景啊！有这一层对了，便产生了幽默效果，是为搞笑。

　　今人自谦为打油诗的作品，三个条件能合其一就不错了。硬说是打油诗，到底是自谦，还是坏人家张打油的名头？为打油诗伸了这个小冤后，我们再进一步看看打油诗这种高明玩意儿到底是如何生成的吧。

　　倘若常规的格律诗没有长时间、大范围的社会积淀，那么打油诗也就不会存在了。这就牵涉有关幽默原理的话题,我们不能面面俱到,只捡现在用得着的理论说。幽默的常见情形之一就是颠覆常规。所谓常规,每因时、地、人的不同而生异。越是稳固的常规被颠覆,产生的幽默效果也就越强。常规的稳固性体现在哪里呢?在真正接受它的人数和时间上。旧体诗的常规,即便往短里说,作为标准化考试手段被固定下来,也有上千年的历史了。它的影响是至深的。换个说法说,曾有大量的人,花了大量的时间精力,去固化对它的标准看法,大家都认为"诗就是那个样子"。于是,一旦出现一个"像而不是"的东西,大家拿来与长期形成的标准一比对,幽默效果就出来了。

所以,打油诗这样的东西能够出现,能够为人津津乐道,必须建立在一个恒河沙数的人众都有"诗就是那个样子"的一致观念的基础上。人们在形成这个"一致观念"的过程中,要全部被一样的规范所约束,这肯定是个痛苦的过程。私塾中所谓"一阵寒鸦噪晚风,诸生齐放好喉咙"的场景,便是这种痛苦的铸模过程的剪影。当这种磨砺完成之后,一个偶然的颠覆,会带给他们以会心的笑。这就犹如干渴之人喝到清水,会觉得甘美无比,而不渴的人最多是跟着不咸不淡地喝两口而已,并没有特别好的体验。今人看历史上那些有名的打油诗,很多已经不感到可笑了,这就是因为我们并未真正走过那个铸模过程。

能够打动今人的成功打油诗往往是集句。这是因为,集句的拼凑附会,上手即已完成对规范的颠覆,同时集句毕竟用的多是著名的旧句,今人虽未必有很大的旧诗阅读量,但这些著名的旧句总还是知道的。于是每一个单句都敲击着阅读者的熟悉语感,在句子的错乱中,搞笑感就出来了。且看这一首。

朕与将军解战袍,芙蓉帐暖度春宵。
但使龙城飞将在,从此君王不早朝。

古人说的黄段子,在宽泛一点的标准下也可以将其看作打油。虽然原句很可能是雅的,但词义借谐音其实已转为老粗的意思,妙就妙在老粗也不明说出来。《唐才子传》里录有一段风流女道士李季兰与刘长卿的问答。李季兰名治,当是开元、天宝间"大唐宝贝"一流人物,虽然没有如木子美般出版过日记,但考虑唐代女道观的豪放风格,她掌握一些男性的秘密是可以预期的。刘长卿素有"阴重之疾",亦所谓"疝气",病象是肠子下垂使肾囊胀大。这是中年男子的常见病,患者往往用布兜托起肾囊以减少痛楚。有一次李季兰"与诸贤集乌程开元寺",见到刘长卿便问:"山气日夕佳?"长卿对曰:"众鸟欣有托。"李问化自陶渊明《饮酒诗二十首》之五,谐"山"与"疝",刘答亦化自陶诗,为《读山海经诗十三首》之一,谐"众"与"重"。"诸贤"也个个都是明白人,于是"举座大笑"。将有关生殖器的问答嵌入陶靖节语境,这不光需要机智，男女双方包括看客在内还都得有点襟怀，能幽得起这一默。《中兴间气集》里也记录了这个故事，并且收了李季兰的数首诗。选家高仲武给这位"大唐宝贝"的诗笔以相当高的评价："形气既雄，诗意亦荡，自鲍照以下罕有其伦。"这等男女皆脱略自喜而又不失格调的世风，大概仅能见于中华文明的极盛点吧。

很多人把我鲁张宗昌大帅的诗尊为打油上品，如其著名的《游泰山》。

> 远看泰山黑糊糊，上头细来下头粗。
> 如把泰山倒过来，下头细来上头粗。

窃以为，张大帅的诗，粗俗而不俚俗，大胆而不搞笑。将大帅诗归入打油之列，并给他戴上"民国山东第一才子"的高帽儿，这事需要商榷。

大易有象诗道张

初学围棋者一定要学定式。围棋的黑白棋子数目固定，没有随机可言，它的定式其实就是一个经验总结：当你开始走子，有了个布局，往下几步、十几步，有些可预测性的抗衡步骤，你背出来就是了。这有点像学外语，串通了几个单字之后，就可以组起固定搭配或简单句子，而懂得固定搭配是进一步语言学习的基础。

想成为围棋高手，光靠背定式绝对是远远不够的，作诗也如此。但绕过定式也不行。诗有定式，定式也是可以学习的。学了再写诗，比不学直接写诗，肯定要少走不少弯路。学习定式，重要的是要弄懂这些定式背后的理念。

从《诗经》起就有赋比兴之说，然而即便是皓首穷经的大儒，说到《诗经》中的某一个具体的句子，也往往搞不清应如何界定它属于赋比兴中的哪一种。赋姑且不论，这比和兴就够难分的。按照传统的定义，比是"以彼物比此物"，兴是"先言他物，以引起所咏之辞"。风、雅、颂、赋、比、兴这带有神圣光环的"诗经六义"，应该是六个教条才对啊！那么，比和兴肯定应该是两码事，而它们的定义确实也是用了完全不同的两组表达。这两组表达我们都看得懂，但根本没法付诸实践去分类，因为从第一首上就碰到了困难。试问："关关雎鸠，在河之洲，窈窕淑女，君子好逑"是比还是兴？这诗先说鸟再说人，你说它是以鸟比人，那也不错；你说它是先说鸟，以引起人，也合理。到底是什么？我们不知道。回来看比和兴，这俩根本就是不科学的分类嘛：一个说实质，一个说先后。遇到实例了，当然两者可能会交叉了。因为比和兴的纠结不清，后人索性偷懒，把"比兴"当作一个词用。

由于《诗经》是一切诗歌的祖宗，这个比兴就成了后人作诗的一种定式。换句话说，作诗，就要使用大量比喻的。

我们小时候背的诗，有好多是这样子的："呼作白玉盘""霜叶红于二月花""疑是地上霜""一片冰心在玉壶"……当然，你肯定能举出更多无关比兴的名篇，因为比兴只是定式之一，不是每盘"棋"上都会遇到。

中国人比较崇古，遇事总爱追究个由头。说到比兴，也一样要往古里去追根溯源。章学诚《文史通义》便说："《易》之象也，《诗》之兴也，变化而不可方物矣。"他追溯到《诗经》的同时，还搭配提供了一个更早的《周易》。

一说《周易》，大多数人就会联想到算卦，似乎它和诗没什么瓜葛。不过你若好奇心大发，为了研究一下算卦而去读《周易》，就会发现简直像闯入了修辞的迷宫阵。这本书充满着不相关联的词语。然而你再细读下去，体会一下，随便挑两句熟悉的话，什么"天行健，君子以自强不息"，"地势坤，君子以厚德载物"，是不是觉得都有点比兴的意思呢？

别问为什么用"天"搭配"自强不息"，用"地"搭配"厚德载物"，正如别问为什么用"雎鸠"配"君子淑女"而不是用麻雀或燕子。就是这么一种关联，若一定要刨根问底，那只能勉强说，这，就是我们汉语中的约定。我们就约定"雎鸠"和"君子淑女"是对应关系了，就约定"天"和"自强不息"是对应关系了，我们就这么没道理了。刘勰论"托谕"，也就是比兴的使用，谓"其称名也小，其取类也大"。说到具体的例子，则"关雎有别，故后妃方德；尸鸠贞一，故夫人象义。义取其贞，无从于夷禽；德贵其别，不嫌于鸷鸟"。这其实是强自给出解释。你若问"尸鸠贞一"是怎么来的，不可能得到满意的解释。《诗经·曹风》里确然有另外一首主题就是关于尸鸠的："鸤鸠在桑，其子七兮；淑人君子，其仪一兮。"毛苌注曰："鸤鸠之养其子，旦从上下，暮从下上，平均如一。言善人君子执义亦如此。"从"养子平均"，牵搭到"君子执义"，再牵搭到"义取其贞"，难道不觉得过于穿凿了吗？

如果再往下看《周易》，它还有更可怕、更复杂的对应关系表："乾为天、为圜、为君、为父、为玉、为金、为寒、为冰、为大赤、为良马……"同样别问为什么。古人是认真把《周易》当作大学问研究的，绝不止于算卦那一点小儿科。易学起码有三大板块：象、理、数。刚才涉及的话题便是象学。从机理上说，《易》的象学和《诗》的比兴很相似，甚至说它们就是一码事也不为过。但《周易》哲学一点，严肃一点，《诗经》比较文艺，比较审美，两边的爱好者也不大交集，所以看上去就让人觉得是两码事了。诚然，好的诗人完全可以对《周易》缺乏研究，易学大师也未必长于作诗。但是，二者显然都必须有丰富的想象力和优裕的承受力，非要刨根问底打锅抬杠，那就是《易》也没法读，诗也没法作了。也许，只有像陶渊明那般"不求甚解"的人，才能"袖手明窗读《周易》"吧。

在具体的作诗实践中，这些匹配、牵搭，往小里说，就构成我们现在常说的比喻，往大处说，那便是象征。如那首著名的"画眉深浅入时无"，通篇没一个比喻句，整首却是一个大比喻。

此外，中国旧诗的用典也十分厉害，我们不妨也将其看作比兴的一种变形。李商隐有一首著名诗作——《泪》。

永巷长年怨绮罗，离情终日思风波。

湘江竹上痕无限，岘首碑前洒几多。
人去紫台秋入塞，兵残楚帐夜闻歌。
朝来灞水桥边问，未抵青袍送玉珂。

此诗无一个"泪"字，也无任何"泪"的同义词，却写尽人世悲伤洒泪之事。其八句共言七事，前六句分别是"首句长门宫怨之泪，次句黯然送别之泪，三句自伤孀独之泪，四句有怀睛德之泪，五句身陷异域之泪，六句国破强兵之泪"。每一种情形都各有典，"永巷"句指吕后拘囚戚夫人事；"离情"句取《楚辞·九章·哀郢》的"顺风波以从流兮，焉洋洋而为客"；"湘江"句是指著名的娥皇女英泪下沾竹事；"岘首"句来自《晋书》"羊祜卒，百姓于岘山建碑。望其碑者莫不流涕"；"人去"句说王昭君故事，直接套老杜《咏怀古迹五首》之三的"一去紫台连朔漠"；"兵残"句则是说楚霸王兵败事。第七句不涉及典故，然"灞水桥"为何，也需解读：灞桥在长安（今西安市）东灞水上，是出入长安的要路之一，唐人常以此为饯行之地。李义山是一名卑官，经常要送迎贵客。更有研究者猜测，他所送的贵客，就是宰相令狐楚之子令狐绹——后者父子既曾赏识带挈他，又因一些细故与他有了嫌隙，李义山在感恩与悲屈中陷入道德与情感的两难。末句亦无典，唯以"青袍"喻身份卑贱的自己，而以"玉珂"喻贵客，"未抵"二字，则将这六种泪的总和全部压倒，将自己的低微身世所带来的苦楚凸呈出来，正是此处无泪胜有泪。

若是不明典故，我们如何才能解读出那"失宠、忆远、感逝、怀德、悲秋、伤败"的六泪以及李商隐那流不出来的千古伤心之泪呢？

缘木自非就鱼方

诗与文是两种不同的文学语言，属于不同的分类。中国文学史上有个小小的公案：人们说，韩愈善写古文，写诗呢，也按着这个劲道来，叫"以文为诗"；诗圣杜甫正好反过来，因为他诗写得极好，写文章也如此发力，叫"以诗为文"。结果是韩文公的诗写得不好，杜工部的文章也很烂。

不过，另外一位清朝古文家肯定不会同意对韩愈的这个论断。此公就是清末名臣曾国藩。钱穆对曾文正公的道德文章推重无加，在《中国近三百年学术史》中为其专立一章，称"涤生为晚清中兴元勋，然其为人推敬，则不尽于勋绩，而尤在其学业与文章。其为学渊源，盖得之桐城姚氏。"其实曾国藩也不少在诗歌上下功夫。他选编的《十八家诗抄》，唐诗人入选者共八家，除大小李杜之外，余四家为王维、孟浩然、白居易和韩愈。

韩愈"文起八代之衰"，其古文成就的光芒如日天之明，世所共见；可争议者是他的诗。韩愈一生，确实写了不少诗，有些诗句还很著名，如"雪拥蓝关马不前"、"草色遥看近却无"等。前人不乏喜欢韩诗的，曾国藩当然就是韩的一个忠实拥趸。从他的书信、日记中可知，曾氏早年学诗，大抵五、七言古诗学杜、韩、苏，五、七言律诗学杜、黄，而口味偏于宋诗的"义理"调子。细察曾氏学诗的初心，我们发现他还是为提高自己理学名臣的修养，而非对诗歌的艺术特点真具赏心。他尝谓："每月作诗文数首，以验积理之多寡，养气之盛否。"曾之推崇韩，恰恰是取韩诗中的非诗性特色。韩愈的"以文为诗"，在他那里反成为一种可贵的长处。然则，此事"阎王可为，小鬼不可为"也。曾国藩是谁？他可是"接闻桐城诸老绪论，又亲与唐鉴、吴廷栋诸人交游，左右采获，自成一家"的嫡传理学后昆。其论学也，"以转移风俗、陶铸人才为主"，他自可以从诗中求取"积理"和"养气"。我们一般的学诗者，却不能不辨诗和文的功用和理趣之分野。

粗率地说，文，总是要以说清楚事理为主的，哪怕作者要表达的是某种感情，这感情背后的事理缘由，他也理应给出个清楚的交代。还是以韩愈为例，他那篇著名的《祭十二郎文》，为何让人读来泣下沾襟？这绝非因为韩愈会哀哉哀哉地抛泪号啕——不，他并没有那么做。相反，他收束着内心的悲伤，先讲述了他与侄儿两个小孤儿相依为命的童年：因为家门不幸，亲人都丧，"在孙惟汝，在子惟吾。两世一身，形单影只"，他们一起靠长嫂抚养长大。那"嫂尝抚汝指吾而言曰：'韩氏两世，惟此而已'"的回忆，是多么的击中人心！那"吾与汝俱少年，以为虽暂相别，终当久相与处。故舍汝而旅食京师，以求斗斛之禄。诚知其如此，虽万乘之公相，吾不以一日辍汝而就也"的自责，是多么直捣泪点！唯有文字、不必计算字数的文字，才能给作者提供这样的空间，让你在其中讲透事，说透理，抒透情。诗歌则不行：第一，它没那个地场；第二，诗歌恰恰要追求一点模糊和朦胧，方才为美。

"君子作歌，维以告哀""啸歌伤怀，念彼硕人""惜诵以致愍兮，发愤以抒情""哀乐之心感，而歌咏之声发"……诗是感情积于中怀、不得不发的产物，无论道学家赋予它多少"讽谏""敦俗""厚德"的功用，诗歌一旦染上说理的道学气，眼、鼻、口观一而清，或辩给无碍，下阪走丸，或谆谆戒勖，训迪诱掖，则它的美感就会无情地消失。

诗受不了"文"，特别是强调逻辑或理性的文。我们从纯理性的文字中去抓取一个来当样板。《论语》中的"克己复礼"，可是古人说得烂熟的大题目，动辄拿来做文章的，但它显然不适合入诗，因为实在是无味。不过，天下事都有例外。那位因留下海量九流诗作而颇受今人鄙视的乾隆爷，不仅爱用"克己复礼"入诗，还用了很多。且截他的一首《澹怀堂》来看。

怀实人所具，而能澹者鲜。
视听内以纷，声色外以转。
仲尼训颜渊，克己复礼善。
名堂津逮兹，作箴恒自勉。

唉！说他什么好呢？清文人不好意思也不敢批自己的主子，我们今天也犯不着跟他较劲了，反正这就是以文为诗了。

杜甫的文却不同了——他是直接把自己做成了反面教材。杜甫一共也就留下二十多篇文，而且读着都是不一般的别扭。古人论诗论文都是家常便饭，但谈论杜诗的文字遍地都是，要找一段评杜甫文章的，那难度就很高了——因为简直没有什么人感兴趣过。我们现在的话题是诗，杜甫的文究竟是什么状况就不细说了。总之，诗和文是两道，从欣赏到创作，二者都有犯克的一面。

既然写诗，就别再守着写记叙文或议论文的旧辙了吧！别怕记叙不详，失了要点，也别怕论议不傥，失了词锋。以《木兰辞》的叙事之详，推进至木兰从军的十年，也不过只用了"万里赴戎机，关山度若飞。朔气传金柝，寒光照铁衣"四句；以简笔略过，是因为它的重心不在此。以《孔雀东南飞》的铺张陈词，最后论及兰卿夫妇的爱情悲剧，亦不过只两句"多谢后世人，戒之慎勿忘"

就收笔,而写到太守为儿子提个亲,则恨不能像放烟花一样撒出笔下的五彩:"青雀白鹄舫,四角龙子幡,婀娜随风转。金车玉作轮,踯躅青骢马,流苏金镂鞍。赍钱三百万,皆用青丝穿。杂彩三百匹,交广市鲑珍。从人四五百,郁郁登郡门。"其论至简,也是因为它的关注不在斯。

诗歌又有隐佚、不说破的传统。为了保持住格调的神秘美好,它会大量地使用比兴与典故。使用过多,作者有时也怕读者不懂,后世又无人为之作郑笺,无奈的办法,是自为诗注,即以文来补足诗的阙遗。郁达夫22岁那年在日本留学时,曾写过十八首自传性质的七绝组诗,名为"自述诗"。他对自己17岁以前的出生、家庭、就学、兴趣、行踪、志向、情事等进行了全面的回顾,完全以时间线索贯穿,每一首诗都与前后互相照应,互为诠释。即使以这般的篇幅,这般的连贯,要从诗里完全看清作者的生平,仍然是办不到的,于是作者在每首诗之下,又都做了或长或短的小注。让我以其第八首和第九首为例。

其八
左家娇女字莲仙,费我闲情赋百篇。
三月富春城下路,杨花如雪雪如烟。

原注:
十三岁遇某某有诗,不存集中。

其九
一失足成千古恨,昔人诗句意何深。
广平自赋梅花后,碧海青天夜夜心。

原注:
罗敷陌上,相见已迟。与某某遇后,不交一言。

仅看诗注,我们对发生了什么仍然是一头雾水。若想要彻底地了解这两首诗的背景,就需要配合着郁氏自传中的《水样的春愁》一章来读。在那篇散文里,他记录了自己年少时对邻家的赵姓少女情窦初开的情景。他曾在14岁那年一个"水样的春愁"的夜晚,与赵姓少女在月光下短暂独处。

> 推门进去,我只见她一个人拖着了一条长长的辫子,坐在大厅上的桌子边上洋灯底下练习写字。听见了我的脚步声音,她头也不朝转来,只曼声地问了一声:"是谁?"我故意屏着声,提着脚,轻

轻地走上了她的背后，一使劲一口就把她面前的那盏洋灯吹灭了。月光如潮水似地浸满了这一座朝南的大厅，她于一声高叫之后，马上就把头朝了转来。我在月光里看见了她那张大理石似的嫩脸，和黑水晶似的眼睛，觉得怎么也熬忍不住了，顺势就伸出了两只手去，捏住了她的手臂。两人的中间，她也不发一语，我也并无一言，她是扭转了身坐着，我是向她立着的。她只微笑着看看我看看月亮，我也只微笑着看看她看看中庭的空处。虽然此处的动作、轻薄的邪念、明显的表示，一点儿也没有，但不晓怎样一般满足、深沉、陶醉的感觉，竟同四周的月光一样，包满了我的全身。

晋文学家左思才高八斗，曾留有《娇女诗》一首，赞其女娇憨美丽。《闲情赋》则是陶渊明的赋作，描写了一位绝色佳人。在该赋中最著名的"十愿"中，作者幻想变成各种器物，附着在这位美人身上。《闲情赋》是中国辞赋中爱情主题的不可超越的高峰。郁达夫以"费我闲情赋百篇"来表达自己对这位少女的痴迷。"莲仙"并不是赵姓少女的实名。郁达夫的日本研究者富长觉梦与稻叶昭二都将"莲仙"直接理解为真实芳名，这就是不够理解中国诗歌的隐佚传统了。

《水样的春愁》是中国散文中的名篇。郁达夫的这组《自述诗》，在其旧诗创作中篇幅仅次于《毁家诗纪》，也是近代自传体旧诗中的秀逸之作。两者各有各的美，各有各的成就，然其自传的性质虽一，却因诗文的体裁之别，决定了它们的风格迥若径庭。从那两首诗作中，读者是不能得到故事的全豹的，似乎，也不必。

齐傅楚咻意彷徨

如果把诗这种文体看作一个生命体或一个人，那他当是生于先秦，在唐朝完成发育，步入成年，此后他的身高、外貌等重要生理指标大致定型，不再发生大的变化了。但这不等于说，此后就不再发生变化了。

前面说过，汉语的书面语和口语是长期分流的，汉语的文字相对独立于语音。语音可以非常快、非常明显地发生变化。当诗处于其生长发育期的时候，它与语音的变化是同步的。汉朝人读诗、作诗用的是汉代的语音，到了唐代则用唐音，至于文字的变化等则可以忽略不计，因为从那时到现在并没有多少隔阂。

偏偏诗又并不仅仅满足于使用语言的表意功能，它还要借助语音来展示韵感，于是就有了平仄、押韵之类的规矩。在诗的形式变化和当时的语音变化同步的情况下，不同时代的作者会用自己的口音去创作，追求着诗歌的节奏和韵律。但到了唐朝，诗的形式变化戛然而止了，同时凝住的还有唐人语音的韵部和平仄。而语言本身，则依旧是"一江春水向东流"，自顾自地向前奔涌着、变化着。

我们在作诗的过程中，难免要在口中试着念念，故而有"吟诗"一说。唐朝人作诗，口中念念有词，合适的保留，别扭的动脑筋改一下，就这样一句、一篇地完成创作。"朱雀桥边野草花……花 / 乌衣巷口夕阳斜……斜 / 旧时王谢堂前燕 / 飞入寻常百姓家……家。好，押韵了，ok！"我们现在念念：huā 和 jiā 倒是押韵，xié 是什么？不押韵嘛！

唐朝人没有拼音，没有一目了然的统一韵母符号，但"韵"的概念是有的。他们作诗押韵只要念念就行。所以唐朝人写了那么多诗，却从来不用什么韵书去核查哪些字才是押韵的，因为他们在口中过一下就知道了。但唐朝人念着念着进入了五代，五代人念着念着进入了宋朝，语音在变化，诗的格式规范却已停止变化了，押韵还是按着唐人的"念念"。宋朝人就开始觉得作诗有困难了：按着唐诗的规矩，光是念念不见得押韵；按着自己的念念，又常常不合唐诗的规矩。于是，人们为了作诗，就把哪些字属于一个韵、可押，归拢到一个韵部，把这些韵部总结了，编成工具书，这就是《平水韵》。它最初的作者为金人，晚到南宋才出现，却一直被使用到今天。翻翻《平水韵》，"花""斜""家"都属于"六麻"韵。"六"是个编号，"麻"是被选中的代表字，这一组字里还有"霞""牙""瓜""加"之类的字，现在念念也是押韵的。但是，这一组中又有"车""奢""嗟""些"，用现在的语音念念就不那么靠谱了。要作诗，要作规矩的诗，用《平水韵》是必要的。初学者下笔构思之前应先查一查，小心别窜了韵。等写得多了，哪些常用字属于一个韵部心里就有数了，不查也错不到哪儿去。但这只是创作上的事，还有读呢。唐朝人写得很顺口很押韵的作品，让我们一念就不押韵了，这感觉很不舒服。于是，在童年学唐诗的时候，老师就会告诉我们："这个字念xiá"。但是，在标准的字典上，"斜"并非多音字，没有这个读音。有些好心的工具书最多提醒一下："旧读xiá。"

小学老师还教过我们一个《回乡偶书》的改读法：乡音无改鬓毛衰（cuī）。这个改法是有学问的人根据古音来的，在高级一些的汉语字典上，"衰"字确实有这个读音，形声字"榱""缞"等也可以作为佐证。道理是有了，回头再来读一下诗，"回"和"衰"是押韵了，还有最后一个"来"字又不押韵了，简直是顾此失彼啊！其实，要是就为这一首诗，还不如"衰"还读shuāi，而把"回"改读成huái，跟着"徘徊"的"徊"的读音，不算无据，而《回乡偶书》整首诗也就算押韵了。

要是偶有这种现象，读诗作诗的时候改读一下也无妨。但不幸的是，不押韵的情况在旧诗中很普遍。我们常规所识的读音和唐朝古音之间的冲突，每每让学诗者疲于奔命，无所适从。不少惯例式的改读，既没有语言学上的道理，在诗歌诵读上也不尽合理，比如《敕勒歌》。

敕勒川，阴山下。天似穹庐，笼盖四野。
天苍苍，野茫茫，风吹草低见牛羊。

这是一首南北朝民歌，原版很可能是鲜卑语。我们今天看到的，应是当时人的译作。译得很不错，也押韵，但押的是南北朝时候的韵，"苍""茫""羊"这一组和现在的语音并无冲突。"下""野"也是押韵的，可是用现代汉语读完全找不到感觉。有的教材或老师让学生把"野"读成yǎ，这纯是为了读起来押韵而硬改，粗暴简单，音韵学理论完全不顾。如果要讲道理地改，按照古音规律，应该把"下"读成hǔ，把"野"读成shù。但是，教孩子读个小诗，如此大费周章，又实在有些不合适。

在正规的汉字读音和诗词诵读的和谐之间，有着由来已久的矛盾，一直没有得到解决，也没法解决。无论临时变音，还是调用方言，都无法令我们完全回到唐代语音，去真正享受唐诗的音乐美。

年来白发两三茎，忆别君时髭未生。

> 惆怅料君应满鬓，当初是我十年兄。

这是白居易的七绝，拿现在的语音去读，怎么都让人怀疑是不是书印错了。说完了押韵，再稍稍说说属对的教法。清朝的王筠是研究文字学的著名学者，诗名并不算响亮，但作诗起码是合格的。他写过一篇《教童子法》，其中说道：

> 读书一两年，即教以属对。初两字，三四月后三字，渐而加至四字，再至五字，便成一句诗矣。每日必使作诗，然要与从前所用之功事事相反。前既教以四声，此则不论平仄；前既教以双声叠韵，此则不论声病；前既教以属对，此则不论对偶。三字句亦可，四字句亦可，五句也算一首，十句也算一首，但教以韵部而已。故初读诗，亦只读汉魏诗。齐梁以下，近律者不使读。吾乡非无高才，然作诗必律，律又多七言，七言又多咏物，通人见之，一开卷便是春草秋花等题目，知其外道也，掩卷不观矣。以放为主，以圈为主。等他数十句一首，而后读五七言律，束之以属对声病不难也。

话说得很浅显，却也使人困惑：为何要"事事相反"拧着做？又为何刻意回避近体律诗？以教小孩子写作文的经验来说，这些都很不可理喻。虽然王筠之说并非公认的学诗铁律，但至少是过来人的经验之谈。他自己的诠释是：

> 作诗文必须放。放之如野马，踶跳咆嗥，不受羁绊，久之必自厌而收束矣。此时加以衔辔，其俯首乐从。且弟子将脱换时，其文必变而不佳，此时必不可督责之，但涵养诱掖，待其自化，则文境必大进。譬如蚕然，其初一卵而已，渐而有首有身，蠕蠕然动，此时胜于卵也；至于作茧而蛹，又复块然，此时不如蚕也；徐俟其化而为蛾，则成矣。作文而不脱换，终是无用才也。屡次脱换，必能成家者也。若遇钝师，当其脱换而夭阏之，则戚矣。

这个蛹化为蛾的比喻，很形象地说明了在学诗过程中，一个学生的习作在不同的阶段会有不同的面貌，而且他绝不是线性提高的。在生物学上，形容这种过程有个会令现代人发毛的术语——完全变态。没经历过的，往往很难理解其中规律，一旦做了老师也就不免教不得法。若只斤斤于显性的平仄格律，又不能正确处理学生习作的曲线变化，这样的老师，最终恐怕是不免要被人叫一声"钝师"的了。

锁言附记

想起一个话题写一段，把每个小标题拼接起来，于是就有了一首柏梁体的诗。这首诗的主题大体是"论诗"——对诗和学诗的一些个人看法。至于柏梁体，它是汉朝人尝试过的一种格式——七言，句句押韵，但后来并没有大范围流行过，只是偶尔有人想起来会仿一首玩玩。于是就有了以下这些：

名实相求意绪茫
据德而游庸何伤
风积不厚鹏难翔
英雄欺人谐亦庄
曲曲道来兴味长
折冲樽俎柔克刚
荆山有玉石中藏
未有桑麻难为裳
我爱其礼尔爱羊
置身燠暑愿秋凉
大易有象诗道张
缘木自非就鱼方
齐傅楚咻意彷徨